신경림 시의 주체와 현실

신경림 시의 주체와 현실

조효주

역락

신경림은 어느 비평글에서 '시인은 한 시대의 화살이 되는 것이며, 시대에 앞장서서 온몸으로 달려가서는 돌아오지 않는 것, 오늘의 시인은 바로 이것이 되어야 한다.'고 말한 적이 있다. 이 발언은 시인이 어떤 존재인지, 그리고 무엇을 해야 하는 존재인지를 명징하게 드러내준다. 신경림은 자신이 말한 것처럼 스스로 한 시대의 화살이 되어 '온몸'으로 달려간 시인이었다.

신경림이 한 사람의 시인으로서 자신의 문학적 신념을 행동으로 실천해왔으며, 그 실천적 행동들이 시로 형상화되었음은 자명한 사실이다. 시와 시론과 삶이 일치하는 삼위일체의 시인으로 살아가기란 결코 쉽지 않다. 그럼에도 불구하고 신경림은 그것이 가능한 일임을 스스로 증명해 보인 셈이다. 시와 시론과 삶을 동시에 밀고 나가면서 60년을 한결같이 '시인'으로 살아온 신경림. 그의 시와 산문에는 시대의 화살로 살아왔으며 지금도 '온몸'으로 달려가고 있는 시인의 모습과 그가 구축해 놓은 시세계의 역사가 고스란히 담겨 있다.

신경림은 첫시집 『農舞』(1973)에서부터 열한 번째 시집 『사진관집 이층』(2014)에 이르기까지 일관된 태도로 민중의 삶을 형상화하였다. 그의 작품 앞에 민중문학, 민중시라는 거창한 수식을 붙이지 않더라도 그는 끊임없이 사회적 약자의 고통과 분노를 자신의 것으로 삼으면서 그것을 시에 담아내고자 했던 시인으로 기억된다. 그뿐 아니라 그는 누구나 읽을 수 있는 쉬운 말로 민중의 삶을 객관적으로 그려냄으로써 독자적인 시세계를 구축한 시인이기도 하다. 그러나 시인 신경림을 알기 전 일부 논문과 평론을 통해 접하게 된 평가들은 나로 하여금 '신경림이 지식인의 한 사람으로서 사회적 약자들에게 관심을 가졌으며 관찰자의 시선으로 약자들의 삶을 그려냈다.'는 그릇된 인식을 갖게 하였다. 이후 신경림의 시세계를 파악하기 위해 본격적으로 텍스트를 읽어가는 동안 신경림 시에 나타나는 집단적 화자 '우리'가 여타 민중시에 나타나는 '우리'와 다른 성격을 지닌 존재라는 것을 확인하게 되었다. 일반적으로 민중시에 나타나는 '우리'는 주체가 바라보는 시적 대상이 되지만, 신경림의 시에서 '우리'는 대상이 아니라 주체 '나'가 포함되어 있는 공동체로서의 '우리'이며, 그것은 하나의 개체처럼 사유하고 행동하는 '나=우리'의 형태로 드러났다. 텍스트를 읽는 내내 '왜 시인은 농민, 광부, 노동자와 자신을 동일시했을까', '왜 그들과 자신을 '우리'라는 일인칭 대명사로 묶어냈을까' 하는 고민이 계속되었고, 이 고민은 본 연구를 출발시키는 동인으로 작용하였다.

　신경림의 시세계를 파악하기 위해 그의 삶을 추적하고 시와 산문을 읽으면서 그동안 외면하고 있었던, 혹은 마주볼 용기가 없어서 외면하는 척했던 우리나라의 불구의 역사와 그 역사 현장에서 치열하게 살아냈던 민중들의 구체적인 삶을 정면으로 만날 수 있었다. 신경림을 읽는 시간은 나 자신의 비겁함을 재확인하는 시간들로 한 켜씩 채워졌다. 그러다 보니 작품을 대하는 시간이 쌓여갈수록 신경림의 시세계에 매몰되는 상황이 빈번히 발생하였다. 텍스트와의 거리 유지는 연구자에게 요구되는 기본 덕목임에도 불구하고 객관적 거리를 충분히 확보하지 못한 탓이다. 이것은 연구자로서의 내공이 부족했던 나에게서 그 원인을 찾을 수 있을 것이다. 그리고 신경림의 시가 내장하고 있는 탄탄한 근육질의 시정신이 한 영혼을 압도할 만큼 강했던 탓도 있으리라.

　신경림의 목소리를 성실하게 읽어내되 객관성을 유지하기 위해 나 자신을 채찍질하면서 썼던 박사학위논문 「신경림 시 연구 —시적 주체와 현실 대응 양상을 중심으로」가 이 책의 원본이다. 원고를 다시 읽고 수정하는 과정에서 원본이 안고 있는 적지 않은 오류들을 발견하였고, 수정과 보완을 통해서 조금이나마 그 오류를 줄이고자 하였다. 그러나 이 글은 여전히 오류를 극복하지 못하고 미완성인 채로 마무리되었다. 지금 느끼는 이 부끄러움과 아쉬움이 다음 글을 쓰게 하는 동력이 되어줄 것이라고 믿는 수밖에 없다.

신경림 시인의 시를 연구하여 그 결과를 제시하는 것이 몹시 조심스러우면서도 부담스러운 작업이었음을 고백한다. 그것은 시인이 생존 작가이며 지금도 창작활동을 이어가고 있어 시세계가 완성되었다고 볼 수 없기 때문이다. 이와 같은 부담감에 더하여 연구를 진행하는 동안 여러 가지 한계상황을 겪으며 좌절감을 느끼기도 하였다. 그때 곁에서 한결같이 응원해주고 격려해준 분들이 있다. 그분들의 격려가 없었다면 무릎 꺾이는 일이 더 많았을 것이다. 어떤 표현으로도 감사한 마음을 온전히 담아낼 수 없겠지만, 이 지면을 빌려 소박하게나마 감사의 인사를 드리고 싶다.

연구 방향을 함께 고민해주신 유재천 선생님, 장만호 선생님, 그리고 따뜻한 격려로 힘을 주신 서유석 선생님, 진심으로 감사합니다. 공부하는 아내와 엄마의 든든한 후원자가 되어준 우리 가족에게도 마음을 담아 고마움을 전합니다. 학교 뒷산을 오르며 고민을 함께 나누었던 동학들, 그리고 우물 밖 세계를 보여주신 '문득'의 선생님들께도 감사드립니다.

| 차례 |

제1장 서론

1. 선행 연구 검토 및 문제 제기

신경림은 1956년 목남(木南) 이한직의 추천으로 진보적 성향의 문예지인 ≪文學藝術≫에 「낮달」, 「갈대」, 「석상」 등을 발표하면서 문단에 데뷔하였다.[1] 그러나 등단 다음 해 창작활동을 접고 낙향하여 근 10년 동안 농촌과 공사장, 광산과 장터 등을 떠돌아다니면서 다양한 경험을 축적하게 된다. 가난과 굶주림 속에서 살아가는 사회적 약자들의 모습과 6·25전쟁이 남긴 상흔을 목도하면서 현실을 재인식하게 된 신경림은 이를 계기로 농민과 노동자들의 삶을 사실적으로 형상화하는 시를 쓰기 시작한다.[2]

---

1) 이한직은 ≪文學藝術≫지를 통해 신경림 시를 1955년 12월호, 1956년 2월호, 1956년 4월호에 각각 추천하여 문단에 데뷔시켰다.(김경수 엮음, 『이한직 선집』, 현대문학, 2012. 210~213쪽 참고) '신경림의 등단작인 「갈대」, 「묘비」 등의 시세계는 당시 1950년대를 풍미했던 여느 시들과 별 차별 없이 관념적·내면적·폐쇄적 세계의 '고여 있는 정서' 속에 갇혀 있었다.'(조태일, 「열린 공간, 움직이는 서정, 친화력」, 구중서·백낙청·염무웅 엮음, 『신경림 문학의 세계』, 창작과비평사, 1995. 130쪽)고 한 조태일의 발언처럼 신경림의 초기작들은 관념적 성격이 강했다.

2) 신경림은 「신경림 시인과의 대화, 삶의 길, 문학의 길」이라는 좌담에서 슬프고 억울하고 짓밟힌 사람들의 편에 서서 시를 써야겠다고 생각하게 된 동기를 묻는 질문에, 어릴 때부터 병적으로 사람을 좋아했다고 하면서, "아무나 따라 다니고, 놀고, 특히 못난 사람들과. 그것이 참 즐거웠어요 누굴 위해서라기보다 제 자신이 그런 사람의 하나라고, 꼭 그렇게 생각한다는 것보다는 같이 놀다 보면 그렇게 되는 거고, 시도 그런 가운데서 나오는 것이겠지요"라고 말했다. 그리고 덧붙여 시를 쓸 때 어떤 시를 어떻게 써야겠다는 의도하에 시를 쓰는 것이 아니라 시를 써 놓고 볼 때 "아, 이렇게 해서 썼구나."하는 생각을 하게 된다고 하면서 자신의 창작 스타일을 설명했다. 이에 정희성은 신경림의 민중

그는 1973년 자비로 월간문학사에서 『農舞』3)를 펴낸 것을 시작으로, 2014년 11집 『사진관집 이층』(창비)에 이르기까지 총 열한 권의 시집을 펴냈으며, 2004년에는 『신경림 시전집』(1·2, 창비)을 발간하였다.4) 이 외에도 여섯 권의 시선집, 네 권의 평론집, 십여 권의 산문집, 편·역서 등을 지속적으로 펴냈으며 평론가, 문학활동가, 민요연구가로서도 활발한 활동을 이어왔다.

신경림은 민중의 생활을 형상화한 백석과 토속적 자연과 서정을 묘사한 박목월의 시세계를 이어받아 농민과 도시빈민의 삶을 재조명5)함으로써 자신만의 시세계를 구축해온 시인으로, 등단 초기부터 평자들에게 많은 관심을 받았다. 이후 첫 시집 『農舞』의 발간을 계기로 신경림 시에 대한 관심은 더욱 높아졌는데, 당시 존재나 내면 탐구에 치중하는 관념적이고 난해한 시가 유행하던 시단6)에서 누구나 읽을 수 있는 쉬운 말로 쓰

시는 '의도적인 것이라기보다는 천성적인 것'이라고 보았다. 신경림은 이 좌담에서 자신은 천성적으로 사람을 좋아했고, 사람 중에서도 못난 사람들을 좋아했으며, 그들과 함께 어울리는 동안 자신도 그들과 같은 사람이라고 생각한 점도 밝혔다.(구중서·백낙청·염무웅 엮음, 『신경림 문학의 세계』, 창작과비평사, 1995. 33~35쪽)

3) 김광섭은 "『農舞』에 실린 40여 편은 모두 농촌의 상황시다. (중략) 오늘의 농촌을 반세기 후에 시에서 보려면 시집 『農舞』에 그것이 있다 하겠다. 거기 그 이미지가 있기 때문이다."라고 설명하면서, 신경림 시집 『農舞』가 한국현대문학사에서 갖는 의미를 강조했다. (김광섭, 「시집 『農舞』에 대하여 -제1회 만해문학상 심사를 마치고」, 신경림, 『農舞』, 창작과비평사, 1975. 119쪽)

4) 신경림은 '어떤 사람들이 나를 민중시인이라고 부르지만, 나 자신이 과연 민중시인인지 장담할 수 없으며 어떤 것이 과연 민중시인가에 대해서도 대답하기 어렵다. 다만, 나는 시가 민중을 위한 것이 되고 또 민중의 목소리를 대변해야 하며 민중의 정서를 나타내는 것이어야 한다는 믿음에는 변함이 없다.'고 말하면서, 시가 읽히지 않고 재미없어진 원인 중에 서정성을 극복해야 한다고 주장하는 민중시인들의 판단착오가 포함되어 있음을 지적했다. 신경림은 민중시에서 서정성이 극복되어야 한다는 주장을 반박하면서, 서정시라는 것은 삶 속에서 나오는 것이고, 생활 자체에서 나오는 것이므로 민중시에서 서정성이 빠지게 되면 목소리만 높은 시가 된다고 강조했다.(신경림, 『진실의 말 자유의 말』, 문학세계사, 1988. 51쪽)

5) 이영섭, 「쓰러진 자의 꿈과 길」, 『한국문예비평연구』 3, 한국현대문예비평학회, 1998. 34쪽.

6) 김성규, 「신경림 시 연구」, 충남대 박사학위논문, 2015. 2쪽 참고.

인 신경림의 시는 낯설면서도 새로운 시로 받아들여졌다.

『農舞』로 대표되는 신경림의 초기시에 대한 논의는 대부분 1970년대의 단평에서부터 출발한다. 그 중 최초의 평가라고 할 수 있는 「詩薦記」[7]에서 이한직은 신경림이 ≪文學藝術≫에 투고를 시작한 시점부터 이미 시의 기초적인 기술 습득을 마쳤다는 점과 제작 태도가 성실하다는 점 등을 긍정적으로 평가하였다. 그러나 내면생활의 충실과 시대와의 과감한 대결, 그리고 집요한 구심(求心)과 안이한 서정의 양기(揚棄)를 잊지 말 것을 주문한 점 등을 미루어 볼 때, 투고 당시 신경림이 가지고 있는 창작 기법이나 열의에 비해 치열한 사유가 부족하다고 판단했던 것으로 보인다.

첫 시집 『農舞』의 발간 이후 신경림 시에 대한 논의는 평론가들의 활발한 비평에 이어 연구자에 의한 본격적인 연구로 이어졌는데,[8] 지금까지 진행된 논의의 결과를 크게 형식적 측면과 주제적 측면으로 구분하여 살펴보면 다음과 같다. 먼저 형식적 측면에서의 연구에는 신경림 시에 나타나는 시어의 특성 연구, 서사적 특성 연구, 타 장르 차용에 관한 연구, 시론에 관한 연구 등이 있으며, 주제적 측면에서는 민중의식과 민중적 저항성을 밝히는 연구, 신경림 시의 변모과정을 추적하는 연구 등이 있다.

먼저 형식적 측면을 살핀 평자 중 신경림 시에 나타나는 시어의 특성에 관심을 보였던 이들에는 조태일, 윤영천, 유종호, 백낙청 등이 있다. 조태일[9]은 신경림의 시를 구성하는 시어들 자체가 우리의 삶과 정서에 밀착되어 있는 토착어로 씌어졌다고 평가했으며, 윤영천[10] 역시 『南漢江』

---

7) 김경수 엮음, 『이한직 선집』, 현대문학, 2012. 210~213쪽.
8) 연구자들에 의해 본격적으로 전개된 연구 성과를 살펴보면, 현재까지 박사논문 5편, 석사논문은 20여 편과 그 외에 학술지 논문들이 30여 편 있는데, 이러한 결과는 60년이라는 신경림의 시력과 11권의 시집 발간 및 활발한 문학활동에 비추어 볼 때 초라한 성과라고 하겠다.
9) 조태일, 「민중언어의 발견 -다섯 분의 시를 중심으로」, 『창작과 비평』 7권 1호, 창작과 비평사, 1972. 82~87쪽.

에 드러나는 특징으로 '농민들의 생활어 구사'와 '지방어의 실감나는 표현'을 꼽았다. 한편 유종호[11]는 신경림의 시가 삶의 세목과 거기 얽힌 정한을 쉬운 말로 노래한 점을 긍정적으로 평가했으며, 백낙청[12]은 신경림의 시가 인식의 혼란이나 감정의 낭비를 가져올 수 있는 낱말들을 철저히 배제했다고 보았다. 이들의 평가에서 공통적으로 드러나는 사실은 삶과 맞닿아 있는 토속적 언어를 사용하여 시를 창작함으로써 누구나 읽기쉽고 이해하기 쉬운 시가 될 수 있었다는 점이다. 평론가들의 이러한 평가는 민중이 이해할 수 있고 민중이 알 수 있는 시를 쓰고자 했던[13] 신경림의 지속적인 노력에서 나온 결과라고 할 수 있을 것이다.

신경림의 시가 가진 특성 중 가장 빈번하게 언급되는 것 중의 하나는서사성이다. 신경림은 시적 서정성을 서사라는 형식으로 표현한 경우가많았는데, 신경림 시에서 '이야기'는 민중의 구체적인 생활상을 들려주는데 일익을 담당해왔다고 할 수 있다. 따라서 서사성에 관심을 둔 연구가상대적으로 많은 편이다.

신경림 시의 '이야기'에 주목했던 김주연[14]의 논의를 먼저 살펴보면,논자는 가난한 사람들의 구체적인 삶을 담고 있는 신경림 시의 가장 두드러진 특징을 '이야기'로 보았다. 그리고 현실의 답답한 이야기를 풀어내는 기능을 담당하는 것이 바로 서정성이라고 설명했는데, 시의 바탕을이루는 서정성을 서사를 이끌어가는 하나의 기능으로 파악한 점은 논자만의 독특한 독법이라고 하겠다. 한편 강정구[15]는 서사 양상을 네 시기로

10) 윤영천, 「농민공동체 실현의 꿈과 좌절 -『남한강』론」, 구중서·백낙청·염무웅 엮음, 『신경림 문학의 세계』, 창작과비평사, 1995. 168~196쪽 참고.
11) 유종호, 「슬픔의 사회적 차원 -신경림의 시」, 『동시대의 시와 진실』, 민음사, 1982.
12) 백낙청, 「발문」, 『農舞』, 월간문학사, 1973.
13) 신경림, 『우리들의 북』, 문학세계사, 1988. 130~133쪽.
14) 김주연, 「서정성, 그러나 객관적인 -『가난한 사랑 노래』를 중심으로」, 구중서·백낙청·염무웅 엮음, 『신경림 문학의 세계』, 창작과비평사, 1995. 214~227쪽 참고.

구분하여 설명하였다. 1기에서는 인물이 집단화·계층화되고 내적 초점화 방식과 혼합화법이 사용되며, 2기에서는 시인의 자기반영적 인물들이 등장하고 이야기를 전달하는 과정에서 원이야기가 변형되며, 3기에서는 인물들이 민중 대 지배계층으로 양분되고 주변인물들이 초점화되는 모습을 보여주며, 4기에서는 서술과 대화의 혼합과 인과의 구성, 이야기의 전달과 변형, 초점의 변화, 알레고리 등의 서술 기법이 드러난다고 설명하였다. 강정구의 논의는 신경림의 시가 현실적인 인물을 등장시켜 이야기의 사실성을 높인 점과 이로써 한국 근현대시사에서 의미 있는 운문적 서사를 계승, 변형, 창조한 점을 부각시켰다는 측면에서 의의를 찾을 수 있을 것이다. 대화주의적 입장에서 신경림의 시세계를 살핀 박몽구[16]는 퍼소나에 주목했는데, 그는 많은 퍼소나가 등장하여 각기 자신의 주장을 펼쳐나가는 대화주의적 특성이 신경림 시를 돋보이게 하는 요소 중 하나임을 강조하면서, 서사구조와 퍼소나들 사이에 형성된 대화주의적 공간이 민중성을 담보하고 공감을 이끌어냈다고 보았다. 서사시의 전통양식의 수용과 변용양상을 살핀 김지윤[17]은 신경림이 공동체의식과 민중 정서를 구비 서사문학 양식에서 찾으려 했다는 점을 강조하였다. 논자의 이 발언은 구비전승문학의 도입이 난해시를 지양하게 했다는 설명에 힘입어 설득력을 얻을 수 있다. 그러나 신경림의 시를 '포스트모더니티에 가깝다'고 주장한 부분에서는 집단화자의 목소리를 담은 민중적인 쉬운 시를 창작했다는 사실을 논거로 삼고 있다는 점에서 설득력을 얻기 어렵다. 「새재」에서 서사적 특성을 찾고자 한 곽명숙[18]은 동학이라는 실제 사건을 재현

---

15) 강정구, 「신경림 시의 서사성 연구」, 경희대 박사학위논문, 2003.
16) 박몽구, 「신경림 시의 서사성과 대화주의」, 『어문연구』 47, 어문연구학회. 2005.
17) 김지윤, 「1970년대 서사시의 전통 양식 수용과 변용 -김지하, 서정주, 신경림의 시를 중심으로」, 『한국어와 문화』 16, 숙명여자대학교 한국어문화연구소, 2014.
18) 곽명숙, 「1970년대 이야기 시와 역사의 재형상화 -신경림과 서정주를 중심으로」, 『한국현대문학회 학술발표회자료집』, 한국현대문학회, 2006.

하여 과거를 현재처럼 체험하도록 했으나, 장시는 민중상을 재현하고 역사인식을 드러내려는 서사적 의도에서 나온 양식이기에 시가 되기에는 장르적 한계가 있다고 지적하였다. 그러나 장시가 채택하고 있는 양식으로서의 서술시, 즉 이야기를 담고 있는 시는 처음부터 서사적 의도를 가지고 출발하기는 하나 서사적 양식에 포괄될 수 없는 다양한 시적 특성들을 내장하고 있으며, 서술시에서 민중의 정서를 드러낸다고 했을 때 그 정서의 바탕에는 이미 서정성이 내재되어 있기 때문에 위와 같은 주장에 선뜻 동의하기는 어렵다.

위 논의들은 몇 가지의 문제를 노정하고 있으나 신경림의 시가 가지고 있는 서사성을 구체적으로 설명했을 뿐 아니라 이야기 시의 한계를 짚어 주었다는 측면에서 유의미하다고 하겠다. 다만, 강정구의 논의를 제외한 전체 논의들이 서사성이 가장 두드러지는 일부 작품만을 논의 대상으로 삼고 있어 신경림 시의 서사성 혹은 서사적 특질을 전체 시세계 내에서 밝혀내지 못한 점은 한계라고 할 수 있다.

서사성과 함께 신경림 시를 특징지을 수 있는 또 하나의 측면은 민요, 무가, 놀이 따위의 타 장르를 차용하여 시의 지평을 넓히고자 했던 시도들이다. 그러나 이에 대한 평가는 여러 방향으로 갈리는 편이다. 대부분의 연구자들은 이와 같은 시도를 높이 평가하고 있으나 지나치게 민요에 얽매임으로써 오히려 시가 답답해지는 한계를 맞고 말았다는 비판도 없지 않다.[19] 타 장르와의 결합을 시도했던 신경림 시에 관심을 가졌던 고군일, 김홍진, 고현철의 논의를 살펴보면, 각각 작품을 바라보는 관점의

---

19) 윤영천은 『南漢江』에서 민요나 무가의 빈번한 삽입으로 인해 서사의 골격이 무너지면서 작품의 전반적인 구도가 지나치게 단순화된 점을 지적하면서, 신경림이 민요에 깊이 몰두한 것이 오히려 시적 퇴행을 가져왔다고 보았다.(윤영천, 「농민공동체 실현의 꿈과 좌절 -『남한강』론」, 구중서·백낙청·염무웅 엮음, 『신경림 문학의 세계』, 창작과비평사, 1995. 195쪽.

차이를 발견할 수 있다.

『새재』와『달 넘세』를 중심으로 민요적 요소들이 어떻게 민중의 삶을 드러냈는지를 탐구한 고군일[20]은 신경림 시의 율격이 민요의 주된 율격인 2,3,4음보로 구성되어 있다고 설명하면서, 이와 같은 민요적 구성이 갖는 의미는 전통가락을 현대적인 감각으로 되살리는 한편 민요 차용으로 시의 영역을 확대하는 기반을 마련한 데 있다고 보았다. 고군일과는 달리 김홍진과 고현철은 타 장르를 차용한 것이 아니라 장르를 패러디했다고 보는 관점에서 논의를 출발시켰다. 김홍진[21]은 민요시의 한 계보를 잇고 있는 신경림 시가 전통 민중예술 장르를 패러디함으로써 현대시에 전통 율격을 접목시키고 소재 수용의 다변화를 이룩했다고 평가하면서, 소멸해가는 전통 장르를 재인식하여 현대시에 새롭게 접목시켰다는 데에서 시사적 의의를 찾을 수 있다고 강조하였다. 한편 고현철은 신경림의 시를 장르 패러디의 관점에서 볼 때 민요 패러디인 '민요시'와 무가 패러디인 '굿시'로 대별된다고 설명하면서, 신경림의 패러디 시가 1970~1990년대까지 현대 산업사회에서 주변장르에 속하는 민요와 무가를 중심부로 끌어올렸다는 점에서 '격상모델'에 해당한다고 주장하였다. 신경림 시의 타 장르 활용에 주목했던 이들 논의는 민요적 요소와 무가적 요소가 신경림 시에서 어떻게 기능하며 어떤 의미를 생산했는지를 밝혔다는 측면에서 의미가 있으며, 그 중 김홍진과 고현철의 논의는 신경림 시를 장르 패러디라는 새로운 관점으로 바라보았다는 점에서 의미를 갖는다. 그러나 이들이 주장하는 것처럼 신경림 시에 나타나는 민요와 무가를 장르 패러디로 보는 데는 다소 무리가 따른다. 패러디란 익살·풍자 효과를 위하여

---

20) 고군일, 「신경림 시의 민요적 구성 연구」, 명지대 석사학위논문, 2000.
21) 김홍진, 「신경림 시의 장르 패러디적 특성」,『한남어문학』23, 한남대학교 한남어문학회, 1998.

원작의 표현이나 문체를 자기 작품에 차용하는 형식[22])을 말하는데, 신경림 시를 패러디가 추구하는 바처럼 풍자를 목적으로 하는 시로 보기는 어렵기 때문이다. 또한 '시가 민중의 사랑을 받으려면 민요의 가락을 되살려야 한다'[23])고 주장한 신경림의 발언을 고려할 때 민요와 무가를 시에 활용한 것을 패러디로 보기보다 타 장르를 차용한 것으로 보는 것이 타당할 것이다.

신경림 시세계의 근간을 이루고 있는 시론에 관한 연구는 여타 연구에 비해 연구자들의 관심을 받지 못한 편이다. 그것은 신경림이 다수의 글을 통해 자신의 창작시론을 밝혀왔을 뿐 아니라, 신경림의 시론을 민중시론으로 확정하려는 학계의 분위기가 더해지는 바람에 연구가 미진할 수밖에 없었을 것으로 판단된다.

신경림의 시론에 가장 먼저 관심을 보여준 연구자는 이승훈[24])으로. 그는 신경림의 창작시론이 안고 있는 문제를 구체적으로 적시하였다. 그는 신경림이 「나는 왜 시를 쓰는가」(1979)에서 강조한 세 가지 주제, 즉 '시적 대상과 독자', '쉬운 표현과 한자', '민요적 가락'을 살펴본 결과, 모든 시가 민중을 위한 것이어야 한다거나 쉬운 우리말만으로 시를 써야 한다는 주장과 민요의 가락을 도입해야 한다는 주장에 대해서는 어느 정도 동의할 수 있으나, 그와 같은 주장들이 다른 측면을 완전히 배제해 버리는 폐쇄성을 가지고 있어 문제가 발생할 수 있음을 강조하였다. 시적 대상이나 독자, 또는 내용이나 표현 등이 전적으로 민중만을 위한 것이 된다면 시의 세계가 다양성을 잃게 될 것이라는 당위적인 설명은 논자의 주장을 뒷받침해 준다. 시론의 변화과정을 추적한 정민[25])은 신경림의 시론을 현

22) 한국문학평론가협회 편, 『문학비평용어사전』하, 국학자료원, 2006. 1044쪽.
23) 신경림, 『우리들의 북』, 문학세계사, 1988. 134~135쪽 참고.
24) 이승훈, 『한국현대시론사』, 고려원, 1993. 254~260쪽.
25) 정민, 「신경림 시론의 변화 양상과 그 의미」, 『한국현대문학연구』25, 한국현대문학회,

장에서 체득한 시론으로 설명하면서, 초기에 효용론과 모방론에 치우쳐 있던 시론이 이후 표현론과 존재론적 시관과 균형을 이루었으며 2000년 대에는 유기체 시론 또는 생명시론으로 변화해왔다고 부연했다. 그리고 시론의 변화를 이끌어낸 동인으로 아름다운 시에 대한 내적 욕구와 민요 의 한계, 시의 본질에 대한 깨달음과 우리나라의 사회적 변화를 꼽았다. 한편 김지연[26]은 신경림 시론의 핵심적 요체가 민중적 리리시즘의 민중 미학과 민요의 민중적 공동체의식이라고 설명하면서, 신경림이 한국 시 론사에서 민중문학이라는 이론적 기반을 탐구하고 확산시켰으며, 신경림 의 민중문학론은 민중을 민족의 주체세력으로 인식하여 분단극복과 통일 국가를 만드는 민족문학론으로 확대되었다고 평가하였다.

신경림의 시론을 각각 다른 측면에서 살핀 이들 논의는 신경림 문학의 근간이 되는 시론을 새롭게 정리하고 의미를 부여했다는 점에서 의의가 있다. 특히 이승훈의 논의는 신경림의 시론이 안고 있는 문제점을 포착해 내고 논리적으로 비판했다는 점에서, 정민의 경우에는 시론의 변화를 따 라가며 그 원인을 분석했다는 점에서 유의미한 논의였다고 할 수 있다. 다만, 정민의 경우 작품을 배제하고 산문만으로 시론을 설명했다는 점에 서, 그리고 김지연의 경우에는 시론을 뒷받침하는 근거로 「農舞」와 「목계 장터」라는 한정된 작품을 들어 설명함으로써 설득력을 높이지 못했다는 점에서 한계를 노정하고 있다.

형식에 관한 연구에 비해 주제적 측면에서의 연구는 연구자들로부터 관심을 받지 못한 편이다. 민중시라고 하는 뚜렷한 시의 성격이 오히려 신경림 시를 연구하는 데 장애 요소가 된 것으로 보인다. 주제를 밝히는

2008. 145~165쪽 참고.
26) 김지연, 「신경림의 시론과 시에 관한 연구」, 『성심어문논집』 22, 성심어문학회, 2000. 147~169쪽 참고.

연구에는 민중적 성격과 관련된 연구와 신경림 시세계의 변모 및 의미를 밝히는 연구가 있다. 주제 연구에서 가장 빈번하게 등장하는 어휘는 '민중'이다. '민중'이라는 키워드는 신경림 시가 가지고 있는 가장 특징적인 면모를 드러내주는 어휘이기 때문일 것이다. '민중'이라는 핵심 키워드를 가지고 신경림 시가 내장하고 있는 의미를 보다 더 명징하게 드러내고자 했던 염무웅, 이병훈, 이상희, 강정구의 논의를 구체적으로 살펴보자.

먼저 염무웅[27]은 신경림이 공적인 발언의 능력과 기회를 갖지 못한 사람들의 목소리를 대신했으며 1970년대 민중문학 개념에 내실을 부여했다고 평가하면서도 이와 같은 업적은 많은 참여시인과 소설가들의 활약과 민중의 성장 및 민족운동·민중운동에 힘입은 바 크기에 신경림 시는 객관적 현실의 문학적 반영이라고 강조하였다. 염무웅의 이러한 평가는 신경림의 작품에 대해서만이 아니라 신경림 시의 토양이 되는 문학환경과 사회환경 등 여러 요소들을 고려하여 내린 객관적 평가라는 점에서 설득력을 얻는다. 한편 장편서사시 『南漢江』에 관심을 가졌던 이병훈[28]은 『南漢江』이 민중의 삶과 정서의 근원을 재현하고 그에 적합한 예술적 형식을 찾아낸 기념비적 작품이라고 격찬하면서, 신경림에게 있어 민중성이란 정치적 구호가 아니라 민중의 삶과 정서를 문학적으로 형상화한 것이며 삶에 대한 시적 성찰을 포괄하는 것이라고 평가하였다. 그리고 1980년대 초에 민중적 삶과 정서에 대한 시적 탐구를 심화시켰고, 1980년대 후반기에 들어 민중에 대한 시적 형상화가 본격적으로 이루어졌다는 설명도 덧붙였다. 신경림의 시가 민중의 삶과 정서를 형상화했다는 논자의 견해는 신경림 시의 특성인 민중성을 정확히 파악하여 제시한 것으로 충분

---

27) 염무웅, 「민중의 삶, 민족의 노래」, 위의 책, 70~103쪽 참고.
28) 이병훈, 「민중성의 진화 -장시 『남한강』을 중심으로」, 『현대문학연구』 44, 현대문학연구학회, 2014.

히 수용 가능하다. 그러나 민중에 대한 시적 형상화가 1980년대 후반에 본격적으로 이루어졌다는 주장에는 동의하기 어렵다. 『農舞』의 발간 이후부터 1980년대 후반까지 신경림은 민중의 삶을 지속적으로 형상화해왔으며, 1990년에 발간한 『길』에서부터는 내면을 성찰하는 시와 함께 민중이라는 집단보다 개별자로서의 개인의 삶을 형상화하는 시가 중심이 되고 있음을 확인할 수 있다. 따라서 1980년대 후반부터 민중에 대한 시적 형상화를 본격화했다는 주장은 설득력을 얻기 어렵다.

신경림 시에 나타나는 민중의식을 살핀 이상희[29]는 신경림이 진보적 리얼리즘이라는 창작방법을 구현하여 민중적 서정시를 생산해왔다고 전제하면서, 신경림이 전쟁과 왜곡된 역사 속에서도 생명력을 잃지 않는 민중의 삶을 시로 형상화했으며, 이야기를 도입하고 민요를 활용함으로써 민중의 한과 설움, 현실 극복의지를 생생하게 그려냈다고 평가하였다. 그리고 이후 신경림 시가 민요에서 벗어나는 현상에 대해서는 정형적 틀에 갇힌 작품들이 현대시로서의 활력을 발휘하지 못한 것이 원인으로 작용했을 것이라고 보았다. 이상희의 논의는 신경림 시가 민중의식을 드러내기 위해 선택한 창작방법과 다양한 기법들을 설명했다는 데서 그 의미를 찾을 수 있을 것이다. 한편 1970년대의 민중-민족문학에 나타나는 저항성을 살핀 강정구[30]는 신경림 시에 나타나는 민중적 저항성을 민중과 지배권력의 이분법적인 구도가 아닌 탈식민주의적 시각에서 보아야 한다고 주장한다. 다시 말하면 신경림 시 속의 민중이 현실에 분노하고 비판하는 이유는 지배권력의 농촌근대화 정책을 순종하고 따랐음에도 불구하고 삶이 개선되지 않았기 때문이며, 이때의 민중은 미메시스이자 엉터리 모방

29) 이상희, 「신경림 시에 나타난 민중의식의 형상화 양상 연구」, 순천대 석사학위논문, 2002.
30) 강정구, 「1970년대 민중-민족문학의 저항성 재고」, 『국제어문』 46, 국제어문학회, 2009.

자라고 주장하였다. 이 논의는 그동안 신경림 시에 나타나는 민중의식이나 저항성을 이분법으로만 설명하려 했던 고착화된 틀을 깨뜨렸다는 점에서 참신하다고 하겠다. 그러나 일부의 시를 전체에 적용시키는 것은 무리가 있다고 판단된다. 이 논의가 충분히 설득력을 얻으려면 보다 많은 시편들을 그 근거로 제시해야 할 것이다.

주제적 측면에서의 연구 중 가장 많은 연구자들이 관심을 보인 논의의 신경림 시에 나타나는 민중의식과 민중적 저항성 등에 대한 이들 논의는 신경림의 민중시가 갖는 특성과 의미를 구체적으로 밝혀냈다는 점에서 유의미하다. 다만, 일부 논의가 신경림 시가 가지고 있는 민중성 혹은 민중의식을 드러낼 때 제시한 내용이 논거로서의 한계를 드러낸 점은 아쉬움으로 남는다.

주제적 측면에서의 연구 중 가장 많은 연구자들이 관심을 보인 논의의 주제는 통시적 관점에서 신경림 시세계의 변모 양상을 밝히는 것이다. 먼저 임헌영[31]의 논의를 살펴보면, 신경림 시세계의 변모과정이 세 단계로 구분되어 있다. 논자는 등단 초기인 1기의 시가 인간 존재의 심미안적 탐구에 의한 형상화에 치우쳤으며, 『農舞』로 대표되는 2기의 시는 현실인식을 드러내면서도 암담한 현실도 역사일 수밖에 없음을 증언했고, 『새재』로 대표되는 3기에서는 민요를 통해 시적 변모를 모색하는 한편 농촌과 농민에 한정되었던 무대와 대상을 도시와 도시빈민에까지 확장했다고 설명한다. 이 논의는 초기의 평가임에도 불구하고 신경림 시가 내장하고 있는 특성과 성격을 적확하게 짚어냈으며, 이후 이어질 본격적인 연구의 기반이 되어주었다는 점에서 의의를 갖는다. 연구자에 의해 진행된 체계적인 연구는 전도현[32]으로부터 출발한다. 그는 『農舞』에서부터 『南漢江』에 이르기까지의 전 작품을 연구대상으로 삼고 신경림 시세계의 변모 양상

---

31) 임헌영, 「신경림의 시세계 -『南漢江』을 중심으로」, 신경림, 『南漢江』, 창작사, 1987.
32) 전도현, 『신경림 시 연구』, 고려대 석사학위논문, 1993.

을 세 단계로 나누어 분석했는데, 1기는 관념적이고 존재론적인 탐구를 보여주는 전통적인 서정시의 세계를 보여주고, 2기는 서사지향적 전통을 계승하면서도 강화된 역사의식과 민중지향적 시의식을 드러내며, 3기는 다양한 구비문학적 요소를 수용하여 민중의 한과 설움, 현실극복의지 등을 보여준다고 설명하였다. 전도현의 뒤를 이은 박명자[33]는 신경림 시가 가지고 있는 서정의 특색을 찾고자 하였다. 논자는 신경림 시가 초기에는 감상적이며 개인적인 서정에서 출발하여 상호주관적 화자에 의한 너와 나의 서정을 거쳐 시간과 공간, 인간 사이를 초월한 총체적 공간으로 확산되다가, 다시 이 모두를 아우르는 내면 공간으로 심화되는 서정의 변모과정을 설명하였다. 전도현과 박명자의 논의는 평론가의 단평이 아닌 연구자에 의해 진행된 본격적인 연구로서 신경림 시세계의 변모 및 서정의 변모과정을 통시적 관점에서 살핌으로써 신경림 시세계의 변화 과정과 변화의 의미를 설명했다는 점에서 의의를 갖는다.

조찬호[34] 역시 신경림 시의 변모과정을 살폈다. 그는 신경림 시가 초기에는 농촌과 도시 변두리 민중들의 삶의 실상을 보여주다가 중기에는 점차 사회의 구조적 모순에 분노하고 저항하는 태도를 드러내게 되고, 후기에 이르면 존재와 자아에 대한 탐구로 이어지면서 초기와는 다른 변증법적 서정시로 이끌리게 된다고 설명하였다. 조찬호의 연구는 아홉 번째 시집 『뿔』까지 텍스트에 포함시킴으로써 신경림 시세계를 전체적으로 조망한 최초의 논의라는 점에서 유의미하다. 다만, 신경림의 핵심적 시의식을 논의의 중심에 두지 않고 다양한 시의식을 가져와 설명함으로써 오히려 신경림의 시의식을 명징하게 설명해내지 못한 점은 한계라고 하겠다. 김성규[35]의 경우에는 신경림의 문학론을 민중문학론, 독자 중시 태도, 민요

---

33) 박명자, 「신경림 시 연구 -서정의 확산과 심화」, 수원대 석사학위논문, 1995.
34) 조찬호, 「신경림 시 연구」, 우석대 박사학위논문, 2008.

적 가락에 대한 열정, 유기체적 생명의식 추구 등으로 구분하여 설명하였다. 그리고 시의 변화와 지속의 과정을 밝힐 때 관념을 탈피하고 농민의 삶을 통해 민중의식을 반영한 1기, 민중의식을 형상화하는 한편 유랑의 삶을 민요로 표현하는 2기, 현실과 역사의식의 전환을 드러내는 3기, 세계인식이 확장되는 4기로 나누어서 단계별로 설명하였다. 이 논의는 그동안 설명이 부족했던 신경림의 문학론을 체계적으로 정리하여 제시했다는 점에서 의의를 지닌다. 다만, 변화를 설명하기 위해 1기와 2기로 구분할 때 논자는 『農舞』로 대표되는 1기를 민중의식을 반영한 시기로 보고 있는데, 『農舞』에 등장하는 농민들에게서 울분과 분노의 정서를 발견할 수 있으나 자신들을 억압하는 현실세계에 대해 저항하고자 하는 민중의식은 발견하기 어려우므로 1기에 대한 해석이 적절하다고 판단하기 어렵다. 조찬호와 김성규의 논의는 신경림 시에 대한 부분적 연구에서 벗어나 시세계 전체를 아우르는 연구라는 측면에서 그 의미를 찾을 수 있다. 그렇지만 신경림 시의 변모 과정을 정치하게 설명하지 못하고, 또 시기 구분에 대한 명확한 근거를 제시하지 못함으로써 구분에 대한 의미가 모호해지는 등의 한계를 노출시켰다.

지금까지 이어온 논의들은 토속적이고 쉬운 시어의 사용, 전통적 가락의 활용, 서사를 활용한 민중정서의 구체화 등 신경림 시가 내장하고 있는 특성을 밝히는 한편 신경림 시에 내재되어 있는 민중의식과 민중적 저항성 등을 밝혀냈다. 뿐만 아니라 신경림 시의 의미를 '민중시'에 한정하는 기존 논의를 답습하기보다 신경림이 인간의 삶을 사실적으로 형상화하는 한편 장르적 실험을 통해서 시 쓰기의 지평을 넓혀왔음을 밝혔다는 점에서 유의미한 논의였다. 그러나 이들 논의의 대부분이 대표 작품들만을 분석 대상으로 삼고 있어 신경림의 전체 시세계를 조망해 내지 못

---

35) 김성규, 「신경림 시 연구」, 충남대 박사학위논문, 2015.

했을 뿐 아니라, 시세계의 변모 양상을 밝히는 논의에 있어 작품 분석 과정에서 전체 맥락을 짚어가는 개략적 분석에 머묾으로써 시세계의 변모에 내재된 심층적 의미를 도출하는 데까지 나아가지 못하는 한계를 드러냈다. 그리고 무엇보다 신경림의 시세계를 심도 있게 밝히기 위해서는 민중의 목소리를 대변하는 시적 주체에 대한 본격적인 연구가 요구됨에도 불구하고 그동안 논의의 대상으로 주목받지 못했다는 점 또한 문제로 지적할 수 있겠다.

신경림 시의 시적 주체는 신경림의 시세계를 구성하는 다른 어떤 요소들보다 비중 있게 다루어져야 할 것으로 판단된다. 신경림의 시세계는 시적 주체와 현실세계와의 역동적인 관계 속에서 이루어졌으며, 무엇보다 신경림 시에 나타나는 집단적 화자인 '우리'가 여타 시의 집단적 화자와는 다른 성격을 지녔다고 보기 때문이다. 일반적으로 시에 나타나는 '우리'는 ('우리'라는 말 속에 '나'가 포함되기는 하나) 시적 주체에게 대상으로 인식된다. 시적 주체가 '우리'라고 발언할 때 독자는 시적 주체가 마치 '우리'와 동일한 존재인 것처럼 느끼게 되지만, 사실 '우리'는 시적 주체에게 있어 인식대상일 뿐이다. 그러나 신경림의 시에서 '우리'는 시적 주체가 바라보는 시적 대상이 아니라 집단적 주체로서의 '우리'이며, 함께 분노하고 함께 슬퍼하는 '나=우리'의 형태로 나타난다. 그렇기 때문에 신경림의 시에서 마치 하나의 개체로 존재하는 시적 주체 '우리'와 '우리'를 이루는 구성원으로서의 개별적 주체 '나'를 이해하는 것은 신경림 시가 내장하고 있는 핵심적 의미를 파악할 수 있는 한 방법이 될 것이다. 그리고 신경림 시가 사회적 약자의 삶을 다루고 있기에 시적 주체와 현실의 상관관계를 파악하는 것 또한 반드시 필요하다. 따라서 이 글에서는 신경림 시에 나타나는 시적 주체의 변모 양상 및 현실 대응 양상을 살펴보고자 한다.

2. 연구 목적 및 연구 방법

신경림은 지속적으로 사회적 약자의 삶을 시로 형상화한 시인이다. 이런 점을 고려할 때 신경림이 뚜렷한 창작 목적 아래 사회적 약자를 시적 대상으로 선택하고, 또 그들이 살아가는 현실세계에 대한 탐구를 이어왔으리라는 추측이 가능해진다. 그렇기 때문에 신경림 시에 나타나는 시적 주체의 성격 및 변모 양상을 파악하고 주체의 현실 대응 양상을 밝히는 것은 신경림의 시세계가 드러내고자 하는 궁극적 의미를 규명하는 유의미한 방법이 될 것이다. 따라서 이 글에서는 신경림 시에 나타나는 시적 주체의 변모를 살피고, 이를 바탕으로 주체가 어떻게 현실에 대응했는지 그 양상을 밝히고자 한다. 이러한 작업을 통해 신경림의 시세계를 주제적인 측면에서 좀 더 체계적으로 살펴볼 수 있을 뿐 아니라, 그동안 논의의 장에서 소외되었던 『가난한 사랑노래』 이후의 시가 갖는 의미와 함께 시기별로 다른 성격을 보여주는 시적 주체의 변모를 보다 명징하게 밝힐 수 있을 것이다. 그리고 여기에서 더 나아가 시적 주체의 변모과정에 내재된 의미와 신경림 시의 전체적 흐름을 파악함으로써 신경림의 시세계가 내장하고 있는 궁극적인 의미가 무엇인지를 밝힐 수 있을 것이다.

앞에서 언급한 바와 같이 신경림의 시세계가 분명한 변화 과정을 보여주는 것은 자명한 사실이다. 그러나 전 시편에서 결코 변하지 않는 부분이 있다는 점 또한 부정할 수 없다. 그것은 대부분의 연구자들이 신경림의 시를 민중시로 파악하는 데서 알 수 있듯이, 시적 대상이 주로 가난하고, 힘없고, 소외된 삶을 살아가는 사회적 약자라는 점이다. 약자들은 신경림의 전 시편에서 일관되게 등장하는데, 여기에서 작고 보잘 것 없는 존재에 대한 시인의 지속적인 관심을 읽을 수 있다.

요즘 시들을 읽어보면 너무 큰 것만 좇고 중요한 문제만 다루려고 하는
게 아닌가 하는 느낌을 준다. 가령 통일이니 노동이니 하는 문제가 이 시대
의 가장 중요한 문제인 것을 누가 모르겠는가. 하지만 이 문제를 직접 다루
지 않으면 좋은 시는 있을 수 없다는 식의 생각이 너무 널리 퍼져 있어 오
히려 우리 시의 폭을 좁히고 있지나 않은가 한번쯤 반성해볼 때가 되지 않
았을까. 시가 그렇게 크고 중요한 것만 다룬다면 작은 것, 버려진 것, 하찮
은 것, 괄시받는 것, 이런 것들을 무엇이 돌보겠는가도 생각해볼 필요가 있
을 것 같다. 시는 오히려 이런 것들을 보듬어안고 그 속에서 가치를 찾아내
는 일도 또한 해야 하지 않을까.[36]

　시란 "작은 것, 버려진 것, 하찮은 것, 괄시받는 것들을 보듬어 안"아야
한다는 신경림의 생각을 구체적으로 형상화해 낸 시편들은 약자들과 그
들의 삶에 대한 이해 및 공감을 바탕으로 하고 있으며, 주로 농민, 노동
자, 장꾼, 도시빈민들의 울분과 분노에 찬 삶을 구체적이면서도 사실적으
로 그려서 보여준다.[37] 신경림 시를 리얼리즘 문학이라고 부르는 이유가
여기에 있다. 신경림은 「리얼리즘론과 민족문학론」[38]에서 '어떤 문학이
가장 바람직한 민족문학인가' 하는 질문에 대해 "민중문학이요, 농민문학
이 아닌가 생각된다."고 답하면서 민족의 주체는 민중이라고 하였다. 이
를 통해 신경림이 견지하고 있는 민족문학론의 바탕에 민중이 위치하고
있음을 알 수 있다. 신경림은 위 글에서 문학은 민중의 삶 속에 깊이 뿌
리박은 것이어야 하고, 또 민중으로부터 이해되고 사랑받는 것이어야 하

---

36) 신경림, 「버려진 것, 비천한 것들의 시」, 『창작과 비평』, 18권 2호, 창비, 1990. 296쪽.
37) 신경림이 시적 대상을 사실적으로 그려냈다고 말할 수 있으나, 신경림이 그려낸 것이
　　사실 그 자체는 되지 않는다. 유리 로트만은 『시 텍스트의 분석; 시의 구조』에서 '산문
　　의 언어는 일상적 발화와 동일하지만 시의 언어는 이차적이며 구조상 더 복잡한 어떤
　　것'이라고 설명했다. (유리 로트만, 유재천 역, 『시 텍스트의 분석; 시의 구조』, 가나,
　　1987. 62쪽) 신경림의 시는 어떤 사실을 이차적 언어와 복잡한 구조를 통해 그려낸 것
　　이므로 시에 표현된 것들을 '사실'이라고 말할 수 없다.
38) 신경림, 『삶의 眞實과 詩的 眞實』, 진예원, 1983. 19쪽.

며, 일반 민중의 사상과 의지를 결합시키고 승화시킬 수 있는 것이어야 함을 강조하였다. 이는 신경림의 문학관을 잘 보여주는 내용이라고 하겠다.

사회적 약자인 민중[39]의 삶을 형상화해 온 신경림은 여타 시인들의 민중시와 변별되는 그만의 시세계를 구축해왔다.[40] 민중들의 구체적인 삶 속에서 민중과 함께 사고하고 행동하는 신경림 시의 시적 주체는 여타 민중시에 나타나는 시적 주체의 성격과 분명한 차이를 갖는다는 점에서 특징적이라고 할 수 있다. 1970~1980년대 민중시를 대표하는 고은, 정희성, 김지하의 경우를 보면, 그들의 시에 나타나는 시적 주체는 민중을 하나의 시적 대상으로 바라보는 관찰자의 입장이나 민중을 지지하는 지식인의 입장에 서 있다.

먼저 고은의 『만인보』[41]를 살펴보면, 이 시편들은 시인의 설명처럼 "이 세상에 와서 알게 된 사람들에 대한 노래"이자 "너와 나 사이 만남"으로서 시적 주체가 만난 시적 대상에 대한 이야기를 다루고 있다. 따라서 시적 주체는 민중 자신이 아니라 민중을 바라보는 관찰자가 되는 것이다. 정희성 시의 시적 주체 역시 민중 그 자체로 보기는 어렵다. 신경림

---

39) '민중'의 의미에 대한 몇 가지 설명(신경림, 『씻김굿』, 나남, 1987. 324~326쪽, 한국문학평론가협회 편, 『문학비평용어사전 상』, 국학자료원, 2006. 755쪽, 박현채, 「민중과 문학」, 『박현채 전집』 3, 해밀, 2006. 241쪽)을 종합해보면, 민중이란 어느 특정 계층을 지칭하는 개념이 아니라 지배계층의 권력과 부조리한 현실에 맞서 저항하는 주체들의 집합 형태라고 할 수 있다. 신경림 시에 나타나는 민중의 의미 역시 여기에서 크게 벗어나지 않는다. 신경림 시에서의 민중은 '농민, 광부, 장꾼, 공사장 인부, 도시빈민 등의 집합체로서, 자본과 권력의 중심 세계로부터 변두리로 밀려난 가난하고 소외된 약자계층'을 말하는데, 이들은 때로 수동적인 태도를 보여주기도 하지만 대체로 부조리한 현실이나 폭압적 세계에 저항하는 집단체로서의 면모를 드러낸다.
40) 유재천은 "시는 새로움, 즉 자유, 불가능을 제시하는 것이다. 따라서 그것은 어떠한 규제를 받아서도 안 된다. 시인이 시를 쓰면서 규제를 의식할 때 자유·꿈·새로움은 위축될 수밖에 없고 따라서 시로서 형식을 획득할 수가 없다."고 했다.(유재천, 「김수영의 시 연구」, 연세대 박사학위논문, 1986. 32쪽) 신경림이 자신만의 고유한 시세계를 구축할 수 있었던 것 역시, 그의 시가 어떠한 것에도 얽매이지 않고 끊임없이 새로움을 추구해온 결과라고 할 수 있을 것이다.
41) 고은, 『만인보』(완간개정판 1~30), 창비, 2010.

시와 마찬가지로 정희성 시의 시적 주체는 억압하고 빼앗는 자들에 대한 분노를 가지고 있으며 여공, 광부, 농민, 화전민 같은 사회적 약자들에 대한 애정의 목소리와 그들의 투쟁에 대한 성원의 목소리를 낸다. 그러나 김종철[42]의 지적처럼 약자들의 삶을 표현하는 데 있어 현실적이지 못하다는 한계를 드러내는데, 이런 측면을 보면 정희성 시의 시적 주체는 약자들을 연민의 시선으로 관찰하는 데 그친 지식인의 목소리라고 할 수 있다. 김지하의 시에 나타나는 시적 주체 역시 지식인이다. 김지하는 「架浦 日記」[43]에서 스스로에게 '웅크리지 말고 나가라. 진보를 선택하라'고 강력히 요구한다. 강한 어조의 이 목소리에는 「타는 목마름으로」에 나타나는 지식인으로서의 시적 주체가 가지고 있는 사회비판의식이 담겨 있다. 이런 점을 고려할 때 김지하 시의 시적 주체는 민중적 성격을 띠고 있으나 민중을 억압하는 사회비판에 더 관심을 기울이는 지식인이라고 할 수 있을 것이다.

그러나 신경림 시의 경우 민중시로 불리는 1970~1980년대의 시에서 시적 주체가 집단적 주체 '우리'[44]로 등장하며, '우리'의 시선을 통해 민중의 슬픔이나 울분 등을 사실적으로 그려내고 있다. 그뿐 아니라 '1974

---

42) 김종철, 「발문」, 『저문강의 삽을 씻고』, 창작과비평사, 1978.
43) 김지하, 『타는 목마름으로』, 창작과비평사, 1993. 139~140쪽.
44) 신경림 시에 등장하는 집합적(혹은 집단적) 주체로서의 '우리'는 대부분 농민들로 구성된다. 그 외에도 광부, 장꾼, 공사장 인부 등이 등장하고 있으며, 이들도 역시 '우리'에 포함된다. 민중인 '우리'를 구성하는 개별적 주체들의 공통분모는 가난과 소외와 불평등 등이다. '우리'는 모두 피지배계급으로 정치와 사회, 자본 등에서 소외된 채로 불평등한 삶을 살고 있으며 그러한 삶에서 영구히 탈출하지 못하는 사회적 구조에 갇힌 형태로 등장한다. 이러한 삶으로 인해 신경림 시의 민중들은 대부분 울분과 분노를 품고 있다. 그러나 그 분노를 속으로만 삼키며 주먹을 움켜쥔 채 살아간다. 그러다 때로는 쌓였던 분노를 표출하는 모습을 보여주기도 하는데, 이때 행동하는 시적 주체 대부분은 개별적 주체가 아닌 '우리'라는 집합적(혹은 집단적) 주체의 형태를 띠게 된다. 시적 주체가 집합적인 '우리'로 나타나는 경우는 대체로 무기력하고 수동적 태도를 지닌 시적 주체로 등장하며, 반면 집단적 주체인 '우리'로 나타나는 경우에는 저항성을 띤 시적 주체로 등장하여 현실세계에 맞서 저항하는 태도를 보여준다.

년경 신경림은 산동네에서 힘겹게 살았는데, 흔히 말하는 민중의 삶이 그에게는 바로 절실한 체험적 현실이었던 것'45)이라고 한 염무웅의 말처럼 신경림이 살아온 삶이 곧 민중의 삶이었기에, 시적 주체인 민중의 목소리는 곧 신경림의 목소리라고 할 수 있을 것이다.

그런데 혹자는 박노해의 『노동의 새벽』46)의 경우 시인이 노동자로서 노동자의 삶을 시로 형상화했기에 진정한 의미의 민중시가 될 수 있으나 신경림의 경우에는 시인이 민중이 아닌 지식인이었기에 참된 민중시가 될 수 없다는 논리를 펴기도 한다. 물론 채광석의 설명처럼 "남의 이야기가 아니라 나 자신의 이야기인 데서 오는 구체적인 현장성이 모든 시들의 피와 살을 형성"47)한 박노해의 시는 어떤 시보다 노동자의 삶을 생생하게 그려낼 수 있었고, 그의 시에서 시적 주체는 당연히 민중이 된다.

그러나 민중시 혹은 민중시인이라고 했을 때, 창작자가 누구인가, 무엇을 소재로 썼는가에만 초점을 두고 이야기할 수는 없을 것이다. 신경림의 경우 비록 그가 지식인이기는 했으나 그 자신이 속해 있는 세계는 지식인의 그것이 아니라 농민과 노동자와 도시빈민의 세계였으며, 기본적으로 그는 민중의 한 구성원으로서 민중들과 함께 울고 분노하면서 민중을 억압하는 세계에 저항해왔다. 그러면서도 주관을 노출하는 박노해의 시적 주체와는 달리 신경림 시의 시적 주체는 민중의 삶을 객관적이면서도 사실적으로 그려냈다. 이런 맥락에서 백낙청은 '신경림이 현대인다운 냉철한 눈으로 농촌현실을 보며 억눌려 사는 그들의 고난과 분노와 맹세를 바로 자기의 것으로 삼고 있다'48)고 평가하였다. 백낙청의 발언처럼 신경

---

45) 염무웅, 「민중의 삶, 민족의 노래」, 구중서·백낙청·염무웅 엮음, 『신경림 문학의 세계』, 창작과비평사, 1995. 71~72쪽 참고.
46) 박노해, 『노동의 새벽』, 풀빛, 1984.
47) 채광석, 「노동현장의 눈동자」, 박노해, 『노동의 새벽』, 풀빛, 1984. 158쪽.
48) 백낙청, 「발문」, 신경림, 『農舞』, 창작과비평사, 1975. 114쪽.

림은 민중을 대상화하지 않고 자신 또한 민중이 되어 '우리'라는 집단적
주체를 탄생시켰다. 따라서 신경림 시의 시적 주체를 민중을 관찰하는 지
식인으로 이해하는 것은 단순한 시각에 불과하다고 하겠다.

 일반적으로 시에 나타나는 대부분의 시적 주체는 시적 대상을 자신과
분리하여 대상화한 뒤 적절한 시적 거리를 유지한 채 그 대상과 마주한
다. 이때 대상은 시적 주체와 엄연히 구분된 존재로 드러난다. 이런 구조
는 민중시에서도 마찬가지다. 시에 등장하는 발화자, 즉 화자는 자신만의
시선으로 대상을 바라보면서 자신이 감각하고 인지한 대로 그려낸다. 그
러므로 시 속에 나타나는 대상의 모습은 시적 주체에 의해 재해석되고
재구성된 것이라고 할 수 있다. 이때 시적 주체는 대상과 완전히 분리된
독자적인 존재가 되고, 그렇게 됨으로써 시적 주체와 대상 사이에는 객관
적 거리가 형성되게 된다. 그런데 신경림이 주목하고 있는 가난하고 소외
된 민중으로서의 시적 대상들은 시적 주체와 분리된 존재가 아니라 시적
주체와 동일한 존재, 즉 '우리'로 호명되는 집단적 주체의 형태로 등장한
다. 다시 말하면, 시적 주체가 바라보는 시적 대상으로서의 민중 속에
'나'가 이미 포함되어 있으므로, 시적 주체와 시적 대상은 각각 독립된 존
재가 아니라 하나로 통합된 존재로서의 '우리'를 구성하게 되는 것이다.
따라서 시적 주체는 민중이라는 대상을 자신과 분리되어 있는 타자로서
가 아니라, 화자 자신을 포함한 하나의 공동체로 인식한다. 그렇기 때문
에 화자는 마치 '우리'라는 집단이 하나의 개체인 듯이 발언한다.[49] 이는
일반적으로 민중시에서 민중을 대상화하는 것과는 다른 양상을 보여주는
것이다.

 집단 형태의 화자인 '우리'는 특히 1970~1980년대 시에서 쉽게 발견
된다. 여기에서 '우리'는 공동의 발화자이면서도 한 목소리를 내는 화자

이기 때문에 시적 주체이면서 동시에 시적 대상이 된다. 시적 주체는 인식주체인 '우리'를 대상화시킴으로써 '우리'의 삶과 그 삶에 내재된 고통과 울분 등을 사실적으로 그려낸다. 그렇다면 신경림이 이렇게 시적 대상인 '우리'를 시적 주체와 동일시한 이유는 무엇인가.[50] 신경림은 "이곳저곳을 떠돌면서, 시골 사람들과 어려움을 같이 겪고, 억울함을 함께 당하고, 가난을 더불어 맛보"[51]았다. 그는 시골 사람들과 함께 어려움과 억울함을 겪는 동안 자신들을 억압하는 현실세계(타자)와 대립관계를 이루게 되고, 이런 대립관계는 자연스럽게 '우리'를 하나의 공동체로 묶어내는 계기로 작용하게 된다. 김준오 역시 비슷한 맥락에서 화자와 '우리'의 관계를 설명하였다. 그는 신경림의 "시에 등장하는 화자도 변두리 인간의 밖이나 위에서 그들을 바라보는 존재가 아니라 바로 그 변두리 인간들 중의 한 사람이다. 바로 이 점은 민중시가 되는 가장 확실한 근거가 된다. 그래서 화자는 '우리'란 말로 객관화되어 삶을 공유하는 공동체의식을 시사하고 있다."[52]고 했다. 그리고 '외면할 수 없는 타자의 울음에 귀를 기울임으로써 신경림이 민중 속으로 들어갈 수 있었다.'고 말하는 김윤정[53]의 발언 역시 신경림 시의 시적 주체가 집단적 주체인 '우리'에 속해 있음을 잘 보여준다. 1970~1980년대에 신경림은 농민과 노동자의 입장을

---

50) 이동희는 '우리'가 누구인지, 또 무엇을 통해 '우리'라고 명명되는지가 중요하다고 언급하면서, 「農舞」와 「歸路」를 예로 들어, '우리'를 우리이게 하는 것은 즉, 우리로서의 동일성의 기준이 되는 것은 어쩔 수 없이 공유하고 있는 '원통한 슬픔'이라고 설명한다. 이는 시인이 '우리'의 일원이 되어 집합적 주체인 '우리'가 될 수 있었던 것이 시인과 '우리'에게 '원통한 슬픔'이라는 공통분모가 있었기에 가능하다는 이야기로 귀결된다. 그러나 발화자가 "우리"로 나타나는 시편들에서 원통한 슬픔뿐 아니라 세계에 대한 분노와 두려움, 저항 의지 등도 나타나므로 '원통한 슬픔'만으로 '우리'의 의미를 설명하기는 어렵다.(이동희, 「우리의 슬픔, 개인의 비애 -신경림의『農舞』(1973)와『새재』(1979)」,『현대문학의 연구』15, 한국문학연구학회, 2000. 187~189쪽)
51) 신경림,『우리 시의 이해』, 한길사, 1986. 56쪽.
52) 김준오,『詩論』, 삼지원, 2007. 95쪽.
53) 김윤정, 앞의 글, 485쪽.

이해하는 한 사람의 지식인이나 작가로서가 아니라 농민이요 노동자였던 자신의 목소리로 시를 썼다.[54] 그렇기 때문에 민중의 목소리로 민중의 삶을 이야기할 수 있었으며, 엄격히 분리된 시적 주체와 시적 대상이 동일한 목소리를 가진 '우리'가 될 수 있었던 것이다.

그러나 신경림 시에 나타나는 시적 주체는 절대불변의 존재가 아니라 수많은 타자(현실세계 혹은 '작은 이웃')와의 관계 속에서 항상 새롭게 구성되는 존재이다. 시적 주체는 타자와의 관계 맺음의 양상에 따라 다양한 모습으로 구성되기 때문에 신경림의 시에 나타나는 시적 주체를 저항하는 민중으로 고정시켜 바라보거나 타자와의 관계를 고려하지 않고 시적 주체만을 논의의 중심에 둔다면 신경림의 시를 바르게 이해하기 어렵다. 그러므로 신경림의 시세계를 제대로 규명하고자 한다면 시적 주체와 타자의 관계를 구체적으로 파악하는 일이 선행되어야 할 것이다.[55]

그렇다면 시에서 '시적 주체'란 무엇인가. 그동안 문학의 장(場)에서 시적 주체에 관한 논의가 적지 않았으나 시에서 화자, 자아 혹은 주체, 시인을 명확하게 구분하여 설명하는 것은 여전히 쉽지 않은 것이 사실이다. 권혁웅[56]이 "작품 안의 화자와 작품 바깥의 화자를 나누고, 다시 작품 바깥의 시인을 갈라내는 것은 도식으로서는 쉽지만, 실제로 적용하기는 어렵다. 시인/ (작품 내부의) 화자/ (작품 외부의) 화자를 나누는 막이 아주 헐겁기 때문"이라고 한 발언도 명확한 구분이 쉽지 않음을 드러내준다. 권혁

---

54) 신경림은 "민중문학이 정말로 훌륭한 민중문학이 되지 못하고 있는 이유 가운데 하나로 민중을 제대로 파악하고 있지 못한 사실도 들어질 수 있"다고 말한다.(신경림, 「민중의 발견과 문학에 있어서의 참여 -몇가지 최근의 관심사를 중심으로」, 『숙대학보』 22, 숙명여자대학교 학생위원회, 1982. 249쪽) 이 발언에는 '민중문학의 핵심이 민중에 대한 온전한 이해와 파악에 있다'는 의미가 내포되어 있다.
55) 김지녀는 "문학텍스트에서 주체와 세계의 문제는 일정한 미적 질서를 창출해내는 가장 근본적이고 본질적인 작동기제"라고 설명했다.(김지녀, 「김춘수 시에 나타난 주체와 세계의 관계 양상 연구」, 고려대 박사학위논문, 2012. 18쪽)
56) 권혁웅, 『시론』, 문학동네, 2010. 26~27쪽.

웅은 이 글에서 "발화의 중심점, 곧 발화가 생겨나는 자리가 곧 주체라 부르자."고 제안한다. 그는 덧붙여 자신이 제안하는 주체는 "단일한 목소리를 가진 한 사람이 아니라 특정 발화가 만들어내는 수행적인 효과를 이르는 이름이다. 다시 말하면 주체는 시적 언술을 산출하는 '실체'가 아니라, 이 언술들의 구조화된 장(場)에서 생겨나는, '말하는 것으로 가정된' 어떤 지점이다."라고 설명한다. 시적 주체를 언술행위의 실체적 존재로 보지 않는다는 권혁웅의 발언은 메쇼닉의 시적 주체를 떠올리게 한다.

앙리 메쇼닉[57]은 기존의 주체이론이 안고 있는 근본적인 문제가 '단수의 주체'를 상정한 데 있다고 지적하면서, 『리듬의 정치, 주체의 정치』에서 역사적·이론적·철학적·종교적·사회학적·문화적으로 12가지 유형의 복수 주체를 제시하였다. 그러나 그는 자신이 제시한 주체들 중 어느 하나도 시를 만들어내는 힘을 설명해내지 못한다는 한계를 언급하면서 열세 번째의 주체, 즉 시적 주체(sujet du poème)를 상정한다. 그는 시적 주체 개념은 '디스쿠르(discours) 체계의 전적인 주체화, 삶의 형식에 의한 언어활동 형식의 발명, 언어활동의 형식에 의한 삶의 형식의 발명을 지칭'한다고 주장한다. 메쇼닉이 말하는 시적 주체는 언어활동을 통해서 구축되며, 언어활동 속에서 세계와 관계 맺는 존재이다. '디스쿠르 주체'를 고안한 벤브니스트에 따르면 디스쿠르 주체는 '발화행위의 주체'(언술 주체)라고 할 수 있는데, 이는 단순히 발화하는 존재 그 자체를 의미하는 것이 아니라 '내가 말하는 곳에 존재하는 주체', 즉 말하는 나를 통해 존재가 가능한 그 무엇이며, 디스쿠르 내에서 모든 언어요소가 상호의존적으로 의미를 창출할 때 각각의 요소를 상호의존적으로 결속하는 실질적인 힘이다. 여기에서 가장 중요한 지점은 '시적 주체'가 디스쿠르 즉, 언술 내에 존재한다는 점일 것이다.

---

57) 조재룡, 『앙리 메쇼닉과 현대비평』, 길, 2007. 91~98쪽 참고.

권혁웅과 메쇼닉이 시적 주체를 언술 행위와 관련된 실체적 존재로 보지 않는 것과는 달리, 김준오[58]는 함축적 시인(시적 주체)을 언술행위의 주체로 설명한다. 그는 「화자와 두 가지 주체」에서 시적 담화의 3요소인 화자·청자·화제의 관계를 아래와 같은 도식으로 나타낸다.

김준오는 "점선으로 싸여진 부분은 작품세계이고, 직사각형은 텍스트를 가리킨다. 물론 (중략) 이때 함축적 시인과 화자가 일치할 수도 있고 구분될 수도 있다. 후자의 경우 함축적 시인은 작품세계로부터 모습을 감춘다."고 말한다. 그런데 여기에서 중요한 것은 함축적 시인과 실제의 시인은 구분되어야 한다는 점인데, 김준오가 말하는 함축적 시인을 일반적 의미의 '시적 주체'로 이해할 수 있을 것이다.

일반적으로 시에서 시적 주체란 시를 주체적으로 이끌어가는 존재로 시를 조직하고 시에서 말하고자 하는 바를 드러낸다. 이때 시적 주체는 화자나 시인과는 구분되는 존재이다.(물론 시적 주체와 화자가 동일한 존재인 경우도 있다.) 화자는 텍스트 내에서 청자를 상대로 이야기를 하는 존재, 즉 '가면을 쓴 목소리'에 해당하는 존재이며, 시인은 자신의 경험이나 상상을 바탕으로 시를 쓰기는 하지만 엄연히 텍스트 바깥에 있는 존재이기 때문에 화자와 시인, 이 둘은 근본적으로 텍스트 내에서 주체적인 존재가 되기 어렵다. 그러나 시적 주체는 텍스트 내에 존재하면서도 현실과도 관

---

58) 김준오, 『詩論』, 삼지원, 2007. 299~304쪽.

계를 맺고 있기에 언술행위를 통해 정치나 경제와 같은 현실적 문제에
대해서도 자기의 견해를 피력할 수 있으며, 목소리만 전달하는 화자와 달
리 시적 의미뿐 아니라 시적 형식까지 관장할 수 있다. 따라서 이 글에서
는 시 텍스트 내에서 자기의식[59]을 가지고 시를 주체적으로 구성하고 언
술을 주관하는 개체로서 시적 대상과의 관계 속에서 항상 새롭게 구성되
는 존재를 시적 주체로 명명하고, 이러한 시적 주체[60]를 중심으로 신경림
의 시세계를 파악하고자 한다.[61]

신경림의 시세계를 정확하게 파악하기 위해 우선 시 창작의 배경이 되
는 사회와 역사에 대한 기본적인 이해가 선행되어야 할 것으로 판단된다.
민중시가 등장할 수밖에 없도록 이끈 것이 바로 당대의 사회현실이기 때
문이다. 이에 1970~1980년대의 정치적·사회적 배경을 간략하게나마 짚
어보기로 한다.

신경림이 본격적으로 창작활동을 하던 1970년대는 군부독재시대로, 박
정희 정부가 조국 근대화의 실현을 국정 목표로 삼고 경제성장정책을 추
진하는 한편 10월 유신을 단행하여 독재 체제를 구축하였다. 이에 민주주
의를 열망하는 민중들은 끊임없이 독재체제에 저항했고, 그 결과 10·26사
태가 일어나면서 유신체제는 막을 내리게 된다. 그러나 이후 새로 등장한

---

59) 자기의식이란 타자에 대한 주체의 의식으로, 주체가 타자를 대했을 때 주체가 가지는
어떤 의식을 말한다.
60) 일반적으로 텍스트 내에서 시를 구성하고 말하고자 하는 바를 드러내는 존재를 시적
주체, 시적 자아, 서정적 자아 등 여러 가지 명칭으로 부르고 있다. 이 글에서는 신경림
시에 나타나는 '현실세계', '작은 이웃' 등을 타자로 상정하고 있으므로 텍스트 내에서
타자와 대응관계를 이루고 있는 존재를 '시적 주체'로 명명하고자 한다.
61) '주체'는 철학에서도 중요하게 다루어지는 개념이다. 그러나 이 글에서는 철학적 개념
을 원용하여 전 텍스트를 분석하려는 의도가 없으므로, 철학적 주체 개념에 대한 설명
은 따로 덧붙이지 않는다. 다만, 4장에서 '분열된 주체'에 대한 이해를 도와줄 마르틴
부버의 '주체'와 '5장'의 에마뉘엘 레비나스의 '윤리적 주체'는 신경림의 『가난한 사
랑 노래』 이후의 시를 설명하기에 적절한 개념이라고 판단되므로, 해당 장에서 필요한
설명을 덧붙이기로 한다.

신군부 세력이 광주민중항쟁을 비롯한 국민들의 민주화 요구를 무력으로
진압한 뒤 통치권을 장악하였다. 전두환 정부가 민주화 운동을 탄압하고
인권을 유린하자 국민들의 민주화 운동은 더욱 확산되었다.

한편 당대의 사회·경제적 측면을 보면, 1960년대 이후 우리나라는 경
제개발5개년계획의 실시로 산업화는 진전을 보게 되었으나, 수출 주도의
경제개발로 인해 농업은 희생을 강요받아야 했다. 산업화에 따른 노동자
들의 저임금 정책을 뒷받침하기 위해 저곡가 정책을 실시하였기 때문이
다. 이로써 농촌 생활은 궁핍해지고 농민들의 고통은 가중되었다.[62] 당시
의 산업화와 도시화는 우리나라의 근대화에 기여한 바는 큰 반면, 가족
제도의 붕괴, 노동자 문제, 실업자 문제 등 여러 가지 사회적 문제를 발생
시켰다. 이 과정에서 농민과 노동자와 도시빈민들은 사회의 중심에서 소
외되었는데, 신경림은 이런 민중들의 삶을 시로 형상화했다. 신경림 시에
등장하는 권력자와 자본가의 민중에 대한 횡포, 그리고 분단의 문제 또한
현실세계를 반영한 것이라고 할 수 있다.

신경림의 시를 이해할 수 있는 또 하나의 키워드는 민족문학론이다. 신
경림의 시는 1980년대 후반까지 민족문학론의 정석을 따랐다고 볼 수 있
다. 그러나 1990년대로 접어든 이후 민족문학론의 유효성이 소멸되었다
고 보는 견해가 등장하면서,[63] 신경림 역시 민족문학론의 새로운 방향에

---

62) 임헌영은 신경림이 농촌을 누비면서 있는 그대로의 농촌을 노래하고 농민적 투지보다
    오히려 체념과 허무의식에 지친 한의 정서를 시의 기조로 삼을 수밖에 없었던 이유는,
    당시의 도·농격차와 이농, 그리고 농촌·농민계급의 분화와 갈등 같은 사회적 배경에
    있었다고 설명한다.(임헌영, 앞의 글, 207쪽)
63) 김영민은 "민족문학론이 진정 민족이 처한 현실과 그 구성원들의 삶을 반영하는 문학
    이론이라는 명제가 분명한 것이라면, 민족문학 논의는 앞으로도 끊임없이 이어질 것이
    다."라고 밝은 전망을 내놓기도 했다.(김영민, 앞의 책, 440쪽) 최용석 역시 "시대상이
    적극 반영된 민족 개념의 설정에 따른 민족문학론의 구축은 21세기 문학의 새로운 장
    을 마련하는 핵심이라 할 수 있다."고 언급하면서 민족문학이 현재에도 유효하다는 것
    을 말해주고 있다.(최용석, 「민족민학론이 시기 구분에 따른 전개 양상 고찰 -해방 전후
    부터 80년대까지의 민족문학론을 중심으로」, 『국학연구총론』 12, 택민국학연구원,

대한 모색과 자기갱신의 과정을 겪은 것으로 보인다. 이는 자기성찰 시의
등장과 같은 시세계의 변화를 통해서도 어느 정도 유추가 가능하다. 그러
나『가난한 사랑노래』이후에도 신경림의 "시에 대한 민족문학론의 독특
한 독법은 지속"[64]된다. 다만 그 내용에 있어 그 이전과는 다른 지점이
있는데, 그것은 자기성찰을 통해서 자신의 시세계를 새롭게 정비하고 새
로운 방법을 통해서 민족문학론을 실천하려 한 점이다. 신경림은『가난한
사랑노래』까지는 민중의 단합된 힘을 통해서 타자로서의 현실세계를 변
혁시키고자 하였다. 그러나『길』에서부터는 민중이 아니라 민중의 구성
원인 ('나'를 포함한 개인으로서의) '작은 이웃'들의 연대를 통해서 민족문학
을 새롭게 이어감으로써 현실세계를 점진적으로 변혁시켜 나가고자 하는
의도를 담아냈다. 이와 같은 방법적 변화는 신경림 시세계의 변화를 이끌
어 내는 하나의 동인으로 작용한다. 그리하여 1990년 이후 신경림 시의
타자는 추상적이고 관념적인 현실세계에서 (타자로서의) '나'와 '작은 이웃'
으로 변화하였으며, 시적 주체는 집단적 주체인 민중으로서의 '우리'에서
'우리'를 구성하는 개별자 '나'로 변모되는 양상을 보여주었다.

　　신경림 시의 타자와 시적 주체가 변화를 겪는 양상을 통해서 알 수 있
듯이 모든 주체는 스스로 존재하는 것이 아니라 타자[65]와의 관계를 통해

2013. 29쪽) 그러나 신승엽은 "지난 한 세기의 우리 문학은 우연찮게도 민족문학운동
의 세기로서, 게다가 세기의 시작과 끝이 민족문학운동의 발흥과 퇴조에 겹쳐지지 않
는가. 이번의 '퇴조'가 꼭 종말은 아니라 할지라도, 이제는 그 운동을 '역사화'하는 작
업이 이루어져야 할 때가 아닌가 싶은 것이다."(신승엽,「세기 전환기, 민족문학에 대한
단상」,『민족문학을 넘어서』, 소명출판, 2000. 56쪽)라고 말함으로써 이제는 민족문학
의 시효성이 종말을 앞두고 있음을 암시했으며, 이 외에도 민족문학론의 유효성에 대
해 부정적인 견해를 피력하는 이들도 없지 않았다.
64) 강정구,「진보적 민족문학론의 민중시관(民衆詩觀) 재고 -신경림의 시를 중심으로」,『국
제어문』40, 국제어문학회, 2007. 280쪽.
65) 타자란 "주체와 마주하는 관계"에 있는 타인의 얼굴이며 "타인의 얼굴은 곧 신의 재림
이며 형이상학의 하강"이다.(윤대선,『레비나스의 세계철학』, 문예출판사, 2009. 22쪽)
그리고 주체의 바깥에 존재하면서 주체와 관계를 맺을 때 모든 것은 타자가 될 수 있

서 비로소 주체로서의 모습을 갖게 된다. 시적 주체 역시 자신이 마주하는 시적 대상에 의해 항상 새롭게 구성되는 존재라고 할 수 있다.66) 어떤 대상과 어떠한 관계를 맺는가에 따라 시적 주체는 그 성격을 달리하게 되는 것이다. 그러므로 신경림 시에서 시적 주체와 관계를 맺는 현실세계(혹은 타인)의 성격이 밝혀졌을 때 시적 주체가 좀 더 명확히 규명될 수 있을 것이며, 이를 통해 신경림이 구축한 시세계의 의미를 보다 분명하게 밝힐 수 있을 것으로 판단된다.

이러한 판단을 근거로 이 글에서는 먼저 신경림 시에 나타나는 집단적 주체 '우리'와 집단의 구성원인 개별적 주체 '나'에 주목하고자 한다.67) 신경림 시에 나타나는 시적 주체의 정체를 밝히고, 시적 주체와 대립관계를 맺고 있는 타자로서의 현실세계를 파악하여 시적 주체가 현실세계(타자)에 어떻게 대응하는지 그 양상을 살피고자 한다. 이를 위해 시적 주체

다. 이 글에서 말하는 타자 역시 주체와 밀접한 관계를 맺고 있는 대상으로서의 존재를 말하며, 신경림 시에서 시적 주체와 대립적 관계를 맺고 있는 현실세계와 주체가 연민의 시선으로 바라보는 '작은 이웃' 등이 타자가 된다.

66) 서동욱, 『차이와 타자』, 문학과지성사, 2000. 189쪽 참고.

67) 신경림 시에 등장하는 '우리'에 관심을 가진 논의들은 다음과 같다. 먼저, 이강하는 '우리'가 지시하는 대상을 밝힘으로써 주체가 구현하려고 하는 담론을 밝히고자 했다. 그는 "'나'의 위치와 세계의 위치가 갖는 거리를 "우리"라는 지시행위로써 상쇄시키는 것이 『農舞』가 보여주고 있는 민중의식에 대한 실천"이라고 설명했다.(이강하, 「신경림 『農舞』에 나타난 '우리'의 의미와 효과」, 『동남어문논집』 39, 동남어문학회, 2015. 69~98쪽) 이동희는 우리를 우리이게 하는 것은 "원통한 슬픔"이라 할 수 있는데, '민요가락'은 이 슬픔을 이해하는 길이며, '서사'는 농꾼들의 현실을 통해 '우리의 슬픔'을 새로운 감수성의 영역으로 제시했다고 평가했다.(이동희, 「우리의 슬픔, 개인의 비애 - 신경림의 『農舞』(1973)와 『새재』(1979)」, 『현대문학의 연구』 15, 한국문학연구학회, 2000. 187~189쪽) 반면 서범석은 '우리'라는 퍼소나가 농민의 고통을 묘사하는 데 장애적 장치가 되었다고 해석하면서, 시인이 농민의 삶을 구체화하지 못하고 농민에 대한 대변자의 기능만 수행했다고 평가했다.(서범석, 「신경림의 『農舞』 연구 -농민시적 성격을 중심으로」, 『국제어문』 37, 국제어문학회, 2006. 163~193쪽) 그러나 시에 나타나는 시적 주체는 '우리'라는 공동체를 이루는 구성원에 속할 뿐 아니라 농민의 목소리를 가지고 있는 존재이므로 집합적 주체라 하더라도 농민의 고통을 구체적으로 드러내는 데 부족함이 없다고 판단된다.

의 성격이 변화하는 지점에 따라 신경림의 시세계를 네 단계로 구분하고
자 한다.[68] 중심공간으로부터 밀려나 주변공간에서 가난하게 살아가는
'소외된 주체'가 등장하는 『農舞』(1973)와 『새재』(1979)를 1기, 현실세계에
대한 실제적인 저항행위를 통해 세계를 변화시키고자 하는 '변혁주체'가
등장하는 『달 넘세』(1985)와 『南漢江』(1987), 『가난한 사랑노래』(1988)까지
를 2기, '우리' 속에 있는 '나'로부터 분리되어 나와 대상화된 '나'를 바라
보며 반성하는 '분열된 주체'가 등장하는 『길』(1990)과 『쓰러진 자의 꿈』
(1993)을 3기, 사람답게 살 수 있는 공동체세계의 구축을 지향하는 '윤리적
주체'가 등장하는 『어머니와 할머니의 실루엣』(1998)에서부터 『사진관집
이층』(2014)까지를 4기로 구분한다.[69] 이를 정리해보면, 신경림 시를 민중
의 저항의식이 드러나는 민중시로 읽었을 때 1기에서는 수동적인 집합적
주체가 등장하는 반면 2기에서는 적극적인 저항의지를 지닌 집단적 주체
가 등장한다. 이후 민중이라는 카테고리를 벗어나는 새로운 시적 주체의
등장을 확인할 수 있는데, 3기에서는 자신을 성찰하는 개별자로서의 자기

---

68) 신경림의 시세계를 몇 단계로 구분한 선행연구들을 잠시 살펴보면 다음과 같다. 먼저
임헌영은 신경림 시의 미세한 변모과정에 따라 등단 시기를 1기, 『農舞』를 2기, 『새재』
이후를 3기로 구분했으며,(임헌영, 「신경림의 시세계 -南漢江』을 중심으로」, 신경림,
『南漢江』, 창작사, 1987) 정민의 경우에는 시론의 변화를 보여주는 1980년대 말을 기준
으로 전기와 후기로 구분했다.(정민, 「신경림 시론의 변화 양상과 그 의미」, 『한국현대
문학연구』 25, 2008. 142쪽) 그리고 조찬호는 시의식적 측면·서정적 측면·양식적 측
면을 고려하여 등단 시기부터 『農舞』까지를 초기, 『새재』부터 『뿔』까지를 후기로 구분
했으며,(조찬호, 「신경림 시 연구」, 우석대 박사학위논문, 2008) 김성규는 시세계의 변
화를 추적하면서 시적 대상이 크게 바뀌는 『길』을 중심으로 전기와 후기로 구분했다.
(김성규, 「신경림 시 연구」, 충남대 박사학위논문, 2015)

69) 신경림은 자신의 시의 변화에 대해 "『길』의 이후부터 '시'에 대한 생각의 변화를 겪다
가 『어머니와 할머니의 실루엣』과 『뿔』을 쓰면서 명확한 자신의 길을 찾았다고 설명
하는데,(신경림, 『낙타』, 창비, 2008. 125~126쪽) 이런 생각의 변화는 시에서도 그대로
드러나, 『길』에서부터 신경림 시의 뚜렷한 변화를 감지할 수 있다.
이 연구에서 기본 텍스트로 삼은 시집은 2004년 발간된 『신경림 전집』(1·2)과 이후 발
간된 시집 『낙타』(2008), 『사진관집 이층』(2014) 등이다.

성찰적 주체, 4기에서는 '작은 이웃'을 연민으로 품어내는 윤리적 주체가 각각 등장한다.[70] 시적 주체의 이런 변화는 시적 주체와 마주하는 타자의 변화와 밀접한 상관성을 갖는다.

각 단계에서 보여주는 시적 주체의 변모와 현실 대응 양상을 살피기 위해, 2장에서는 집단적 성격을 갖추기 이전의 집합적 주체인 '우리'를 살펴보고자 한다. 『農舞』로 대표되는 1기에서 시적 주체 '우리'는 현실세계의 중심으로부터 밀려난 채 주변적 공간에서 가난한 삶을 이어가는 소외된 주체로 등장한다. 이때 '우리'는 게토와 같은 공간에서 힘겹게 삶을 이어가는 모습을 보여주는데, 이 장에서는 주변적 공간과 '우리'의 삶을 통해 드러나는 공간소외와 인간소외의 상관관계를 살펴볼 것이다. 그리고 소외 주체가 현실세계에 대해 분노를 느끼면서도 그 분노를 밖으로 표출하지 못하고 체념하는데, 이때의 '체념'이 갖는 의미와 체념을 선택하게 된 원인이 무엇인지를 파악하고자 한다.

이어 3장에서는 『南漢江』으로 대표되는 2기에서 수동성을 과감하게 탈피하고 현실세계의 변혁을 위해 적극적이고 실천적인 저항을 감행하는 변혁주체의 등장을 중점적으로 살핌으로써 집합적 주체가 집단적 변혁주체로 변모할 수 있도록 추동하는 힘의 정체가 무엇인지 밝히고자 한다. 또한 시에 나타나는 분단에 대한 끊임없는 관심과 통일지향이 어디에서부터 출발하는지에 대해서도 살펴볼 것이다.

신경림 시에서 가장 큰 변화를 보여주는 3기를 다루는 4장에서는 『가난한 사랑노래』 이후 '우리' 안에 있는 주체 '나'가 분열된 주체 '나'로 변모하게 된 배경을 먼저 살피고, 대상화된 자신과의 '거리 두기'를 통해

---

70) 물론 분명한 저항의식을 드러내는 것은 3집 『달 넘세』와 4집 『南漢江』까지로 볼 수 있다. 그러나 5집 『가난한 사랑노래』 역시 내면화된 저항의식을 보여주고 있으며, 6집 『길』과는 저항의식에 있어 엄연한 차이를 드러내고 있기 때문에 『가난한 사랑노래』는 2기에 포함시키는 것이 자연스럽다.

서 주체가 반성하고자 한 것은 무엇이며, 이 반성을 통해서 도달하고자
한 목표가 무엇인지를 살펴보고자 한다.

5장에서는 『어머니와 할머니의 실루엣』으로 대표되는 4기의 시적 주체
가 '작은 이웃'들이 겪고 있는 가난과 그들로 하여금 불구적 삶을 살게
하는 현실세계를 응시하면서 연민의식을 가진 윤리적 주체로 성장하게
되는 과정을 살피고자 한다. 그리고 윤리적 주체가 '작은 이웃'들과의 연
대를 통해서 구축하고자 하는 세계로서의 '우리'란 어떤 것이며, '우리'가
갖는 의미가 무엇인지에 대해서도 살펴보고자 한다.

이러한 논의의 과정을 통해 신경림 시에 나타나는 시적 주체의 변모
과정과 시적 주체의 현실 대응 양상을 구체적으로 밝혀내고 이를 바탕으
로 신경림의 시세계가 함의하고 있는 궁극적인 의미를 밝히는 것이 이
글의 목적이다. 이와 같은 결과를 도출해내기 위해 작품 분석 시 기본적
으로 내재적 분석에 초점을 두되, 시에 대한 이해를 높이는 데 필요하다
고 판단되는 경우에 한하여 시인의 산문과 생애 등을 참고할 계획이다.

제2장 소외된 주체 '우리'의 체념과 시적 공간의 위계

신경림 시에 빈번하게 나타나는 '새재', '남한강', '금점굴', '장터', '산동네', '서울' 등을 포함한 다양한 시적 공간은 신경림의 시세계에서 중요한 위치를 차지한다. 이들 공간은 농민, 장꾼, 광부, 노동자, 도시빈민 등과 같은 시적 주체, 즉 안토니오 그람시가 말한 '서발턴'[71]이 살아가는 삶의 터전으로서 그들의 삶을 구체적으로 보여주는 기호일 뿐 아니라 주제의식을 드러내는 데도 중요한 역할을 담당하고 있기 때문이다.[72] 신경림의 초기시에 등장하는 인물들은 대부분 농민과 장꾼, 광부들이다. 이들은 농업 근대화를 부르짖는 한국 정부의 정책과는 동떨어진 농촌과 산동네, 장터와 광산 같은 공간에서 가난과 결핍을 겪으며 힘겹게 일상을 이어간다. 따라서 하위 계층의 인물들이 삶을 영위하는 구체적인 장소로서의 공간이 갖는 특성은 이들의 지난한 삶을 고스란히 반영하고 있다는 점이다.

신경림 시에서 이러한 공간들은 대부분 이분법적인 공간 형태로 나타

---

71) '하위자(下位者)'를 의미하는 '서발턴'은 이탈리아 사상가 안토니오 그람시(Antonio Gramsci)가 『옥중 노트』에서 처음 사용한 말로, 지배계층의 헤게모니에 종속되거나 접근을 부인당한 그룹인 하위주체를 의미한다. 여기에는 노동자, 농민, 여성, 피식민지인 등 주변부적 부류가 속하는데,(박종성, 『탈식민주의에 대한 성찰』, 살림, 2011. 61쪽) 신경림 시에 등장하는 농민, 노동자, 장꾼, 도시빈민 등 역시 하위주체인 서발턴에 속한다.
72) 신경림 시에 나타나는 물리적 공간들은 시인의 실제적 공간 체험을 바탕으로 하고 있다. 그러나 "문학 텍스트에서 현실의 실제적이고 물리적인 공간은 창조자의 독자적인 상상력을 통해 주체적으로 변용·굴절되어 질적인 공간으로 변모한다."(장만호, 『한국 시와 시인의 선택』, 서정시학, 2015. 287쪽)는 점을 고려하여 신경림 시의 공간을 이해해야 할 것이다.

난다.73) 특히 시골과 도시, 도시의 주변과 중심이 대립하는 공간 구조는 그의 시에서 빈번하게 나타나는데, 산동네나 시골 같은 주변적 공간만 제시되는 경우에 있어서도 대부분은 서울 혹은 도시 중심이라는 보이지 않는 중심공간과의 대립을 상정하고 있다. 이렇게 신경림의 초기시는 이분법적 공간을 설정하고 중심에서 배제된 소외공간에서 살아가는 사람들을 피동적으로 '우리'라는 단위로 묶어낸다. 따라서 '우리'가 위치한 공간은 자연히 소외의 공간이 된다. 이는 신경림이 중심과 주변으로 구분되는 사회학적 공간을 시적 공간으로 재현하고자 한 의도로 읽을 수 있다.

1. 사회학적 공간의 시적 공간화와 주체의 소외

인간의 삶을 지탱할 수 있게 하는 생활공간은 투쟁을 기본으로 삼을 수밖에 없다. 이 투쟁은 삶의 작은 부분에서부터 큰 영역에 이르기까지 두루 일어나는데,74) 투쟁에서 승리하여 권력을 얻게 된 사람들은 생활하기 편리한 중심공간을 차지하여 풍요롭고 안락한 삶을 누리게 되지만, 패배한 사람들은 자연스럽게 중심부에서 밀려나 변두리에서 불편하고 고단한 삶을 살아가야 한다. 공간에 대한 투쟁으로 인해 중심과 주변으로 분리된 생활공간은 그 속에서 살아가는 사람들의 삶의 형태도 변화시킨다. 시간이 흐를수록 그 변화는 더욱 더 뚜렷해지는데, 이때 변화를 이끄는 것이 사회의 권력과 자본이라는 것은 자명한 사실이다.

사회학자 부르디외에게 공간의 기능은 구분하고 분류하는 것에 있다.

---

73) 신경림의 초기시에서 나타나는 이항대립 형태의 이분법적 공간은 대체로 '시골(산읍, 광산, 수몰지구, 산동네 등):도시(도시 중심부, 서울)/고향:타향/이승:저승/남한:북한/어둠의 공간:빛의 공간' 등으로 나타난다.
74) 오토 프리드리히 볼노, 이기숙 옮김, 『인간과 공간』, 에코리브르, 2011. 332~333쪽 참고

그리고 이 구분과 분류에는 반드시 자본이 개입된다. 즉, 자본을 소유한 사람은 공간의 중심적인 위치를 차지하게 되고 그렇지 못한 사람은 주변으로 밀려나게 된다는 것이다. 그렇기 때문에 자본에 있어 서로 큰 차이를 갖는 두 행위자들 간의 만남에 대한 가능성은 처음부터 배제되기 마련이다.[75] "사회적 공간, 이것은 경제적 차이든 문화적 차이든, 그 차이를 경시한 채 아무나를 아무나와 한데 모아둘 수 없다는 말이다."[76] 이렇게 공간은 자본에 의해 그 구분이 뚜렷해지는데 대부분의 자본에는 권력이, 권력에는 자본이 뒤따른다는 것을 고려해보면 자본과 권력의 차이는 자연스럽게 인간이 차지하고 있는 공간의 차이로 귀결된다고 하겠다.

  신경림 시에 나타나는 자본과 권력에 의한 공간의 차이는 이분법적으로 구획해 놓은 공간을 통해 드러난다. 신경림은 결코 균등화될 수 없으며 또한 이동이 불가능한 사회적 공간을 시적 공간으로 재현해냄으로써 터전의 파편화로 인해 변두리로 밀려나 소외된 삶을 살아가는 농민과 도시빈민들의 삶을 부각시키고자 한 것이다. 다시 말하면, 공간의 소외를 통해서 인간소외를 구체적으로 형상화해내고자 한 것이라고 할 수 있다.

> 침침한 석웃불 아래 페스탈로씨를 읽는다
> 밭일에 지쳐 아내는 코를 골고

---

75) 마르쿠스 슈뢰르, 정인모·배정희 옮김, 『공간, 장소, 경계』, 에코리브르, 2010. 96쪽. 슈뢰르는 『공간, 장소, 경계』에서 부르디외를 비롯한 몇몇 사회학자들의 공간 개념을 소개했는데, 그의 설명에 의하면 니클라스 루만은 '계층적으로 분화된 사회적 공간은 어느 한 계층에 소속되고 나면 다른 계층으로부터 배제되고 평생 동안 오직 한 계층에만 속하게 된다.'고 했다.(마르쿠스 슈뢰르, 위의 책, 158쪽) 루만은 계층적으로 분화된 공간을 설명할 때 유럽의 고대사회를 들고 있으나, 현대사회의 공간 역시 계층적으로 분화된 사회적 공간은 각각의 공간에서 살아가는 사람들의 공간 이동을 불가능한 것으로 만든다. 이런 점에서 보면 고대사회뿐 아니라 신경림 시에 나타나는 사회 역시 사회적 공간의 이동이란 불가능한 것으로 보인다.

76) pierre Bourdieu, *Sozialer Raum und 'Klassen'. leçon sur la leçon. Zwei Vorlesungen.* Frankfurt/M. 1985: 14(마르쿠스 슈뢰르, 위의 책, 96쪽 재인용)

딸아이 젖 모자라 칭얼대는 초아흐레

서울 천리를 생각한다.
통술집에 엉킨 뜨거운 열기
어지러운 노래
…(중략)…

석웃불 심지 돋워 일지를 쓴다
일학년과 삼학년의 교안을 짠다
흐린 시험지에 점수를 매긴다
쑤세미처럼 거친 아내의 손을 잡는다

―「벽지에서 온 편지」 부분

「벽지에서 온 편지」의 시적 주체는 서울에서 "천리"[77]나 떨어져 있는 벽지에서의 생활을 들려주는 화자가 아니라 화자에게 편지를 쓴 제3의 인물이다. 다시 말하면, 이 시의 내용은 화자가 아닌 벽지에 사는 남자가 쓴 편지글로, 편지를 받은 화자가 청자에게 자신이 받은 편지의 내용을 들려주는 형태를 취하고 있다. 편지의 내용을 보면 서울과 대비되어 나타나는 "벽지"라는 공간에는 가난한 사람들의 고단한 일상이 놓여 있다. 농사일에 지친 아내와 배고파 칭얼대는 딸아이를 바라보는 남자는 자신이 속한 공간의 대척점에 놓였다고 판단되는 이상적 공간인 서울을 떠올리게 된다. 남자의 인식 속에 존재하는 서울은 자유가 있고 인간이 누릴 수 있는 온갖 즐거움이 있으며 에너지가 넘치는 활기찬 공간이다. 서울이라는 공간이 품고 있는 삶의 뜨거운 열기는 초라한 아내와 딸아이의

---

77) 이 시에서 벽지는 '도시에서 멀리 떨어져 있는 외진 곳'일 뿐 아니라 "천리"라는 거리에서 미루어 짐작할 수 있듯이 서울이라는 화려한 도시와 대비되는 주변적 공간으로 모든 것으로부터 멀리 떨어져 있는 소외된 공간임을 알 수 있다. 이러한 공간적 특성에 의해 이 공간에 살고 있는 화자 역시 소외된 삶을 살아가는 인물로 설정된다.

모습과 대비되면서 벽지에서의 삶을 더욱 남루하게 만들어 버린다. 공간의 차이가 빚어낸 삶의 차이를 극명하게 드러낸 이 시에서, 서울은 에너지 넘치는 역동적인 느낌의 공간이지만 벽지는 남루한 소외공간으로 점점 고착화되어 가는 느낌을 준다. 벽지에서 느끼는 소외감과 외로움 속에서 남자는 수세미처럼 거친 아내의 손을 잡는 것으로 현실을 견디어 나간다.

여기에서 자신의 현실을 그대로 수용하는 시적 주체의 수동적인 태도를 읽을 수 있다. 이러한 태도는 시적 주체의 나약함에서 발현된 것이 아니다. 시적 주체는 다만 자신이 살아가는 주변부로서의 공간을 변혁시키거나 중심과 주변으로 공간을 분할해버리는 폭력적 세계에 저항할 엄두를 내지 못할 뿐이다. 이처럼 아직 '우리'에 소속되지 못한 개인으로서의 시적 주체는 무력하고 수동적일 수밖에 없다.

> 박서방은 구주에서 왔다 김형은 전라도
> 어느 바닷가에서 자란 사나이.
> 시월의 햇살은 아직도 등에 따갑구나.
> 돌이 날고 남포가 터지고 크레인이 운다.
> 포장 친 목로에 들어가
> 전표를 주고 막걸리를 마시자.
> 이제 우리에겐 맺힌 분노가 있을
> 뿐이다. 맹세가 있고 그리고 맨주먹이다.
> 느티나무 아래 자전거를 세워놓은
> 면서기패들에게서 세상 얘기를 듣고.
> 아아 이곳은 너무 멀구나, 도시의
> 소음이 그리운 외딴 공사장.
> 오늘밤엔 주막거리에 나가 섰다를
> 하자 목이 터지게 유행가라도 부르자.
>
> ―「遠隔地」 부분

「遠隔地」에서는 도시라는 중심부에서 멀리 떨어져 있는 외딴 공사장이 주변적 공간으로 나타난다. 중심부에서 먼 이 공사장은 "크레인이 운다", "너무 멀"다 등의 표현을 통해서 소외된 사람들이 살아가는 주변부로서의 공간이 갖는 특성을 우회적으로 드러낸다. 공사장에서 화자와 일꾼들은 대부분 무거운 돌을 옮기는 작업을 담당하는데, 이들은 자신들이 도시에 소속되지 못하고 주변부로 밀려나 있는 현실을 인식하고 있다. 그래서 "도시의/ 소음"마저도 그리워하게 된다. 주변부에 사는 사람들은 언제나 중심을 그리워하며, 중심부에 속하고자 하는 간절한 열망 속에서 살아간다. 그러나 현실세계가 그들을 주변부로만 내몰고 있는 상황이므로 공사장이나 벽지, 산동네, 광산 등과 같은 주변부의 사람들이 화려한 서울의 중심부나 도시의 중심부로 진입하는 일은 불가능해 보인다. 중심공간에 소속되고자 하는 시적 주체의 열망은 자신이 살아가는 주변공간을 더욱 의식하게 만들고, 이런 의식은 하나의 강박처럼 주변공간을 되풀이하여 언급하게 한다. 신경림의 시에서 "산동네"라는 시어가 빈번하게 등장하는 이유도 여기에 있다.

> 불 꺼진 산동네에 들어서면
> 자욱눈에 박히는 발자국이 외롭다
>
> —「산동네에 들어서면」 부분

> 돌 깨는 소리 멎은 지 오래인
> 채석장 뒤 산동네 예배당엔
> 너무 높아서 하느님도 오지 않는 걸까
>
> —「새벽달」 부분

> 산동네에 부는 바람에서는
> 멸치 국물 냄새가 난다
>
> —「바람 부는 날」 부분

산동네에서 내려다보면
장바닥은 큰 강물이다

― 「산동네에서 내려다보면」 부분

동이 트기 전에 상암동 산동네 사람들은
타이탄 트럭에 짐짝처럼 실려
소삿벌 비닐 채마밭으로 들일을 나간다

― 「상암동 쇠가락」 부분

"산동네"가 등장하는 위의 시편들에서는 도시의 중심부라는 보이지 않는 대립공간을 상정해 놓고 있다. 도시의 중심부에서 멀리 떨어져 나와 도시의 외곽지역에 위치하고 있는 산동네는 가장 가난한 사람들, 결핍으로 가득 차 있는 사람들이 힘겹게 살아가는 공간이다. 이런 공간에서 개인의 삶을 영위해나가야 하는 사람들은 자신이 가진 선택지가 없으므로 어쩔 수 없이 주변부로서의 고단한 삶을 이어간다. 이렇듯 사회적 공간은 그 공간 안에서 살아가는 사람들의 삶을 특징짓기 마련이다. 따라서 도시 중심과 도시변두리라는 공간의 구획은 그 속에서 살아가는 인간들의 삶을 구획 짓는 일이기도 하다.

신경림은 시에서 중심공간과 주변공간이라는 사회학적 공간을 시적 공간으로 재현해놓고 있는데, 이와 같은 이항대립 공간에서 우리는 신경림의 이분법적 세계관을 읽을 수 있다. 신경림에게 있어 세계의 공간은 도시와 시골, 서울 중심부와 주변부, 도시 중심부와 산동네로 분할된다. 신경림에게 있어 모든 공간은 중심부과 주변부라는 두 개의 공간으로 구획되는 것이다. 구획된 각각의 다른 두 공간은 항상 대립적인 관계 속에 있을 뿐 아니라, 이 두 공간은 통합되거나 균등해지기 어려운 구조 속에 놓여 있다. 신경림 시의 시적 주체는 이 두 공간을 통합하여 하나의 공동체적 공간을 구축하고자 희망하지만 현실세계는 두 공간의 통합을 용인하려 하지 않는다.

쉬레르는 공간에 대한 니클라스 루만의 견해를 소개하는 글에서 '인간이란 오직 하나의 계층에만 속할 수 있기 때문에 하층으로 태어나면 하층에 머무르게 되고 상층에 열려져 있는 모든 영역으로부터 배제된다.'[78]고 강조한다. 다시 말하면, '우리'는 결코 부자들과 같은 공간에 거주할 수 없으며, 안락한 부자들의 공간으로부터 완전히 배제되기 때문에 '우리'가 부자들과 동일한 삶의 공간을 부여받거나 공간을 이동하는 일은 불가능하다. 동일한 목표하에 부자들과 함께 발을 구르고 돌팔매질(「벽화」)을 하며 현실세계에 저항한다 하더라도 '우리'가 산동네에서 벗어나 도시 중심부로 들어가는 것은 요원한 일이다.

신경림 시의 공간 중 주변부의 소외된 공간으로 나타나는 농촌이나 벽지는 초기시에 많이 나타나며, 도시빈민들이 살아가는 주변공간이나 도시[79] 내에서 중심과 주변으로 구분되는 공간은 『農舞』 이후부터 등장하는 빈도수가 높아진다. 서울이라는 도시의 중심부와 변두리의 이항대립적 공간을 잘 보여주는 시는 「시외버스 정거장」과 「골목」[80]이다. 여기에

---

78) 마르쿠스 슈뢰르 지음, 위의 책, 158쪽.

79) 사회학에서의 도시는 이방인들이 서로 만나는 장소로 간주된다. 그렇기 때문에 도시는 이방인들의 공동체라고 할 수 있는데, 도시에 사는 이방인들 중에는 자기 스스로 원하는 곳을 선택할 수 있는, 즉 자발적으로 격리된 부자들과 같은 사람들이 있으며, 다른 한편에서는 외부의 결정에 의해 '자신이 살아야 하는 곳에서 살아가는' 비자발적으로 격리된 가난한 사람들도 있다. 이들이 사는 도시는 이방인들이 이룬 공동체이기는 하지만 삶의 공간은 각각 격리되어 있다.(마르쿠스 슈뢰르, 정인모 · 배정희 옮김, 『공간, 장소, 경계』, 에코리브르, 2010. 275~297쪽 참고)

80) 강정구는 「시외버스 정거장」과 「골목」은 서울에 대한 환상과 농촌에 대한 공포를 양가적으로 가진 공간들로, 이곳은 현실의 서울과는 무관한 상상의 공간을 만드는 콤플렉스의 생산공장이며, 탈향하여 서울을 사는 자들이 현실의 가난과 소외를 망각하는 무의식의 밀실이라고 설명하면서, 서울을 비판하면서도 서울을 좋아하는 이들의 무의식 속에는 서울에 대한 동경과 농촌에 대한 공포가 구조화되어 있는데, 이것을 '서울콤플렉스'라고 명명했다.(강정구, 「신경림 시집 『農舞』에 나타난 탈식민주의 연구」, 양민

서 동일한 도시 공간이 중심과 주변으로 구분되는 것을 볼 수 있는데, 이러한 구분은 공간의 단절을 부르고 공간 단절은 평등을 추구하는 삶의 가치를 훼손시키는 상황으로 이어진다. 이들 공간은 대부분 쫓기고 떠밀려 더 갈 데가 없는 사람들이 모여서 살아가는 곳으로 서울의 변두리에 위치해 있으며, 이곳에 사는 사람들은 하루하루를 연명해가는 도시의 빈민들이다.

> 그 몇 해 뒤에 나는 상경해서 홍은동 막바지에서 살게 되었다. 속칭 산1번지라는 곳이었다. 대개가 단칸의 흙벽돌집이었고 두 칸이 있는 집이면 한 칸에는 다른 사람이 세들어 살 만큼 가난들 했다. 전기가 없어 호롱불로 사는 집도 허다했다. 제일 고생스러운 것은 물이었다. 새벽이면 아낙네들은 양동이를 들고 물을 긷느라 산골짜기로 몰렸다. 물 한 양동이를 채우려면 개울바닥에서 한 시간은 퍼야 했다
> 이곳 주민들은 거의가 농촌에서 땅을 잃고 축출당한 실향 농민들이었다. 마치 시골 어느 한 지방을 그대로 옮겨다 놓은 듯한 느낌이었다. 대개 막벌이로 연명을 하는 사람들이니까, 그래서 잃어버릴 것도 빼앗길 것도 없으니까, 이웃끼리 정도 두텁고 터놓고 지낼 수도 있었다. 그래서 또 이웃끼리 악다구니며 싸움질도 잦았다.[81]

신경림의 증언과 같이 "산1번지"에서 살아가는 도시빈민들은 고향에서조차 쫓겨나 서울의 어느 산동네에 겨우 터를 잡고 살아가는 소외의 극단에 도달한 자[82]들인데, 「산 1번지」의 화자가 들려주는 도시빈민들의

정·채호석·신주철 편, 『1960년대 시문학의 지형』, 한국외국어대학교 출판부, 2006. 161~165쪽) 강정구의 설명에 따르면 산동네라는 변두리 서울 공간이 제시되는 「별의 노래」와 「길음시장」에 등장하는 도시빈민 역시 '서울콤플렉스'에 빠진 사람들이라고 볼 수 있다.
81) 신경림, 『文學과 民衆』, 민음사, 1977. 163~164쪽.
82) 강정구, 「신경림의 시집 『農舞』에 나타난 탈식민주의 연구」, 양민정·채호석·신주철 편, 『1960년대 시문학의 지형』, 한국외국어대학교출판부, 2006. 168쪽.

삶은 다큐멘터리처럼 사실적으로 그려져 있어 산문에서 들려준 신경림의
체험적 삶을 그대로 옮겨놓은 듯하다.

> 해가 지기 전에 산 일번지에는
> 바람이 찾아온다.
> 집집마다 지붕으로 덮은 루핑을 날리고
> 문을 바른 신문지를 찢고
> 불행한 사람들의 얼굴에
> 돌모래를 끼얹었는다.
> 해가 지면 산 일번지에는
> 청솔가지 타는 연기가 깔린다.
> 나라의 은혜를 입지 못한 사내들은
> 서로 속이고 목을 조르고 마침내는
> 칼을 들고 피를 흘리는데
> 정거장을 향해 비탈길을 굴러가는
> 가난이 싫어진 아낙네의 치맛자락에
> 연기가 붙어 흐늘댄다.
> 어둠이 내리기 전에 산 일번지에는
> 통곡이 온다. 모두 함께
> 죽어버리자고 복어알을 구해온
> 어버이는 술이 취해 뉘우치고
> 애비 없는 애기를 밴 처녀는
> 산벼랑을 찾아가 몸을 던진다.
> 그리하여 산 일번지에 밤이 오면
> 대밀벌을 거쳐 온 강바람은
> 뒷산에 와 부딪쳐
> 모든 사람들의 울음이 되어 쏟아진다.

> —「산 1번지」 전문

「산 1번지」는 해가 지기 전부터 밤이 올 때까지의 시간적 흐름을 쫓아

가며 "산 1번지"[83])에서 살아가는 주민들의 삶을 추적하여 르포와 같이 삶의 세목을 생생하게 그려내고 있다.

시간의 흐름은 네 단계로 나누어진다. 해가 지기 전의 "산 1번지"가 처음으로 등장한다. 불행한 이들이 살아가고 있는 이 공간에 가장 먼저 찾아오는 것은 바람이다. 이 바람은 불행한 이들의 삶을 더욱 곤궁하게 만든다. 집과 주민들을 물리적인 힘으로 괴롭히는 바람은 가난하게 살아가는 도시빈민들을 더욱 몰아 부친다.[84]) 이들의 불행은 여기에서 끝나지 않는다. 해가 지면 이 공간은 더욱 잔인하고 포악한 본성을 드러낸다. 가난이 싫어진 아낙네[85])들은 정거장으로 향하고, "나라의 은혜"로부터 소외된 사내들은 마침내 서로를 속이고 목을 조르다 칼을 들고 피를 흘리기까지 한다. 그런데 이 공간에서 벌어지는 사건 속에서 누군가의 중재나 따뜻한 위로의 말을 찾아볼 수가 없다. 이는 칼부림 같은 극단적 행위들이 이미 빈민들에게는 평범한 일상이 되어버렸음을 방증해준다. 세 번째는 어둠이 내리기 전 단계이다. 여기에서는 빈민들 삶의 비극성은 더욱 짙어진다. 그리고 보다 구체적인 삶의 모습들이 드러난다. 삶보다 죽음을 선택하고자 하는 어버이와 애비 없는 아이를 낳을 수 없어서 산벼랑에서 몸을 던지는 처녀가 등장한다. 이들의 삶의 비극은 이 시에서 "통곡"이라

---

83) 유병관은 「산 1번지」의 공간이란 시골 장터가 빈민가로 바뀐 것이며, "산 1번지"에 사는 사람들은 장이 사라진 장터나 광산촌, 외진 공사장에 사는 사람들과 다름이 없는 존재들이라고 보았다.(유병관, 「신경림 시집 『農舞』의 공간 연구 -장터를 중심으로」, 『반교어문연구』 31, 2011. 233쪽)

84) "바람에 지붕이 날리고 문에 바른 신문지가 찢기는 이런 집의 경관은 "산 1번지"의 무질서와 혼돈상태를 일깨울 뿐 아니라, 도시빈민으로 전락한 이주민들의 황폐한 내면을 규정한다."(송지선, 「신경림 시의 로컬리티 연구」, 전북대 박사학위논문, 2013. 84쪽)

85) 송지선은 '아낙네는 결혼한 여자나 성숙한 여자를 통속적으로 부르는 말이기는 하나, 보통 도시가 아닌 시골에 사는 여자를 호명할 때 사용된다는 점에서, '아낙네'로 불리는 여자는 중심적 가치가 아닌 주변적 가치를 함의하고 있다.'고 보았다. (송지선, 위의 글, 114~115쪽) 신경림의 시에는 '아낙네'라는 표현이 자주 등장하는데, 이들은 대부분 가난에 시달리거나 남편이 없는 과부, 또는 자기의식을 가지지 못한 인물로 그려진다.

는 기호로 대표된다고 하겠다.

　그런데 여기에서 주목해야 할 부분은 '통곡한다'가 아니라 '통곡이 온다'는 점이다. 이 공간에 사는 사람들은 자신들이 처해 있는 비극적인 상황 때문에 내면에서 일어나는 슬픔을 통곡이라는 울음으로 표현해내는 것이 아니라, 외부에서 밀려들듯이 다가오는 울음을 속수무책으로 받아들일 수밖에 없어서 통곡을 하게 된 것이다. 여기에서 울음이라는 행위에서조차 주체성을 가지지 못하는 빈민들의 처지가 드러나게 된다. 빈민들은 이제 스스로를 죽임으로써 현실의 고통으로부터 도피하고자 한다. 그러나 상황은 예상치 못한 방향으로 전개된다. 동반자살을 감행하려 했던 어버이가 곧 자신의 잘못을 뉘우침으로써 삶에 대한 가느다란 희망을 끈을 다시 부여잡은 것이다.

　시간은 점점 흐르고 어둠이 더욱 깊어져 밤이 찾아오면 "산 1번지"의 주민들은 동시에 울음을 쏟아낸다. 이들은 자신들이 겨우 붙잡은 작은 희망도 사실은 환상에 불과한 것임을 잘 알고 있으며, 또한 자신들이 삶을 의탁하고 있는 "산 1번지"라는 이 공간이 소외로부터 결코 벗어날 수 없는 공간이자 영원히 서울에 편입될 수 없는 주변적 공간이라는 것을 분명히 깨달았기 때문이다. 뿐만 아니라 이들은 서울에 대한 환상을 가지고 "산 1번지"를 삶의 터전으로 삼았으나, 이 공간에서 살아가는 동안 자신들이 품어왔던 서울에 대한 환상이 모두 조작된 것이라는 사실을 자각[86] 하게 됨으로써 더 이상 작은 희망조차 품을 수 없었기에 무너지듯 모두가 울음을 쏟아낸 것이다. 이들의 울음은 감당하기 어려운 현실적 비극에 대한 절망과 공포를 드러낸 것이라고 할 수 있다.

---

86) 강정구, 「신경림의 시집 『農舞』에 나타난 탈식민주의 연구」, 양민정·채호석·신주철 편, 『1960년대 시문학의 지형』, 한국외국어대학교출판부, 2006. 170쪽.

여기는 서울이 아니다
팔도 각 고장에서 못살고 쫓겨온
뜨내기들이 모여들어 좌판을 벌인 장거리
예삿날인데도 건어물전 앞에서는 한낮에
윷이냐 살이냐 윷놀이판이 벌어지고
경로당 마당에서는 삼채굿가락의
좌도 농악이 흥을 돋운다
생선장수 아낙네들은 덩달아 두레삼도 삼고
늙은 씨름꾼은 꽃나부춤에 신명을 푸는데
텔레비전에서 연속극이라도 시작되면
일 나간 아낙들이 돌아올 시간이라면서
미지기로 놀던 상쇠도 중쇠도 빠지고
싸구려 소리가 높아지면서
길음시장은 비로소 서울이 된다

―「길음시장」 전문

　길음시장은 서울 특별시 성북구 길음동에 위치해 있다. 그럼에도 화자
는 길음시장을 서울이 아니라고 단언한다. 그것은 길음시장이 서울에 소
속된 시민들이 구성원이 되어 구축해낸 공간이 아니라 팔도 각 고장에서
쫓겨온 뜨내기들이 모여 좌판을 벌여놓은 시장이기 때문이다. 이 시장에
서 장사를 하는 이들은 서울에 거주하고 있으나 서울에 편입되지 못한
주변부의 사람들이다. 서울 시민이 되지 못하고 여전히 이방인으로 살아
가는 이들은 예삿날에도 한낮에 떠들썩하게 윷놀이판을 벌이고 농악으로
흥을 돋운다. 그뿐 아니라 자신들이 살아온 삶의 방식을 그대로 답습한
다. 생선장수 아낙네들은 두레삼을 삼고, 늙은 씨름꾼은 춤으로 신명을
푼다. 이런 모습에서 이들 뜨내기 장꾼들이 서울 사람들과 같은 삶을 살
지 못하고 가난한 고향에서 살아가던 모습을 그대로 재현하는 삶을 살고
있음을 알 수 있다. 그러나 이들은 부족하나마 이웃들과 함께 어울려서

윷놀이와 농악으로 힘을 얻고 함께 두레삼도 삼는 등 힘든 서울 살이의
고달픔을 풀어내고 있다. 그러하기에 화자는 "여기"가 서울이 아니라고
한 것이다.

서울에 속해 있다고 해서 모든 공간이 서울이라는 특수 공간에 포섭되
는 것은 아니다. 같은 서울 하늘 아래에 있으나 각각의 공간은 균질한 공
간으로서의 서울이 되지 못한다. 오랜 역사를 통해서도 알 수 있는 것처
럼 인간이 사회를 이루고 산 이후 모든 삶의 공간, 혹은 사회적 공간이
균질화되었던 적은 한번도 없었다. 화자가 바라보는 '지금, 여기'의 서울
역시 중심부와 주변부로 극명하게 구분되는 도시이므로, 두 공간이 하나
로 통합되거나 균질한 공간으로서 대등한 관계를 유지하는 일은 불가능
해 보인다. 오히려 이들 공간은 서로 대립하거나 한쪽이 다른 한쪽을 착
취하고 억압하는 불균형적인 관계가 되기 쉽다. 따라서 팔도에서 모여든
뜨내기들이 좌판을 벌인 길음시장은 서울이라는 공간 내에서도 주변부에
고정된다. 그럼에도 길음시장 사람들은 「별의 노래」에서 되놀이를 하는
인물들처럼 자신들의 현재적 삶에 대해 수용적인 태도를 취한다.[87] 그리
고 현재의 처지 내에서 나름으로 현 상황을 극복할 수 있는 여러 가지 방
법을 찾는다. 이들에게서 자신들의 현실에 대한 불만이나 현실변혁에 대
한 의지를 읽어내기란 쉽지 않다. 그것은 이들이 자신의 처지를 있는 그
대로 수용하는 수동적 인간으로 살아가고 있기 때문이다.

『農舞』로 대표되는 신경림의 초기시에는 공간의 이항대립 외에도 또
다른 이항대립이 나타난다. 막강한 권력을 가진 존재 혹은 거대 자본을
가진 존재들과 그들에 의해 내쫓기고 억압[88]받는 힘없는 존재들이 이항

---

87) 강정구는 농촌에서 상경한 『農舞』의 인물 중 농촌을 서울을 비판하면서도 서울을 좋아
하는 인물들의 무의식에는 '서울'에 대한 동경과 전근대적인 '농촌'에 대한 공포가 구조
화되어 있다고 설명하면서, 이것을 '서울콤플렉스'로 명명했다.(강정구, 위의 책, 161쪽)
88) 억압(repression)이라는 용어는 정치적 맥락에서 사용되어 민중의 활동을 탄압하거나 민

대립적 관계를 형성하고 있음을 볼 수 있다. 권력이나 자본을 가진 존재들의 실체는 시에서 구체적으로 제시되지 않는다. 그러나 그 존재들에 의해 주변부로 밀려나 소외되어 있는 '우리'들은 언제나 권력과 자본의 중심에 있는 존재를 느끼고 있다. 그리고 권력이나 자본이 발휘하는 거대한 힘 앞에서 두려움을 느끼거나 분노하기도 하고, 슬픔과 고통을 토로하며 체념적 태도를 드러내기도 한다.

> 징이 울린다 막이 내렸다
> 오동나무에 전등이 매어달린 가설무대
> 구경꾼이 돌아가고 난 텅 빈 운동장
> 우리는 분이 얼룩진 얼굴로
> 학교 앞 소줏집에 몰려 술을 마신다
> 답답하고 고달프게 사는 것이 원통하다
> 꽹과리를 앞장세워 장거리로 나서면
> 따라붙어 악을 쓰는 건 쪼무래기들뿐
> 처녀애들은 기름집 담벽에 붙어서서
> 철없이 킬킬대는구나
> 보름달은 밝아 어떤 녀석은
> 꺽정이처럼 울부짖고 또 어떤 녀석은
> 서림이처럼 해해대지만 이까짓
> 산구석에 처박혀 발버둥친들 무엇하랴
> 비료값도 안 나오는 농사 따위야
> 아예 여편네에게나 맡겨두고
> 쇠전을 거쳐 도수장 앞에 와 돌 때
> 우리는 점점 신명이 난다
> 한 다리를 들고 날라리를 불거나

중의 자유를 박탈하려 하는, 보통은 정부에 의한 노력(조셉 칠더즈·게리 헨치 엮음, 황종연 옮김, 『현대 문학·문화 비평 용어사전』, 문학동네, 2003. 368쪽)을 가리키는 경우가 있는데, 이 글에서 드러내려는 '억압'은 정부뿐 아니라 자본가와 권력가 등에 의한 노력도 포함한다.

고갯짓을 하고 어깨를 흔들거나

-「農舞」 전문

「農舞」[89]에서 "우리"는 비료값도 나오지 않는 농사일을 하면서 답답하고 고달프게 사는 자신들의 현실에 대해 원통하고 분한 감정을 품고 있다. 그러나 "우리"가 할 수 있는 것이라고는 모여서 술을 마시며 울부짖거나 발버둥을 쳐도 변하지 않는 현실에 대해 탄식을 쏟아내는 것뿐이며, 술과 탄식으로도 원통한 마음이 풀리지 않을 때는 한바탕 농무[90]를 춘다. 농민들이 농무를 추는 행위는 자신들의 분노와 원통함을 춤사위로써 풀어내고자 하는 소박한 바람에서 비롯된 것으로 보인다.[91] 따라서 "農舞"에서 자신들을 소외시키는 현실세계에 대한 농민들의 문제의식을 발견하기는 어렵다.

농민들은 이렇게 비료값도 나오지 않는 농사를 지으며 살고 있으면서도 자신들의 삶에 대해 의문을 제기하지 않고 그저 주어진 상황을 순순히 받아들이기만 한다. 만약 농민들이 자신들의 현실상황에 대해 문제의

---

89) 이영섭은 신경림을 1960년대 참여시인들과 더불어 삶의 현실을 객관적 시선으로 읽으려 한 시인으로 평가하면서, "『農舞』는 농민이나 광부들이 어떻게 자연스러운 삶의 공간을 상실하게 되었는가의 과정을 발생의 근원에서 재성찰하려는 의의를 지닌다. (중략) 그의 시는 궁극적으로 누구의 손에 의해 이루어진 사회가 왜 오늘과 같은 잘못된 사회를 구성했으며, 앞으로 진정한 사회는 어떻게 구성되어야 한다는 당위적 진실성을 민중들이 겪는 좌절과 고통을 통해서 암시하고 있다."(이영섭, 「쓰러진 자의 꿈과 길」, 『한국문예비평연구』 3, 한국현대문예비평학회, 1998. 35쪽)고 신경림 시를 평가했다.

90) 강정구는 농민들이 춤을 추는 행위를 '일상을 포기하는 행동'으로 보았다. '춤'은 풀이의 행위뿐만 아니라 절망의 행위이며, 그것은 농촌에서 농촌을 부정하는 행위로 드러난다고 설명했다.(강정구, 앞의 글, 49쪽)

91) 김병택은 '「農舞」는 궁핍한 현실 또는 부조리한 농촌 현실을 견디어 내려는 농민들의 역설적 축제인 동시에 농민들의 행복한 삶을 바라는 시인이 선택해 놓은 현실적 장치'(김병택 편저, 『현대 시론의 새로운 이해』, 새미, 2004. 65~66쪽)라고 설명한다. 김병택의 해석을 참고하면 이 시에서 농민들의 저항의지를 읽어내기 어려우며, 대신 "현실을 견디어 내려는" 농민들의 행위, 혹은 현실을 받아들이는 체념적 행위로 읽는 것이 자연스러울 것이다.

식을 가졌다면 자신들을 소외시킨 현실세계에 대해 의문을 품거나 분노
했을 것이며 여기에서 저항의식이 싹텄을 것이다. 그러나 농민들은 산구
석에 처박혀 발버둥친들 무엇하겠느냐는 자포자기하는 체념적 태도로 일
관한다. 「農舞」에서 보여주는 시적 주체의 수동성은 「달빛」에서 더욱 두
드러진다.

> 밤늦도록 우리는 지난 얘기만 한다
> 산골 여인숙은 돌광산이 가까운데
> 마당에는 대낮처럼 달빛이 환해
> 달빛에도 부끄러워 얼굴들을 돌리고
> 밤 깊도록 우리는 옛날 얘기만 한다
> 누가 속고 누가 속였는가 따지지 않는다
> 산비탈엔 달빛 아래 산국화가 하얗고
> 비겁하게 사느라고 야윈 어깨로
> 밤새도록 우리는 빈 얘기만 한다
>
> ―「달빛」 전문

산골 여인숙에서 "우리"는 환한 달빛 아래서 비겁하게 살아가는 데 대
한 부끄러움 때문에 서로 얼굴들을 돌리고 밤이 깊도록 "옛날" 이야기만
하고 있다. 이들이 하는 이야기에서 누가 속고 누가 속였는가를 따지는
사람은 아무도 없다. 이 문제는 "우리"에게 가장 중요한 것임에도 불구하
고 모두들 비겁하게 외면하고 있음을 알 수 있다. "우리" 중 누구도 진실
을 알고 싶어 하지 않고 밝히는 것조차 꺼려하는 분위기다. 그래서 "우
리"는 부끄러움을 무릅쓰고 결국 빈껍데기 같은 의미 없는 이야기만 되
풀이하게 된다. "우리"는 "우리"에게 닥친 문제를 해결하지 못하고 있으
며, 또 거기에서 벗어나지도 못하는 처지에 놓여 있다. 그렇기 때문에 "우
리"가 할 수 있는 일이라고는 지나간 이야기, 즉 '지금, 여기'에서 아무런

의미도 가질 수 없는 빈 껍데기 같은 이야기만 하는 것이다.

이들이 부끄러워하면서도 자신들이 처한 문제의 핵심을 비겁하게 회피하는 것은 이들이 주변부에 위치한 힘없는 약자이기 때문이다. 산골 여인숙에 기거하며 광산에서 일을 하는 노동자인 "우리"는 권력도 자본도 가지지 못한 힘없는 존재들이다. 그저 하루하루 벌어서 생계를 이어가는 처지이기에 어떤 문제에 부딪혔을 때 그 문제와 정면으로 마주하기보다 일단 회피하게 되는 것이다. 만약 이들이 권력이나 자본의 중심부에 위치한 인물들이라면 상황은 달라졌을 것이다. 자신들의 문제를 보다 적극적으로 풀어나가려는 의지를 보여주면서 이 의지를 행동으로 실천했을 것이 분명하다. 이렇게 자본과 권력의 중심부와 주변부, 어느 쪽에 위치하는가에 따라 인물들의 행위와 태도, 그리고 의식이 달라진다.

신경림의 시에 나타나는 집합적 주체인 "우리"는 자본과 권력의 중심부에서 소외되어 있는 인물들로, 중심으로 나아가지 못하고 당장의 생존을 위해 그리고 현실세계에 대한 두려움 때문에 분노를 참고 울분을 삼키면서 주변부에서 수동적인 삶을 살아간다. 여기에서 드러나는 것처럼 "우리"가 보여주는 수동성이란 결국 주변부라는 위치에 의해 발생된 것임을 알 수 있다.

중심부와 주변부라는 공간의 구분을 통해 이항대립적 성격을 보여주는 신경림의 초기시는 신경림의 이분법적 세계관을 보여준다. 신경림의 의식 속에서 이 세계는 중심부와 주변부, 이렇게 둘로 나누어진다. 세계의 중심에는 늘 막강한 자본과 권력을 가진 존재가 위치하고 있으며, 이들은 폭력과 억압으로써 가난하고 힘없는 사회적 약자를 소외시키고 배제시킨다. 한편 중심부에서 주변부로 쫓겨난 시적 주체 "우리"는 척박한 환경 속에서 힘겹게 생존을 이어가면서도 자신들을 억압하는 존재들에게 저항조차 하지 못하고 분노를 가슴에 담아두는 수동적 태도로 일관한다. 따라

서 중심과 주변이라는 이항대립적 두 세계는 통합된 하나의 세계로 나아
가지 못한다. 수동적인 집합적 주체가 저항의지를 가진 집단적 주체로 거
듭나고, 그 의지를 행위로써 실천하게 될 때 중심부과 주변부로 분리된
두 세계의 통합에 대한 희망을 가져볼 수 있을 것이다.

2. '우리'의 방법적 체념과 터전의 파편화

신경림의 시에 나타나는 다양한 인물들 중 가장 빈번하게 출현하는 인
물 유형은 농민이다. 1970~1980년대의 문단에서 농민이나 농촌을 소재
로 한 문학이 수적으로 상당히 적어졌고 독자들의 관심에서도 밀려나 있
는 현실[92]을 고려해 본다면 신경림의 농민에 대한 지속적인 관심과 시적
형상화는 특별한 의미를 지닌다.

신경림은 '농촌을 소재로 하거나 농촌에 대해 쓴 많은 작가들의 글 대
부분이 이것이다, 하고 내놓을 수 있는 뚜렷한 것을 찾아낼 수 없다.'고
언급하면서, 이러한 이유가 농촌 현실을 정확히 파악하려는 적극성이 결
여되었기 때문[93]이라고 했다. 그렇다면 신경림 자신의 경우는 어떠한가.
그는 농촌의 삶 속으로 들어가 정책과 문화와 자본으로부터 소외된 농민
의 고통과 울분을 직접 체험하면서 농촌현실의 참모습을 오감을 통해 확
인할 수 있었다. 그의 시에서 농촌과 농민의 삶이 단지 소재에만 머무는
한계를 뛰어 넘어설 수 있었던 이유가 여기에 있다. 그러나 신경림의 초
기시에서 농민이나 노동자와 같은 민중은 집합에 불과할 뿐 집단으로 성
장하지는 못하였다. 임헌영은 그 이유를 다음과 같이 설명한다. 신경림이

---

92) 염무웅, 「농촌현실과 오늘의 문학 -박경수 작 「凍土」에 관련하여」, 신경림 편, 『農民文
學論』, 온누리, 1983. 20쪽.
93) 신경림, 「농촌현실과 농민문학 -그 전개과정에 나타난 문제점」, 위의 책, 49쪽.

시골에서 보낸 시기는 우리나라가 근대화의 산업사회로 치닫던 단계로, 도농간의 격차가 분단 이래 가장 극심하게 드러났던 시기였다. 당시 이농과 농촌·농민계급의 분화와 갈등이 급격한 상승선을 그렸기 때문에 당시 농민들의 있는 그대로의 모습을 형상화한 신경림의 시에서 농민의 투지보다는 체념과 허무의식에 지친 한의 정서를 시의 기조로 삼을 수밖에 없었다.[94]

그러나 신경림의 초기시에 나타나는 현실에 대한 체념은 자포자기의 체념이 아니라 포기함으로써 포기하게 만든 것들을 공격하는 일종의 자학적인 체념의 미학을 보여주는 '시적 전략으로서의 체념'이라고 할 수 있다. 신경림의 『農舞』에 나타나는 농촌의 삶에서 '우리'는 자의에 의해 능동적으로 구성된 집합체가 아니라 피동적으로 구성된 소외된 집합체이다. 이렇게 소외된 '우리'들이 삶을 꾸려가는 공간으로서의 농촌이나 장터 등은 고향과 같은 원형적 공간, 즉 고유한 삶의 '터전'이었으나 이 공간은 자본과 권력의 폭력적 세계에 의해 붕괴되고 본래적 가치를 상실해버린 파편화된 공간이 된다. '우리'의 영혼을 위무해주는 공간, 지친 육신을 의탁할 수 있는 공간은 이미 사라지고 없는 것이다. 이러한 현실에 대해 '우리'가 선택한 대응 방법은 '체념'으로, 이 체념은 현실에 대한 포기가 아니라 '무위(無爲)'가 하나의 현실 대응 방법으로 채택되는 것처럼 삶의 터전을 파괴한 현실세계에 대한 공격의 한 방법이라고 할 수 있다.

신경림이 근 십 년간의 시골생활을 마치고 김관식을 따라 서울로 상경하여 처음으로 쓴 시 「겨울밤」에는 그가 체험을 통해 파악했던 피폐한 농촌현실과 농민의 삶이 사실적으로 그려져 있다. 여기에는 파편화된 터전에서 소외된 주체로밖에 살 수 없는 '우리'의 현실과 어쩔 수 없이 그

---

94) 임헌영, 「신경림의 시세계 -『南漢江』을 중심으로」, 신경림, 『南漢江』, 창작사, 1987. 207쪽.

러한 현실을 수용해야만 하는 농민들의 불안한 내면이 잘 나타나 있다.

> 우리는 협동조합 방앗간 뒷방에 모여
> 묵내기 화투를 치고
> 내일은 장날, 장꾼들은 왁자지껄
> 주막집 뜰에서 눈을 턴다.
> 들과 산은 온통 새하얗구나. 눈은
> 펑펑 쏟아지는데
> 쌀값 비료값 얘기가 나오고
> 선생이 된 면장 딸 얘기가 나오고.
> 서울로 식모살이 간 분이는
> 아기를 뱄다더라. 어떡헐거나.
> 술에라도 취해볼거나. 술집 색시
> 싸구려 분 냄새라도 맡아볼거나.
> 우리의 슬픔을 아는 것은 우리뿐.
> 올해에는 닭이라도 쳐볼거나.
> 겨울밤은 길어 묵을 먹고.
> 술을 마시고 물세 시비를 하고
> 색시 젓갈 장단에 유행가를 부르고
> 이발소집 신랑을 다루러
> 보리밭을 질러가면 세상은 온통
> 하얗구나. 눈이여 쌓여
> 지붕을 덮어다오 우리를 파묻어다오.
> 오종대 뒤에 치마를 둘러쓰고
> 숨은 저 계집애들한테
> 연애편지라도 띄워볼거나. 우리의
> 괴로움을 아는 것은 우리뿐.
> 올해에는 돼지라도 먹여볼거나.
>
> ─「겨울밤」 전문

「겨울밤」은 겨울과 같은 현실 속에서 슬픔과 괴로움을 가슴에 안고 사는 시골 농민들의 한탄과 체념적인 목소리를 담아내고 있다. 여기에서 농민들은 "우리"[95]라는 집합적 주체로 형상화되어 있는데, 겨울밤이라는 시간적 배경을 바탕으로 "우리"가 피부로 느끼는 현실적 고민과 함께 현재의 "슬픔"[96]과 "괴로움"을 풀어내고 있다.

눈이 온 세상을 하얗게 뒤덮은 어느 밤에 농민들은 협동조합에 딸린 방앗간 뒷방에 모여 묵내기 화투판을 벌인다. 농한기인 겨울이면 흔히 볼 수 있는 여느 시골의 풍경이다. 겨울날 농부들이 모여서 묵내기 화투를 치는 모습은 한편 한가로워 보인다. 그러나 「겨울밤」에 나타난 "우리"의 속사정은 그렇지 못하다. 그것은 화자의 발언을 통해서 쉽게 확인할 수 있다. "우리"는 우리만의 슬픔을 가지고 있으며, "우리"는 우리만의 괴로움을 안고 산다. 이 슬픔과 괴로움은 이들 농민들만 알 뿐 타인은 결코 알지 못하는 것이다.[97] 그래서 이들이 느끼는 슬픔과 괴로움은 "우리"의 바깥에 있는 모든 것들로부터 이해 받거나 공감 받지 못한다. 이 감정들은 조금도 밖으로 표출되지 못하고 농민들의 가슴속에 갇혀 있다. 이런 가슴을 안고 사는 "우리"이기에 화투를 치고 있는 한가한 시간에도 여유와 평화를 느낄 수가 없는 것이다.

이렇게 "우리"로 하여금 슬픔과 괴로움 속에 살아가도록 만든 원인은 "우리"들이 모여서 나누는 이야기에서 구체적으로 드러난다. 방앗간 뒷방

---

95) 김성규는 「겨울밤」에 등장하는 "우리"라는 복수 화자를 기존 서정시의 개인적 화자를 초월하는 '집단적이고, 민중적인 인물'을 구현(김성규, 「신경림 시 연구」, 충남대 박사 학위논문, 2015. 70쪽)하는 시적 화자로 보았다.

96) 이동희는 '꽉꽉하고 답답한 삶의 시간들, 가난과 원통함의 시간들 자체'가 "우리"가 느끼는 슬픔의 내용이며, 이는 묘사된 풍경에서 나온다고 보았다.(이동희, 앞의 글, 188쪽)

97) 이동순은 1930년대 시인 이용악과 백석 시에 나타나는 "토착민들의 정서가 1970년대 초의 신경림에 이르러 고스란히 계승 발전"되고 있을 뿐 아니라, 이용악, 백석, 이한직 등의 시에서 "허전하게 느껴지던 민족적 민중적 정서를 거의 완전하게 통일시킨 모습으로 이끌어올"렸다고 평가했다.(이동순, 「우리 시대의 시정신과 시적 진실 -신경림의 시 세계에 대하여」, 신경림・이동순・이재무, 『신경림 문학앨범』, 웅진출판, 1992. 94쪽)

에 모여 있는 "우리"는 바깥세상을 덮은 희고 순결한 빛깔의 눈과 대비되는 무겁고 어두운 이야기들을 하나씩 풀어낸다. 농민들의 입을 통해 가장 먼저 언급된 이야기는 "쌀값 비료값 얘기"이다. 이들에게 가장 시급한 문제는 다름 아닌 돈이다. 일 년 동안 농사를 잘 지어 제값에 팔아야 식구들과 한 해 동안 먹고 살아갈 수 있기에 제대로 된 쌀값을 받지 못할 경우 앞으로의 삶은 막막하게 된다. 이들이 "쌀값"을 화제로 삼았다는 것은 쌀값이 곧 슬픔과 괴로움의 직접적인 원인이라는 점을 시사해준다. "비료값" 역시 농민들이 안고 있는 고민 중 하나이다. 농사를 지으려면 반드시 비료를 구입해야 하지만 궁핍한 그들의 형편에 비료값을 마련할 여력이 없기 때문이다. 그들에게 비료값이란 자신들의 삶을 짓누르는 감당하기 버거운 무게이다. 쌀값과 비료값은 농민들에게 가장 현실적인 문제이자 그들의 삶을 지탱하게 하는 가정경제와 직결되는 사항이므로 이것이 문제가 되었을 때 농민들이 감당해야 할 삶의 무게란 실로 엄청날 것이다. 농민들이 모여서 묵내기 화투를 치는 것은 단순히 더디게 흐르는 겨울날의 긴 시간을 재미있게 보내려는 목적에서가 아니라, "우리"라는 공동체에 기대어 이러한 삶의 무게를 덜어내고 위로를 받고자 하는 바람 때문일 것이다.

　쌀값과 비료값 이야기에 이어 "우리"는 서울로 식모살이 간 분이가 아기를 밴 사건을 이야기한다. "우리" 중 누군가의 딸인 분이가 돈 벌러 서울에 갔다가 예상치 못하게 아기를 배게 되었다고 하는 뜻밖의 소식은 먹고 사는 문제에서 파생된 "우리"의 괴로움을 가중시킨다. 그러나 "우리"는 모두 걱정만 할 뿐 뚜렷한 대안을 제시하지 못한다. 여기에 면장의 딸이 선생이 되었다는 사실은 분이의 축복 받지 못할 임신 소식과 대비되면서 분이가 처한 현실을 한층 더 불운하게 만든다.

　이 시에서 들려주는 "쌀값 비료값"과 "분이"의 이야기에서 농민을 슬프고 괴롭게 만드는 근본적인 원인이 가난에 있음을 알 수 있다. 자본주의 국가라고는 하나 우리나라에서 자본은 모든 국민들에게 평등하게 배분되지 못했다. 자본은 자본을 가진 자들의 금고에서만 축적될 뿐 가난한 국민들은 자본으로부터 늘 소외된 채 더욱 더 가난해질 뿐이다. 권력을 거머쥔 자본[98]은 농민들에게 가혹했다. 돈이 없는 농민들은 비료값도 감당하지 못하고 한해 한해를 겨우 버티며 생존을 이어갔다. 그들의 가난은 자식들에게로 대물림되어 딸들은 먼 서울로 가서 식모살이를 하고 돈이 권력이 되는 사회에서 혼전 임신 같은 원치 않는 일을 겪으며 비참하게 살아가야 했다.

그러나 "우리"는 자신들의 삶을 직접 위협하는 권력적 자본의 세계 앞에서 무기력한 태도를 보일 뿐이다.[99] 먹고 사는 문제조차 버겁게 느껴지는 "우리"가 현재 마주한 세계는 거대한 자본의 세계이며, 이 세계는 "우리"가 가진 미약한 힘만으로는 결코 무너뜨릴 수 없기 때문이다. 그래서 "우리"는 슬픔과 괴로움을 느낄 뿐 어떤 저항도 하지 못한다. 대신 술집 색시의 싸구려 분 냄새를 맡아보거나, 아니면 돼지라도 먹여보거나 그것도 안 된다면 연애편지라도 써서 현재의 슬픔과 괴로움에서 벗어나고자 한다. 그러나 이런 생각마저도 그저 생각 수준에만 머물 뿐 적극적인 행동으로 발전하지는 못한다. 자신들의 힘으로 행동하기보다 우연적인 자연의 힘, 즉 하얀 눈이 내려서 온 세상을 덮어주기만을 바랄 뿐이다. 그렇

---

98) 여기에서 말하는 자본은 '재화의 집합'으로서의 의미도 갖지만, 대체로 자본을 기반으로 건설된 세계를 의미한다.

99) 양문규는 "우리의 슬픔을 아는 것은 우리뿐이라는 자조적인 표명은 부조리한 현실을 타파하기 위한 결연한 의지의 역설적 표현인 셈"이라고 했다. 그러나 화자가 다섯 번이나 반복하는 "~ 볼거나"와 "어떡할거나"라는 발언을 고려해보면, "우리의 슬픔을 아는 것은 우리뿐"이라는 시구에서 부조리한 현실을 타파하고자 하는 결연한 의지를 읽어내기는 어렵다.(양문규, 「신경림 시에 나타난 공동체의식 연구」, 『어문연구』 50, 어문연구학회, 2006. 263쪽.)

게 하지 않으면 남루한 지금의 현실을 버티어나갈 수가 없기 때문이다. 자학적 성격을 띤 체념은 현실 속에서 "우리"가 어쩔 수 없이 선택하게 된 최선의 방법이기도 하지만, 이 체념은 현실세계에 저항하는 힘없는 자들의 '소리 없는 아우성'이기도 하다.

시적 주체가 이렇게 스스로 일어서려는 생각조차 하지 못하고 체념을 선택하게 된 것은 궁극적으로 조국이라고 믿었던 나라조차 자신을 버렸다고 판단했기 때문이다. 시적 주체는 조국을 믿지 못한다. 자신들이 살아가는 세계를 불신하고 부정하는 시적 주체의 인식은 「3월 1일」에 잘 나타나 있다.

> 골목마다 똥오줌이 질퍽이고
> 헌 판장이 너풀거리는 집집에
> 누더기가 걸려 깃발처럼 퍼덕일 때
> 조국은 우리를 증오했다 이 산읍에
> 삼월 초하루가 찾아올 때.
>
> 실업한 젊은이들이 골목을 메우고
> 복덕방에서 이발소에서 소줏집에서
> 가난한 사람들의 음모가 펼쳐질 때
> 조국은 우리를 버렸다 이 산읍에
> 또다시 삼월 일일이 올 때.
>
> 이 흙바람 속에 꽃이 피리라고
> 우리는 믿지 않는다 이 흙바람을
> 타고 봄이 오리라고 우리는
> 믿지 않는다 아아 이 흙바람 속의
> 조국의 소식을 우리는 믿지 않는다.
>
> 계집은 모두 갈보가 되어 나가고

사내는 미쳐 대낮에 칼질을 해서
온 고을이 피로 더럽혀질 때
조국은 영원히 떠났다 이 산읍에
삼월 초하루도 가고 없을 때.

-「3월 1일」 전문

위 시에서 보여주는 "우리"의 삶을 들여다보면, "골목마다 똥오줌이 질
퍽이고/ 헌 판장이 너풀거리는 집집에/ 누더기가 걸려 깃발처럼 퍼덕"이
며, "실업한 젊은이들이 골목을 메우고" 있다. 위생적인 환경과 안전하게
보호해줄 집이 없을 뿐 아니라, 인간다운 삶을 전혀 기대할 수 없게 만드
는 지독한 가난은 농민들의 삶을 황폐화 시키고, 결국에는 그들의 삶을
누더기로 만들어 버린다. 거기에다 앞으로 농촌을 이끌어나갈 젊은이들
조차 골목을 배회하게 만듦으로써 농민들의 현재는 물론 미래에 대한 희
망조차 기대할 수 없게 만들어 버린다. 1연에 묘사된 누더기가 깃발처럼
펄럭이는 장면은 농촌 사람들의 피폐한 생활상을 상징적으로 드러내주는
이미지라고 할 수 있을 것이다.

누더기와 같은 가난의 지속은 농민들로 하여금 조국에 대해 불신하게
만든다. 여기에서 조국은 3·1운동을 통해 되찾고자 했던 정치적 국가로서
의 조국이 아니다. 가난하고 힘없는 약자들의 슬픔과 괴로움을 보듬어주
고 가난이라는 짐을 함께 짊어져 줄 평등한 민주사회로서의 조국이다. 그
러나 "우리"의 바람과는 달리 조국은 굶주리고 헐벗은 "우리"를 외면한
다. 조국으로부터도 소외당한 "우리"는 조국이 "우리"를 증오한다고 판단
하고 복덕방에서 이발소에서 소줏집에서 음모를 펼쳐보지만 끝내 외면하
는 조국에게 버림받게 된다.

"우리"에게 "3월 1"[100]일은 조국의 해방뿐 아니라 가난과 소외와 핍박

---

100) 이 시의 제목인 "3월 1일"을 단순히 봄으로 바라보는 시각((박순희·민병욱, 「신경림

으로부터의 해방을 의미한다. 그러하기에 누추한 현실에서도 3월 1일을 기다리며 삶의 희망을 놓지 않는다. 그러나 한 해가 지나가고 또 다시 새로운 3월 1일이 돌아와도 "우리"에게 조국은 여전히 존재하지 않는다. 조국이 버린 산읍에서 "우리"는 가난하고 누추한 삶을 겨우 유지해나갈 뿐이다. "계집은 모두 갈보가 되어 나가고/ 사내들은 미쳐 대낮에 칼질을" 한다. 고을은 온통 피로 더럽혀지지만 조국은 그러한 "우리"를 버리고 영원히 떠나버린다. 이제 "우리"에게 3월 1일은 달력에서 사라져버린 날짜이며, 따라서 인간답게 살기위해 되찾아야 할 조국은 더 이상 존재하지 않게 된다.[101] "우리"는 조국으로부터 완전히 버림받은 존재들이다.

산읍의 농민들을 소외시키고 결국에는 농민의 터전인 농촌을 피폐하게 만들어버리는 조국은 자본이 건설한 세계로 볼 수 있다. 1970년대 당시 한국 사회에서 자본은 도시와 도시의 자본가를 위해 복무했다. 정부가 강력하게 추진했던 경제개발과 급격한 인구의 증가로 도시는 경제적 몸집이 비대해졌다. 도시와 달리 농촌은 인구가 현저히 줄고 살림은 몹시 빈약해졌으며, 자본의 세계로부터 철저히 소외당하고 결국에는 파편화되기에 이른다. 이러한 경제발전의 불균형 속에서 농민들은 자본의 권력이 휘두르는 광포한 힘을 체험했기에 인간적인 삶에 대한 작은 희망조차 꿈꾸지 못한다. 자본의 세계와 "우리"의 관계는 지배와 피지배의 관계를 이루면서 피지배계급인 "우리"는 자본의 억압과 소외 속에서 궁핍한 삶을 이

시의 장소 연구 -시집 『農舞』를 중심으로」, 『배달말』 54, 배달말학회, 2014. 258쪽)은 이 시의 의미를 단순화시키기 쉽다. 만약 논자들의 견해처럼 '봄'으로 보았다면, 시인이 굳이 일(日)을 표기하지는 않았을 것이다. 월일을 분명히 명시한 것은 제목 자체가 갖는 나름의 의미가 있음을 드러내준다. 이 글에서는 "3월 1일"을 일본에 대한 우리 민족의 역사적인 항거로 파악했다.

101) 윤영천은 「다시 남한강 상류에 와서」를 들며 신경림 시에 뿌리 깊은 국가허무주의가 나타나 있다고 보았다.(윤영천, 「농민공동체 실현의 꿈과 좌절 -『남한강』론」, 구중서·백낙청·염무웅 엮음, 『신경림의 문학세계』, 창작과비평사, 1995. 176쪽)

어간다. "우리"가 가난하게 살아가는 것은 농민들이 게으르거나 무능해서 그런 것이 아니다. 농민들은 먹고 살기 위해 닭이나 돼지를 먹여볼까 하는 고민을 거듭하고, 쌀값과 비료값 걱정이 앞섬에도 불구하고 해마다 열심히 농사를 짓는다. 그러나 자본은 농촌보다 도시를 중심으로 투자되었고, 소규모 경작지를 가진 일반 농민들은 자본의 소외 속에서 점점 더 가난한 삶을 살게 된 것이다. 가난을 짊어진 "우리"의 가슴에는 삶에 대한 희망이 아니라 분노와 울분만 쌓이게 된다. 이러한 감정은 무력한 "우리"를 수동적이게 만들고 이러한 수동성은 시적 주체의 체념적 태도로 이어진다.

시적 주체 "우리"는 가슴속에 쌓인 울분과 분노를 실천적 저항행위로 승화시키지 못한다. 대신 앞서 살펴본 바와 같이 "우리"는 세계에 대한 대응 혹은 공격의 한 방법으로서 체념을 선택한다. 모든 것을 체념함으로써 자신들을 체념하게 만든 세계에 맞서는 것, 이것이 "우리"를 지켜나가는 전략적 방법인 것이다. 그러나 주지하다시피 이러한 전략은 한계를 가질 수밖에 없다. 폭력적이며 부조리한 현실세계에 체념으로 맞설 때, 이 공격으로써 현실세계의 변화를 이끌어 내거나 파편화된 터전을 복원해야 하나 '체념'으로써 맞선 현실세계의 벽은 너무나 견고하여 그 공격성은 곧 동력을 잃게 된다. 그리하여 '우리'의 '체념'은 전략으로서의 한계를 드러내며 별다른 성과 없이 막을 내리게 된다.

3. 물신의 세계와 가난의 영토화

앞에서 집합적 주체인 "우리"를 구성하는 농민들이 사회 혹은 자본으로부터 소외당하면서 '체념'적 방법을 통해 현실에 대응하는 모습을 살펴보았다. 그렇다면 이들과 대비되는 사람들, 즉 도시에 거주하는 시민들은 모두 자본과 문화의 혜택을 받을 수 있었던가. 그렇지 않다. 신경림의 시에 등장하는 도시빈민들은 어둠[102]으로 표상되는 폭압적 물신주의 세계에서 농민이나 노동자들과 마찬가지로 가난하고 억눌린 삶을 이어간다.[103] 이들이 어쩔 수 없이 생존공간으로 선택한 곳은 "산동네"(「밤비」)이거나 "서울에서도 떠밀려"(「갈구렁달」) 겨우 자리 잡은 도시의 변두리이다. 도시에 사는 빈민들의 삶은 자본주의의 물신에 떠밀려 이렇게 변두리의 어느 '한곳'으로 내몰린다. 신경림은 이들을 통해 가난이 하나의 영토화되는 모습을 보여준다. 신경림의 시에 나타나는 도시의 산동네나 변두리 공간은 '게토(ghetto)'[104]와 다름없다. 게토에서는 거주가 불가능하다. 거주란 '인간이 특정한 장소를 집으로 삼아 그 안에서 뿌리를 내리고 거기에 속해 있다'는 의미[105]인데, 게토로 내몰린 도시빈민들에게 그곳은 장소가 아닌 그저 하나의 공간일 뿐이기에 삶의 뿌리를 내리고 살 수 없는 것이다. 자본주의를 등에 업은 물신의 폭력적 권력에 의해 게토와 같은 변두리로 내몰린 도시의 빈민들은 벗어날 길 없는 그곳에서 한숨과 울분의 삶을 살아간다.

---

102) 신경림의 시에서 빈번히 등장하는 이미지 '어둠'은 어두운 상태를 의미하기보다 대부분 화자와 약자들을 위협하는 대상으로서의 의미를 띠고 있다. 신경림의 시편에서는 '어둠'이 구체적으로 무엇을 가리키는지 명확하게 드러나지 않지만, '어둠'으로 표상되는 존재가 힘없는 약자들을 두려움에 떨게 만든다는 사실을 고려할 때 약자들이 살아가는 세계에서 '힘을 가진 강자', 혹은 '지배 권력'으로도 읽을 수 있다. 이 글에서는 '어둠'을 약자들을 위협하고 억압하는 폭압적 세계로 보았다.

103) 도시의 가난한 시민들에게 폭력과 억압을 일삼는 폭압적 세계는 분명한 이름을 가진 존재 혹은 상징적 이미지 형태로 등장하지 않는다. 다만, 가난한 사람들이 느끼는 두려움과 분노, 울분 등을 통해서 수동적인 삶을 강제하는 폭압적 세계를 읽어낼 수 있을 뿐이다.

104) 게토(ghetto)는 소수 인종이나 소수 민족, 또는 소수 종교집단이 거주하는 도시 안의 한 구역을 가리키는 말로, 주로 빈민가를 형성하며 사회적·경제적인 압박을 받는다.

105) 오토 프리드리히 볼노, 이기숙 옮김, 『인간과 공간』, 에코리브르, 2011. 164쪽.

질척이는 골목의 비린내만이 아니다
너절한 욕지거리와 싸움질만이 아니다
우리가 부끄러워해야 할 것은
이 깊은 가난만이 아니다
좀체 걷히지 않는 어둠만이 아니다

팔월이 오면 우리는 들떠오지만
삐걱이는 사무실 의자에 앉아
아니면 소줏집 통걸상에서
우리와는 상관도 없는 외국의 어느
김빠진 야구경기에 주먹을 부르쥐고
미치광이 선교사를 따라 핏대를 올리고
후진국 경제학자의 허풍에 덩달아 흥분하지만
이것들만이 아니다 우리가
부끄러워해야 할 것은

이 쓸개 빠진 헛웃음만이 아니다
겁에 질려 야윈 두 주먹만이 아니다
우리가 부끄러워해야 할 것은
서로 속이고 속는 난장만이 아니다
하늘까지 덮은 저 어둠만이 아니다
                  —「우리가 부끄러워해야 할 것은」전문

"우리"가 현재 일상을 영위하고 있는 '여기'는 인간다운 삶도 의미 있는 관계도 없는, 그저 더러운 환경과 싸움과 지독한 가난이 점령해버린 공간이다. 자본을 축적한 도시인들이 누리는 풍요로운 문명의 혜택을 누려보지 못한 채 하늘까지 덮어버린 "어둠" 속에서 "우리"는 살아가고 있다. 그런데 이들의 삶을 들여다보면 모순적인 행위들을 발견할 수 있다. 이들은 자신들과 상관없는 일에 주먹을 쥐며 분노하기도 하고, 종교적인 신념이 없음에도 불구하고 종교에 열을 올리며, 논리도 없는 학자의 허풍에도 쉽게 흥분한다. 그뿐이 아니다. 헛웃음을 웃거나, 무엇인가에 대한 두려움에 쥐었던 두 주먹이 야위어가고, 하늘까지 덮은 어둠, 즉 폭압적 물신의 세계 속에서 서로 속고 속이며 살고 있다.

화자는 이 모든 것에 대해 스스로 부끄러움을 느낀다. 그러나 부끄러워해야 할 것은 정작 따로 있다고 거듭하여 강조한다. 화자가 말하는 "우리"를 진정으로 부끄럽게 만드는 것은 과연 무엇인가. 화자가 들려주는 "우리"의 행위들을 하나씩 되짚어보면 부끄러워해야 할 것이 무엇인지를 파악해볼 수 있을 것이다.

"우리"는 상관없는 일에 주먹을 부르쥐고, 미치광이를 따라 핏대를 올리거나 남의 허풍에 흥분하기도 하며 또 서로 속고 속이는 난장 속에 있다. 그런데 이 모든 행위들을 살펴보면, 그 행위 속에 "우리"가 빠져 있다는 것을 알 수 있다. 모든 행위의 주체는 "우리"가 아니다. 정작 "우리"의 삶에서 "우리"는 완전히 배제되어 있는 것이다. 더 중요한 것은 "우리" 중 누구도 "우리"가 주체성을 상실했다는 사실을 인지하지 못한다는 점이다. 그래서 화자는 그런 "우리" 자신에게 더욱 부끄러움을 느낀다. 자신들의 현재를 정확하게 인식했을 때만이 삶이 안고 있는, 혹은 자신들이 처해 있는 현실의 문제를 발견해낼 수 있으며 그 문제를 바로잡을 수 있다. 그러나 "우리"는 자신들의 삶에서조차 배제된 채 수동적인 인간으로 살아가고 있기에 화자는 그러한 자신들이 몹시 부끄럽게 느껴지는 것이다.

"우리"가 이렇게 주체성을 상실한 채 수동적 인간으로 살아가게 된 데에는 여러 가지 원인이 있을 수 있겠으나, 그 중 화자의 발언을 통해서 알 수 있는 가장 큰 요인은 물신주의를 앞세워 시적 주체를 억압하는 현실세계에 있다. 앞에서 밝힌 것처럼 이 세계는 "어둠"의 이미지로 나타나는데, 어둠은 "우리"에게 두려움을 안겨주는 존재이다. "우리"가 느끼는 두려움은 매우 강력한 것이어서 "우리"가 우리이기를 포기하도록 만든다.

그 결과 "우리"는 겁에 질려 어둠을 향해 힘 있게 부르쥐어야 할 주먹을 잃어버리고 만다. 이제 "우리"에게 남은 것은 야윈 두 주먹뿐이다.

화자는 이러한 현실을 바로 세울 수 있는 한 가지 방안을 제시한다. 그 것은 "우리"가 잃어버린 부끄러움을 되찾는 일이다. 그리고 화자는 거짓을 벗어던진 참된 "우리"를 되찾고, 나아가 잃어버린 "우리"의 삶과 "우리"의 세계를 복원하기를 강력히 희망한다. 그리하여 하늘까지 덮어버린 어둠을 걷어버리고 가난도 벗어던지고, 거짓된 삶이 아닌 스스로 주먹을 불끈 쥐고 거짓에 대항하는 삶을 살 수 있기를 희망하는 것이다. 물론 그 렇게 되려면 먼저 물신의 세계를 전복시켜야 하며 참된 가치의 세계를 다시 세워야 한다. 그러나 이에 대한 희망은 표층에 드러나지 않는다. 다만, 화자의 전체적인 발언을 통해서 행간에 숨겨져 있는 희망을 유추해낼 수 있을 뿐이다. 화자의 간절한 희망이 표층을 뚫고 그 모습을 분명하게 드러낼 때 그 희망은 실천적인 힘을 가질 수 있을 것이다. 그러나 「우리가 부끄러워해야 할 것은」에서는 주체성을 상실한 "우리"에 대한 각성을 촉구하는 데서 머무르고 말았다. 희망을 이야기하기에는 "우리"를 두려움에 떨게 하는 어둠, 즉 물신세계의 힘이 갈수록 강력해지기 때문이다.

신경림 시에서 물신의 힘이 크게 작용하는 공간 중 하나는 초기시에 자주 등장하는 '광산'일 것이다. 광산은 신경림으로 하여금 처음으로 글을 써야겠다는 생각을 갖게 하는 동기가 되어주었는데, 그것은 유년기의 경험 중 가장 인상 깊었던 일들이 대개 광산과 관계를 맺고 있기 때문이다.106) 광산이라는 공간은 인간의 세속적 욕망과 그것을 부추기는 물신의 힘이 서로 뒤엉키는 가운데 황금을 쫓는 사람들이 불나방처럼 모여드는 욕망의 공간이다. 여기에는 참담한 가난에서 벗어나고자 하는 가난한 노동자와 농민들도 섞여있는데, 이들 역시 물질적 욕망의 포로가 되어 주체

---

106) 신경림, 『文學과 民衆』, 민음사, 1977. 150쪽.

성을 상실한 채 살아간다. 「폐광」[107]은 추악한 인간의 욕망을 더욱 적나라하게 드러내는 공간이면서 한편으로는 인간의 삶에 내재된 비극성, 즉 가난과 욕망의 충돌에 의해 빚어지는 비극을 드러내는 공간이다. 이런 비극성은 전쟁이라는 특수한 상황으로 인해 더욱 심화되면서 결국 비인간화를 조장하게 된다.

> 그날 끌려간 삼촌은 돌아오지 않았다.
> 소리개차가 감석을 날라 붓던 버력더미 위에
> 민들레가 피어도 그냥 춥던 사월
> 지까다비를 신은 삼촌의 친구들은
> 우리 집 봉당에 모여 소주를 켰다.
> 나는 그들이 주먹을 떠는 까닭을 몰랐다.
> 밤이면 숱한 빈 움막에서 도깨비가 나온대서
> 칸델라 불이 흐린 뒷방에 박혀
> 늙은 덕대가 접어준 딱지를 세었다.
> 바람은 복대기를 몰아다가 문을 때리고
> 낙반으로 깔려죽은 내 친구들의 아버지
> 그 목소리를 흉내내며 울었다.
> 전쟁이 끝났는데도 마을 젊은이들은
> 하나하나 사라져선 돌아오지 않았다.
> 빈 금구덩이에서는 대낮에도 귀신이 울어
> 부엉이 울음이 삼촌의 술주정보다도 지겨웠다.
>
> —「폐광」 전문

해방이 되면서 광산이 전성기를 맞이하자 신경림의 아버지는 화약상,

---

107) 한만수는 「폐광」을 두고 "「폐광」만을 따로 읽을 때도 독립된 시로서의 가치를 인정할 수 있긴 하지만 수필을 함께 읽지 않고는 아무래도 아쉬울 수밖에 없다."(한만수, 「서사성의 끝없는 확대」, 구중서·백낙청·염무웅 엮음, 『신경림 문학의 세계』, 창작과비평사, 1995. 296쪽)고 하면서, 시의 배경이 되는 6·25전쟁과의 상관성 아래 「폐광」을 읽었을 때 시가 가지고 있는 비극적 서사를 제대로 파악할 수 있다고 말한다.

금방앗간, 금분석과 같은 광산 관련 사업들을 벌인다. 그러던 중 6·25전쟁이 발발하고 광산은 폐쇄된다. 이때 인민군 패잔병을 피해 신경림은 아버지와 함께 광산 가까운 산에 숨게 되는데, 마을 사람들의 처지도 다를 바 없었다. 「폐광」은 이렇게 6·25전쟁이라는 역사적 상황을 배경으로 하고 있다. 시에 대한 이해를 높이기 위해 신경림의 산문을 살펴보기로 한다.

> 인민군 패잔병이 거의 도망쳤을 것으로 판단되던 어느 날 한 대의 지프 차가 광산에 들이닥쳤다. 태극기를 꽂은 헌병차였다. (중략)
>
> 몇 갱구를 뒤진 헌병소위는 굴 속에 숨어 있던 광부 셋을 끌고 나왔다. 금을 찾아내지 못한 그는 제 정신이 아니었다. "이 빨갱이들이 금을 가지고 도망치려 했다"고 여럿 앞에서 심문하기 시작했다.
>
> 이들은 물론 부인했다. 도망치는 인민군 패잔병의 행패를 피해 굴 속에 숨어 있었다고 주장했다. 그들은 내게도 낯이 익은 삼촌의 친구들이었다.
>
> 헌병소위는 더욱 약이 오르는 듯했다. 마침내 참다 못해 권총을 꺼내 셋 중의 하나를 쏘았다. 또 하나를 쏘았다.
>
> 이 뜻 아니한 사태에 사람들은 모두 새파랗게 질렸다. 두 사람을 죽이고 나서 그는 사람들에게 말했다. 이들이 빨갱이가 아니라고 보증할 수 있는 사람은 앞으로 나서라.
>
> 아무도 나서지 않았다. 사람들은 서로 눈치를 보다가 앞을 다투어 도망치기 시작했다.[108]

6·25전쟁의 비극을 보여주는 이 사건은 전쟁의 참혹함뿐 아니라 인간의 욕망과 그 욕망에 내재된 광기를 잘 보여주고 있다. 인간끼리 서로 죽이는 전장이라는 공간에서 인간은 죽음에 대한 공포와 삶에 대한 욕망을 동시에 품게 된다. 이때 죽음이 가까이 느껴질수록 삶에 대한 욕망은 더욱 강해지고, 공포와 욕망이 뒤엉키면서 인간의 광기 또한 너울춤을 추게

---

108) 신경림, 앞의 책, 152~153쪽.

된다. 이때 인간은 주체성과 이성을 상실하고 오직 생존본능과 욕망이 이
끄는 대로 행동하게 된다. 이런 점은 신경림의 산문에 등장하는 헌병소위
를 통해서도 확인할 수 있다. 참혹한 전쟁의 소용돌이 속에서 헌병소위는
이미 이성적인 사고를 할 수 없는 반이성적 상태에 이르렀다고 볼 수 있
다. 그에게는 모든 사람이 아군과 적군으로 이분화되고, 자기 뜻에 반하
는 사람들은 무조건 적으로 인식된다. 이성이 마비된 그에게 남은 것은
오로지 욕망뿐이다. 광산을 향하고 있는 그의 욕망과 집착은 전쟁이 인간
을 어떻게 비인간화시키는지를 잘 보여준다.

　전쟁이 일어나기 이전의 광산은 '황금'이라는 광물이 사회가 규정해 놓
은 가치와 능력으로 사람들을 유혹한다.(「그 겨울」, 「달빛」) 그 유혹에 빠져
광산으로 혹은 금방앗간으로 모여든 사람들은 흥분되고 들뜬 광산의 분
위기에 취해 당장이라도 부자가 될 것 같은 환상에 빠져든다. 아직 쥐어
보지도 못한 황금은 이미 그들의 내면에 침투해 영혼을 잠식해버린다. 그
러나 "폐광"이 되어버린 후 광산에는 아무것도 남지 않게 된다. 황금도
인간의 탐욕도 사람들도 모두 떠나버린 텅 빈 공간이 된 것이다.

　그런데 전쟁 이후 화자의 삼촌이 그 폐광으로 끌려가서는 끝내 돌아오
지 못하게 된다. 그 사건 때문에 삼촌의 친구들은 주먹을 쥐고 분노한다.
화자는 그런 상황을 이해하지 못하지만, 빈 금구덩이에서 우는 귀신의 울
음소리에서 낙반사고로 죽은 친구의 아버지와 사라진 마을 젊은이들의
목소리를 듣는다. 이를 통해 화자의 삼촌과 친구의 아버지와 마을의 젊은
이들이 억울하게 희생되었거나 원통한 죽음을 맞게 되었다는 것을 짐작
할 수 있다. 이 시에서 계속 등장하는 '울음'은 죽은 자들의 울음이다. 죽
은 이들은 광산을 향한 욕망과 비극적인 전쟁에 희생된 사람들이다. 문을
열었을 때 광산은 물신의 세계가 되어 인간의 욕망을 부채질하고 더 큰
욕망으로 사람들을 이끌었지만, 폐광이 되는 순간 이 세계는 죽음과 영혼

의 울음만이 남아 있는 폐허의 공간이 된다. 산 자들은 모두 떠나고 폐광은 죽은 자들의 차지가 된 것이다.

「폐광」에서 광산이라는 물신적 공간이 폐허로 남게 된 것은 전쟁의 폭력성 때문이다. 전쟁은 평범한 사람들을 전쟁의 광기에로 내몰고 탐욕에 눈멀게 만듦으로써 쉽게 사람을 죽이는 비인간적인 존재로 전락시킨다. 전쟁의 광기가 인간다움과 삶에의 의지조차 한순간에 무너뜨리고 모든 것을 폐허로 만들어버린 것이다. 광부들을 죽음으로 내몰았던 "헌병소위"(『文學과 民衆』)는 전쟁과 물신세계의 희생양이라고 할 수 있을 것이다. 그는 타의에 의해 광분하는 전쟁의 소용돌이에 휘말리게 되고 이성적 판단이 정지된 상태에서 쉽게 물질의 노예가 되었으며, 인간을 물질 아래 두었기 때문에 광부들을 죄책감도 없이 죽였던 것이다. 이렇게 사람들을 희생시켜가며 금덩이를 얻고자 했으나 정작 헌병소위는 광산에서 아무것도 얻지 못한다.

폐광 이전에 돈을 벌겠다고 광산으로 몰려들었던 사람들 역시 부를 획득하지 못한다. 그 어떤 가치보다 물질을 우위에 둔 세계에서 물질을 차지할 수 있는 자는 이미 부와 권력을 차지하고 있는 기득권자들로 한정되어 있다. 광산으로 몰려드는 가난한 사람들은 궁핍한 현실에서 벗어나고자 하는 욕망에 사로잡혀 있으나 실제로 광산에서 부를 획득하지는 못한다. 광산에서 부를 얻을 수 있는 자들은 광산을 소유한 사업자들뿐, 광부들은 그저 적은 임금으로 겨우 생활을 이어갈 수 있을 정도이다. 따라서 광산은 물신적 공간이기는 하나 물질을 쫓아온 가난한 자들을 위한 공간이 되어주지 않는다. 가난한 이들에게 허락된 공간이란 도시의 변두리이거나 산동네, 혹은 가난한 농촌과 장터 같은 게토화된 영토이다.

시적 주체가 살아가는 물신의 세계는 자본과 자본이 낳은 권력의 힘으로 사람들을 휘두르고 조종하는 폭압적 세계이다. 이 세계는 사람들이 저마다 가지고 있는 고유한 주체성을 훼손시키고 자신의 권력에 굴복하게 만든다. 모든 것 위에 군림하는 물신의 세계에 포획된 시적 주체는 이미 "우리"가 가진 고유한 주체성을 상실해버린 존재들이다.

「폐광」에서 보여준 것처럼 신경림의 시에서 시적 주체와 대립하는 현실세계는 그것이 자본이든 권력이든 폭력적인 양상을 띠고 있다. 이러한 현실세계와 대립적 관계에 있는 '우리'는 대부분 농민과 노동자와 도시빈민들이다. 자본은 자본가들의 금고에서만 축적될 뿐 농민들은 자본에서 소외된 채 피폐한 삶을 이어간다. 그 속에서 '우리'는 슬픔과 괴로움을 느끼지만 자신들의 삶을 직접적으로 위협하는 권력적 자본 앞에서 체념적 태도를 보일 뿐이다. 이 체념은 포기함으로써 포기하게 만든 세계에 대항하는 하나의 방법으로 채택되지만, 이 방법은 처음부터 한계를 가지고 있었기에 결국 성공에는 이르지 못한다. 도시에서 약자로서의 삶을 살아가는 도시민 '우리' 역시 농민들이나 노동자들과 별반 다를 바 없다. 경제개발을 위해 거대 자본이 투입되었으나 도시민 모두가 자본과 문화의 수혜 대상이 되었던 것은 아니다. 신경림의 시에 등장하는 도시빈민들은 농민이나 노동자들과 마찬가지로 자본과 권력이 중심이 되는 물신의 세계에서 도시 변두리로 쫓겨나 게토 같은 공간에서 한숨과 울분의 삶을 살아간다. 그러나 이들은 울분을 표출하기는커녕 삶에 대한 작은 희망조차 쉽게 드러내지 못하고, 대신 체념으로써 현실에 대응하다가 결국 체념마저도 포기하기에 이른다. 이러한 수동성은 '우리'가 이미 주체성을 상실했기 때문이다. 주체성 상실은 '우리'를 억압하는 세계로서의 폭력적인 현실세계에서 비롯된 것이다. '우리'와 마주한 물신의 세계는 닥치는 대로 '우리'의 삶을 집어삼킨다. 그럼에도 '우리'는 저항을 포기해버린다. 자신들이 힘없는 약자라는 사실에 대한 인식과 현실세계의 권력 앞에서 느끼는 두려움에서 그 원인을 찾을 수 있다.

집합적 주체인 '우리'가 권력을 가진 현실세계에 대해 두려움을 느끼고 수동적 태도를 취하는 것은 시적 주체의 본래적 모습이 아니다. 시적 주체는 스스로 존재하는 것이 아니라 타자에 의해 구성되는 존재이다. 다시 말하면, 시적 주체의 인식이나 태도는 본래 시적 주체가 가지고 있었던 것이 아니라 시적 주체와 관계하는 타자에 의해 새롭게 구성된 것이라고 할 수 있다. 따라서 신경림 시에서 집합적 주체인 '우리'가 느끼는 불안과 두려움, 그리고 시적 주체의 수동성은 결국 폭력적인 자본과 권력으로써 농민과 노동자와 도시빈민을 억압하고 소외시키며 두려움에 떨게 하는 폭압적 현실세계에 의해 발생된 것이라고 하겠다.[109]

---

109) 초기 시편에서 '우리'로 나타나는 시적 주체가 모두 집합적 주체인 것은 아니다. 적극적인 저항 태도를 드러내는 집단적 주체 '우리'로 나타나는 시편들도 있다. 그러나 초기 시편에서 '우리'는 대부분 집합적 주체의 모습을 보여주며 수동적인 태도를 드러낸다.

제3장 변혁주체로서의 '민중'의 호출과 저항의 외면화

민중시에서 시적 주체인 민중이 현실세계와 대립할 경우 저항성을 드러내는 것은 일반적 현상이다. 권력과 억압적 세력 앞에서 시적 주체는 주체성을 확립하고 자신의 실존을 위해 어떠한 방식으로든 저항하기 마련인데, 이런 저항성이야 말로 민중이 가진 핵심적 성격이자 민중시를 추동하는 힘이 된다. 그러나 앞에서 살펴본 바와 같이 『農舞』로 대표되는 신경림의 초기시에 나타나는 집합적 주체 '우리'의 경우 현실세계에 저항하기보다 오히려 두려움과 불안을 느끼는 나약한 모습을 보여주었다. 이들은 자신에게 현실세계에 대항할 만한 힘이 없다고 판단했기에 부딪쳐 저항하기보다 체념하고 순응하는 태도를 선택했다. 그러다 『달 넘세』에 이르게 되면 시적 주체는 『農舞』에서 보여주었던 수동적이고 소극적인 태도를 버리고 현실세계와 대결하는 적극성을 띠게 된다. 여기에서 그동안 울분과 분노를 속으로만 삼키는 체념적 태도를 현실 대응 방법으로 선택했던 민중들의 의식이 새롭게 전환되었다는 것을 알 수 있다. 민중이 체념이 아닌 실천적 행위로써 현실세계에 저항하는 능동적인 방법을 선택하게 된 것은, 민중에 대한 시적 주체의 재인식의 결과이다.

『南漢江』에서의 '우리'는 전혀 다른 모습의 민중을 보여준다. 한숨을 쉬며 울분을 가슴속에 담고만 있는 것이 아니라 손에 삽과 곡괭이와 몽둥이를 들고 부조리한 현실과 직접 싸워나가는 변혁주체로서의 면모를 드러낸다. 이러한 변화는 '우리'의 현실인식이 변화했음을 보여주는 것이라 하겠다. '우리'는 현실세계와의 대결을 통해서 자신들이 삶을 영위해 가는 '지금, 여기'를 변혁시키고자 한다. 시적 주체와 현실세계의 관계에 서 두 대상 간의 대립 구도가 뚜렷할 경우 시적 주체의 성격이나 정체가 분명히 드러나고 현실세계 역시 성격과 정체가 분명해진다. 이런 현상은 『달넘새』와 『南漢江』에서 확인할 수 있다.

2기의 시에 등장하는 대부분의 '우리'는 '지금, 여기'에 실재하는 존재 가 아니다. 이들은 과거의 절망적이었던 시대로부터 시적 주체의 기획에 의해 현재로 소환된 존재들이며, 현실세계 역시 불구의 시대로부터 현재 로 소환되어 온 왜형사, 왜군수, 새부자, 새양반, 크고 힘센 아이, 요술쟁 이 등으로 구성된 기만적 세계이다.[110] 따라서 이들은 실재하는 대상이 아닌 과거 속의 존재요 과거의 현실세계이다. 그러나 이들은 이미 시간 속으로 사라져버린 의미 없는 존재가 아니라 '지금, 여기'의 또 다른 이름 이며, 실재하는 현재를 드러내는 역할을 한다. 신경림은 과거의 시간 속 에서 사건과 배경과 인물을 불러오고 변혁주체로서의 '민중'을 호출하는 데, 이를 통해 소외된 삶을 살았던 민중들이 현실세계 속에서 겪었던 과

---

110) 이 글에서는 역사의 한 부분인 '시대'를 타자로 보았다. 일반적 시각으로 볼 때 역사 의 한 부분인 특정 시대 속에서 민중과 대립하는 대상, 즉 부와 권력을 가진 자들은 민중에게 타자로서 존재한다. 그러나 민중을 억압하고 대립하는 것이 단지 부자나 권 력자만은 아니다. 그 시대를 구성하는 강자나 권력자, 강대국 등을 포함하는 시 · 공 간 모두가 사실 민중을 억압하고 있으므로 어느 특정 권력자나 부자만이 민중과 대립 하는 타자가 되는 것이 아니라, 그 모두를 포함하는 과거 전체가 민중에게는 타자가 된다. 따라서 민중들이 대결하고 투쟁하는 것은 단지 과거 속의 인물들만이 아니라 민중들을 억압하는 기형적이고 불구적인 시대와 역사 그 자체라고 할 수 있다. 물론 시적 주체인 민중 역시 한 시대 속에서 살아가는 존재이므로 시대와 역사를 이루는 한 부분이라고 할 수 있다. 그러나 민중은 (몇몇 '민중봉기'를 제외하고는) 역사 속에 서 주도권을 쥐었던 존재가 아니었으며, 오히려 시대와 역사 속에서 철저히 소외당한 존재들이었다. 따라서 민중을 소외시킨 시대와 역사는 민중에게 있어 타자가 된다. 신경림은 많은 시편에서 시대적 · 역사적 사건을 시적 대상으로 삼았으며, 그러한 사 건과 대립하는 민중의 모습을 형상화했다. 이런 시편에서는 시대와 역사 그 자체가 시적 대상으로 소환되고 시적 주체에 의해 타자화된다.

거의 고통과 핍박을 증언하게 함으로써 현실세계의 부조리를 고발하고 현재의 수동성에서 벗어나 현실세계를 변혁시키고자 한 것이다. 다시 말하면, 신경림은 현재의 시적 주체와 현실세계의 대결을 드러내기 위해 과거의 시적 주체와 현실세계를 '지금, 여기'로 소환한 것이다. 신경림은 변혁주체인 민중과 현실세계가 벌여나가는 갈등과 대립의 서사를 서술시라는 이야기 형식과 민중의 생활을 가장 잘 드러내줄 수 있는 민요·무가·놀이 등을 차용하여 들려준다.

1. 민중의 발견과 민중적 양식으로서의 장르 차용

신경림의 시는 전체적으로 이야기를 통해서 민중의 삶을 형상화하고 있다. 연구자들은 이렇게 이야기를 담고 있는 시를 이야기시111) 서사시112), 서술시113)라는 용어로 표현하고 있다. 일반적으로 서술시(敍述詩,

---

111) '이야기시'라는 용어를 가장 먼저 사용한 사람은 이시영이다. 그는 1969년 중앙일보 신춘문예에 시조가, '월간문학'에 시가 당선돼 문단에 나온 시인으로, 등단 초기 고향인 전남 구례의 농촌적 서정과 공동체적 정서를 간직한 고향 사람들의 모습을 이야기처럼 풀어낸 시를 선보여 '이야기시'라는 장르를 탄생시켰다는 평가를 받았다. 이 외에도 서사가 담긴 시를 '이야기시'로 명명한 경우가 많은데, 대표적인 경우를 살펴보면 다음과 같다.
    최두석, 『리얼리즘의 시정신』, 실천문학사, 1992. 23쪽.
    윤영천, 「농민공동체 실현의 꿈과 좌절 -『남한강』론」, 구중서·백낙청·염무웅 엮음, 『신경림 문학의 세계』, 창작과비평사, 1995. 169쪽.
    조찬호, 「신경림 시 연구」, 우석대 박사학위논문, 2008. 85쪽.
112) 이야기, 즉 서사를 담고 있는 신경림의 시를 '서사시'로 본 대표적 연구자는 다음과 같다.
    임헌영, 「신경림의 시세계 -『南漢江』을 중심으로」, 신경림, 『南漢江』, 창작사, 1987. 209쪽.
    강정구, 「신경림 시의 서사성 연구」, 경희대 박사학위논문, 2003. 18쪽.
    백은주, 「현대 서사시에 나타난 서사적 주인공의 변모 양상 연구 -'영웅 형상'의 변모를 중심으로」, 고려대 박사학위논문, 2009. 110쪽.
113) 서사를 담고 있는 시를 '서술시'라는 용어로 공식화한 것은 김준오의 『詩論』인

narrative poetry)는 이야기를 노래한 것으로, 다른 말로 이야기 시이다. 서술시에는 살아있는 실제의 인간이 포괄되며, 추상시나 영물시와는 달리 감각적 이미지에 의존하기보다 인간의 행위나 생생한 삶의 모습에 의하여 인간적 의미나 감정을 표현한다. 「공무도하가」, 「처용가」, 「헌화가」, 「정읍사」, 김소월의 「진달래꽃」, 김동환의 「국경의 밤」 등으로 이어지던 서술시는 1970년대에 와서 다시 크게 주목받게 된다. 그것은 서술시가 시의 리얼리즘을 획득하는 결정적인 조건[114]이며, '이야기'라는 양식이 민중의 구체적인 일상을 가장 잘 그려낼 수 있는 시적 방법이기 때문이다.

신경림이 쓴 서술시[115] 역시 민중들의 삶을 이야기 시로 풀어냄으로써 민중들의 구체적인 삶, 구체적인 일상을 보여준다. 특히 『南漢江』은 신경림의 시 중에서 서술시의 특성이 가장 두드러지게 나타나는 작품으로, 이 시집에 실린 세 편의 시들은 유기적 관계 아래 수많은 사건들을 거느리면서 과거 민중들이 겪었던 갈등과 대립, 투쟁의 역사를 구체적으로 그려냈다. 이 시집은 남한강 주변의 농민들 사이에서 전승되어 온 농민투쟁을

것으로 보인다. 이후 많은 연구자들이 서사를 담은 시를 서술시로 명명하는 것을 볼 수 있다. 문학용어 사전에서도 서술시 개념을 찾을 수 있는데, 한국문학평론가협회에서 펴낸 『문학비평용어사전』에서 "서술시는 이야기하는 시, 또는 이야기가 우세한 시를 의미한다. 다시 말해 서술시는 이야기나 사건의 내용이 서술적인 구조를 통하여 형상화된 시이다."라고 설명하고 있다.(한국문학평론가협회 편, 『문학비평용어사전』하, 국학자료원, 2006. 187쪽) 이 외에도 '서술시'라는 용어는 많은 논의에서 사용되고 있다.
현대시학회, 『한국 서술시의 시학』, 태학사, 1998.
이혜원, 「1970년대 서술시의 양식적 특성 -김지하·신경림·서정주의 시를 중심으로」, 『상허학보』 10, 상허학회, 2003.
김홍진, 『장편 서술시의 서사시학』, 역락, 2006.
김준오, 『詩論』 제4판, 삼지원, 2007(초판 1982). 92쪽.
114) 김준오, 위의 책, 92~93쪽.
115) 강정구는 신경림의 서사시는 "서정시의 여러 면에서 일탈과 변화를 보여"주며, "백석, 이용악이 시도한 서술적인 시(narrative poem)의 전통 위에 서 있다"고 설명했다.(강정구, 앞의 글 1~2쪽)

수집하여 살아있는 서사로 재탄생시킨 것이다. 신경림은 서사에서 등장
인물들을 사실적으로 그려냄으로써 마치 인물들이 살아 움직이는 듯한
생생한 느낌을 주었을 뿐 아니라 정확한 묘사와 압축적인 사건을 담아내
어 민중의 울분과 투쟁의 서사가 리얼리티를 확보할 수 있게 하였다. 이
런 사실에서 알 수 있듯이 신경림의 서술시 도입은 현실세계와 투쟁을
벌여나가는 민중의 생생한 저항운동을 보다 더 효과적이고 사실적으로
드러내는 하나의 방법으로서 적지 않은 성과를 이끌어냈다.

『南漢江』은 세 편의 독립된 시 「새재」, 「남한강」, 「쇠무지벌」로 구성되
어 있다. 이 시편들은 각각 이야기의 주인공이 다르고 서사도 다르지만 느
슨한 형태의 관계망 속에서 상호관련성을 맺고 있다. 먼저 「새재」를 살펴
보면, 이 시는 양반을 거슬렀다는 죄목으로 목이 잘려 죽은 돌배[116]가 서
사의 중심에 있다. 그러나 시에 처음으로 등장하는 소제목 '새재'의 화자는
주인공 돌배가 아니라 제3의 화자로, 이 존재는 돌배의 이야기를 서사의
중심으로 끌고 오는 길잡이 역할을 하고 있다. '이무기'부터는 돌배가 화자
가 되어 자신과 친구들이 농민운동을 일으키는 과정과 그 결과를 서술한다.

> 아버지는 나이든 떠돌이였다 한다.
> 진눈깨비 치는 날
> 방물짐 지고 들어왔다
> 문득 이른 봄에 떠났다 한다.
>
> —「새재」 중 '이무기 2' 부분

---

116) 신경림에 의하면 『南漢江』의 실마리를 평민 의병장 원장군에서 잡았다고 한다. 신경
림은 연작 장시를 쓰겠다고 생각하면서 남한강 일대를 돌아다니며 취재를 다니다 원
장군의 이야기를 듣게 된다. '원장군은 타고난 장사로 흉년이 든 해에 동무들을 모아
양반네 곳간을 털어 산속으로 들어가 의병노릇을 하다가 양반한테 잡혀 목이 잘렸다
고 전해지는 인물이다.(신경림, 『바람의 풍경』, 문이당, 2000. 187쪽) 따라서 『南漢江』
에 등장하는 돌배라는 인물의 모델은 원장군이라고 할 수 있을 것이다.

서사는 중심인물에 대한 소개에서 출발한다. 돌배의 출신과 자라온 환경적 배경은 남한강에 등장하는 민중들을 대표할 수 있는 가난하고 힘없는 백성의 그것이다. 아버지가 떠나고 형들이 죽은 뒤 의지할 데 없는 돌배는 "승천 못한 이무기"처럼 자신의 처지를 서러워하면서도 사랑하는 연이를 생각하며 뱃사공으로 열심히 살아간다. 어머니가 두려워할 만큼 억센 힘을 가졌으나 그것을 억누르며 살아가던 돌배는 자신을 향했던 시선을 외부로 돌리면서 그동안 외면해왔던 현실세계의 참모습을 인식하게 된다. 돌배가 현실에 눈을 뜨는 순간 인물의 성격은 변화를 겪고 인물의 성격변화가 서사의 변화를 예고하면서 이야기는 보다 흥미롭게 전개된다.

> 저기 저게 무슨 소리
> 정참판네 안방 시렁에
> 지전 엽전이 쌓이는 소리
>
> —「새재」 중 '어기야디야 1' 부분

돌배의 시야에 들어온 정참판은 "왜놈 청놈"의 힘을 빌려 부를 축적한 인물로 돌배와 대립 구도를 형성하게 되는데, 돌배는 정참판의 행태에 대한 응징으로써 싸움을 시작한다. 이때 돌배가 싸우는 정참판은 한 개인이 아니라 금력과 권력을 가진 자들의 대표로서의 인물이다. 그러나 정참판과의 싸움으로 돌배는 화적떼라는 오명을 쓰고 고향에서 쫓겨나 떠돌아다니게 된다. 타지를 떠도는 동안 돌배와 그 친구들은 자신들과 같이 빼앗기고 억눌린 채 살아가는 숱한 민중들을 만나게 되고, 그들 역시 "우리"임을 깨닫게 된다.

여기에서부터 서사는 개인의 삶에서 민중의 삶으로 옮겨가고 인물과 인물 간의 갈등과 대립이 강화되면서 다양한 사건들을 거느리게 된다. 돌배를 중심으로 한 민중들은 "열이 아니"고 "스물이 아"닌 "우리"가 되어

최부자의 집에 불을 지르고 곳간을 턴다. 이와 같은 행위는 그동안 농민들이 감히 꿈꿀 수 없었던 것이다. 의식이 점점 깨어난 농민들은 민중적 성격을 띠게 되면서 일본인들을 이 땅에서 쫓아내기 위해 목숨을 걸고 싸운다. 농민들이 싸움을 벌여나가는 장면을 그려내는 화자는 싸움의 현장을 사실적으로 묘사함으로써 이 이야기가 실제의 사건인 것처럼 생동감 있게 만든다. 그런데 예상치 못하게 무장한 왜헌병이 등장하게 되자 돌배 일행은 어쩔 수 없이 후퇴하게 되고, 이 와중에 의병과 의기투합했던 이들은 양반병력에 의해 희생된다. 이러한 투쟁의 과정은 생생한 묘사를 통해 구체화되기 때문에 독자는 인물들이 펼치는 사건 속으로 깊숙이 끌려들어가게 된다. 서술시가 갖는 이러한 특성은 『南漢江』의 곳곳에서 쉽게 발견된다.

> 연풍고을 들이치고
> 쌀 백섬을 뺏는다.
> 날이 새기 전에 부황난 고을 사람들
> 모아 나누어주고.
> 풍기고을 들이치곤
> 헌병 셋을 죽인다,
> 이 땅의 왜놈들
> 마지막 한 놈도 살려 보내지 않으리라
> 방을 달고.
>
> ―「새재」 중 '빈 쇠전 2' 부분

민중들이 싸우기 위해 손에 든 것은 괭이나 삽 같이 무기가 되기에 부족한 것들이다. 그렇지만 이들은 보잘 것 없는 농기구를 무기로 삼아 무장한 병력과 맞선다. 이런 싸움에서 패하는 쪽은 당연히 민중들이다. 신경림은 민중들과 무장 병력과의 싸움에서 농기구와 총이라는 사물의 상징적 대비를 통해서 민중들이 패할 수밖에 없는 약자들이라는 점과 무장 병력을 보낸 자들의 폭력성을 드러낸다.[117] 민중들은 강력한 무기 앞에서 힘없이 무너지고, 흔들림 없이 끝까지 싸우던 돌배마저도 총에 맞고 체포된다. 서사를 끌고 가던 주 인물인 돌배가 체포되면서 이야기는 절정에 이르고, 곧이어 돌배가 목이 잘리는 참수형에 처하게 됨으로써 농민운동이라는 투쟁의 서사는 비극적인 결말을 맞는다.[118] 이야기의 말미에서 보여주는 종대에 높이 매달려 흔들리는 돌배의 머리는 농민운동에서 민중들이 치러야 했던 수많은 죽음을 상징적으로 드러내는 이미지로, 민중 서사가 가지고 있는 비극성을 극대화하여 보여주고 있는데, 이는 신경림이 이야기꾼처럼 농민운동의 서사를 풀어가면서도 한편으로는 시의 본령을 잊지 않았음을 보여준 예라고 하겠다.

「새재」에서 돌배가 이끌고 가던 농민운동의 서사에서 들려주는 구체적인 사건의 서술은 인물과 사건에 대한 실재감을 높여주어 서사로서의 리얼리티를 확보했다고 할 수 있다. 『南漢江』의 시 세 편 중 가장 안정감 있게 서사가 진행되는 「새재」는 돌배가 가진 특별한 '힘'으로부터 출발하여 돌배의 '죽음'에서 끝을 맺는 구조로 되어 있으며, 이 서사가 자신의 신념을 위해 현실의 부조리와 싸워나가는 한 인물을 중심에 두고 있어 「남한강」과 「쇠무지벌」에 비해 이야기가 통일성 있게 전개되었다고 하겠다.

두 번째 시편 「남한강」에서 서사의 중심에 서 있는 인물은 「새재」에

---

117) 김영대는 농민들이 헌병 셋을 죽이는 장면을 들면서 「새재」에서 "악인을 징계하고 서민을 도와주는 의적 행위 역시 무조건적으로 미화되어 살인까지도 아무런 죄책감 없이 자행"되고 있는데, 이는 격한 감정의 발로라고 설명한다.(김영대, 「우리가락의 정서와 신경림 시의 상관성 연구」, 『어문논총』 14, 청주대학교, 1999. 249쪽) 농민들이 일본 헌병을 죽이는 행위는 엄밀히 말하면 살인행위에 해당되지만, 이들이 행사하는 폭력은 자신들의 생존을 위협하는 대상으로부터 스스로를 지키기 위한 수단으로서의 행위, 즉 정당방위에 해당된다고 할 수 있을 것이다.
118) 「새재」 편에서 농민운동을 주도했던 돌배는 농민을 대표하는 인물로 그려지고 있기 때문에 돌배의 죽음은 곧 농민운동의 실패 및 농민의 죽음을 의미하게 된다.

등장한 바 있는 돌배의 연인 연이이다. 그렇기 때문에 독자는 이 시편에서 펼쳐질 서사가 앞의 시 「새재」와 연계성을 가진다는 점을 인지한 상태에서 독서에 임하게 된다. 그러나 연이가 「남한강」의 전체 서사를 끌고 가는 것은 아니다. 이 시편은 「새재」와 달리 다양한 인물들을 등장시켜 여러 갈래의 사건들을 펼쳐 보인다.

> 황천길도 서러운데
> 내 낭군 편히 못 가다니
> 갚으리다 갚으리다 낭군 원수 갚으리다
>
> —「남한강」 중 '소나무 2' 부분

 이 서사에서 가장 먼저 등장하는 인물은 연이로, 그녀는 돌배의 주검을 확인한 후 통곡하면서 원수를 갚으리라 다짐하는 모습을 보여준다. 연이는 억울하게 죽은 돌배의 원수를 갚기 위해 우선 팔이 하나뿐인 아버지와 술청을 연다. 오직 돌배의 원수를 갚을 일만 생각하는 연이는 술을 팔고 몸을 팔면서 억척스럽게 돈을 번다. 그런데 아이러니한 것은 원수를 갚기 위해 막대한 자본을 축적한 이후 연이는 돌배의 원수를 갚으려는 시도는커녕 원수를 갚고자 하는 의지조차 드러내지 않는다. 이러한 태도는 「새재」에서 이어져오던 서사의 맥을 끊어놓는 느낌을 준다. 연이의 이야기에는 자신의 원수가 누구인지 확인하는 과정이 없고, 원수를 갚기 위해 필요한 어떤 선행적인 행위도 포함되어 있지 않다. 서사가 진행될수록 원수를 갚을 의지가 있는지조차 의심스러울 정도로 돌배는 연이에게서 잊혀진 존재가 되고 만다. 그리고 젊고 아리따운 한 여자로서의 연이에게 복수는 망각되고 대신 새로운 사랑이 찾아온다. 이와 같은 연이의 내면적 변화는 지금까지 민중운동이라는 저항성을 띤 서사가 끌고 오던 힘을 약화시키기 때문에 이야기가 중심에서 벗어나는 듯한 인상을 주어 서사에 대한 몰입을 방해한다.

> 아아 그러나 나는
> 피가 뜨거운 여자
> 강변에서 콩밭에서 어두운 메밀밭에서
> 헐떡이며 뒹굴며 살아온
> 칠백년이라 노비의 딸
>
> ―「남한강」 중 '아기늪에서 3' 부분

　연이는 아직 피가 끓는 젊은 여자이며 남자로부터 사랑을 받고자 열망하는 여자이다. 그러나 한편으로는 오직 돈을 벌기 위해 뭇 사내들과 몸을 섞는 여자로 살아간다. 그러던 중 연이 앞에 앵금 타는 사내가 나타나고 연이는 새로운 사랑에 깊이 빠져든다. 여기에서 연이는 돌배의 억울한 죽음에 대한 원수를 갚는 주체적인 여성으로 발전하지 못하고 그저 남자의 사랑만을 갈구하는 비주체적인 여성으로 전락해버리는 모습을 보여준다.[119]

　'꽃나루'는 왜풍속으로 바뀌어버린 남한강변의 식민지적 삶의 모습을 그대로 보여준다. 왜놈의 씨를 밴 누이가 미워서 "나가야마"를 찌른 대장간집 작은 아들이 주재소로 끌려가고, 야학을 가르치던 정참판의 큰손주가 군자금을 옮기다 잡히게 되고, 연이가 앵금사내를 마음에 품으면서도 꽃배를 띄워 사내들을 어르고 눙쳐 돈벌이를 하는 이런 과정들이 흥미롭게 서술된다. 이때 화자는 등장인물이 아닌 제3의 존재였다가 때로는 연

---

119) 여성이 주체화되지 못하는 이런 모습은 신경림의 시 전편에 드러나는 나약하고 수동적인 여성들의 모습과도 일치한다. 신경림의 시에서 주체의식을 가지고 행동하는 민중은 언제나 남성의 모습으로 등장한다. 대부분의 여성들은 힘없는 과부이거나 철없는 처녀, 또는 할머니, 술집 작부 등과 같이 남성들의 그늘에 숨어서 사는 비주체적 인물들로 그려진다.

이가 되기도 한다. 제3의 존재는 주로 인물이나 사건 등을 설명해나가고, 연이는 앵금사내에 대한 자신의 마음을 드러낼 때만 화자로 등장하는데, 전체적으로 서사를 이끌어가는 것은 제3의 화자이다.

> 알고 보니 그이가 화적떼였다네
> 압록강 넘나드는 독립군이었다네.
>
> —「남한강」 중 '눈바람 1' 부분

　서사가 중반을 넘어서면 정참판의 큰손주가 사실은 월악산에서 일었다는 그 화적이요, 압록강을 넘나드는 독립군이었다는 사실이 밝혀진다. 이러한 반전은 사건의 대전환에서 오는 충격과 긴장미를 느끼게 해준다. "화적"으로 밝혀진 이들이 조선독립을 위한 군자금을 만든 뒤 만주로 넘어가려다 나루에서 순사들에게 잡히고, 다시 친구들의 도움으로 풀려나 도망치는 장면 역시 서사의 긴장미를 높여주는 부분이다. 그러나 농민들은 그 모든 사실에 대해 "모르는 일, 우리는/ 아무것도 모르는 상것들./ 나라 일이야 양반들이나 하라지."라는 회피성 발언을 한다. 이런 비겁함은 식민지 백성으로서 그동안 일제에게 혹은 양반이나 권력자들에게 모든 것을 빼앗기며 살아온 데 대한 일종의 허탈감과 피로감에서 나온 것으로 보인다. 이런 와중에 주재소로 끌려갔던 대장간집 작은 아들이 피멍든 몸으로 돌아와 사흘을 못 넘기고 죽게 된다. 이 사건은 힘없는 민중의 저항 행위가 결국에는 죽음으로 귀결되었던 당시의 현실을 보여준 것이다.

　이렇게 「남한강」에서는 다양한 인물들이 등장하여 여러 가지 사건을 이끌어나가는데, 이 사건들은 하나의 축을 중심으로 전개되는 것이 아니라 독립적이면서도 개별적인 내용을 담고 있다. 물론 때로는 연결고리를 가진 사건들도 있으나 대부분은 개별적인 사건을 다루고 있어서 전체적으로 볼 때 산만한 인상을 준다. 반면 뒤에 이어지는 「쇠무지벌」은 서사가 하나의 축을 중심으로 전개되기 때문에 상대적으로 통일성 있게 느껴진다.

세 번째 시편 「쇠무지벌」에서는 등장인물 대신 집단적 화자가 등장[120] 하여 사건을 서술한다. 여기에서는 '인물보다 사회적 신분과 지위에 의한 인간 구분만으로 사건을 유형화하여 서술하는데, 이 사회의 구조는 오직 계급과 신분, 지위만이 그 이익을 위해 대립하는 양상으로 변해버린다.'[121] 이뿐 아니라 「쇠무지벌」에서는 시간적 배경도 새롭게 전환된다. 「새재」와 「남한강」의 시간적 배경은 일제강점기였으나, 「쇠무지벌」은 해방 이후가 된다. 해방을 맞은 농민들의 모습이 그려지는 「쇠무지벌」의 도입부에는 흩어졌던 남한강변 쇠무지벌의 백성인 "우리"가 하나둘씩 돌아오고, 새세상이 도래했음을 함께 기뻐하며 새로운 삶에 대한 희망을 품는 장면이 펼쳐진다.

> 두레도 다시 짜고
> 동네계도 살리고,
> 빼앗고 훔치는 일 없이 하고,
> 속이고 속는 이 없이 하고
> 게으르고 미련한 이 없이 하리니.
>
> ─「쇠무지벌」 중 '첫장날 1' 부분

해방을 맞은 "우리"는 새롭게 시작될 날에 대한 기대감을 감추지 않는

---

120) 윤영천은 「쇠무지벌」에서는 외형상 분명한 주인공이 존재하지 않는 것처럼 보이기 때문에 독자로서는 시적 상황을 치밀하게 재구성해야 하는 분외의 공력이 요구된다면서, 이는 「쇠무지벌」이 지닌 형식적 결핍의 하나라고 설명했다. 윤영천, 「농민공동체 실현의 꿈과 좌절 ─『남한강』론」, 앞의 책, 192쪽.

121) 임헌영, 「신경림의 시세계 ─『南漢江』을 중심으로」, 신경림, 『南漢江』, 창작사, 1987. 212쪽.

다. "우리"가 살고 싶은 나라는 풍요롭고 모든 것이 완벽하게 갖추어진 그런 나라가 아니다. 그저 빼앗고 훔치는 일 없는 나라, 속이고 속는 사람이 없어서 민중들이 두려움 없이 살 수 있는 그런 나라이다. 이렇게 소박한 꿈을 가지고 있는 "우리"는 대립 관계에 있던 "새부자"마저도 용서하고 받아들이면서 새시대를 함께 만들어가고자 한다.[122]

서사가 여기에 이르면 마을 사람들과 권력자들 간의 대립과 갈등이 약화되는 모습을 보여준다. 그 때문에 독자는 서사가 결말을 향해 달려가는 듯한 인상을 받게 된다. 그러나 뒤이어 젊은이들이 보여주는 저항의식은 앞으로 치열한 투쟁이 벌어질 것임을 암시한다. 이처럼 『南漢江』, 특히 '쇠무지벌'에서는 서사가 전개될수록 사건이 심화되고 확장되는 양상을 보여주는 것이 아니라 싸움과 화해가 계속 반복되는 형태로 전개된다. 위기가 수시로 찾아오고 그 위기가 매번 다시 해소되다 보니 서사는 뒤로 갈수록 긴장과 탄력을 잃고 한없이 늘어진다. 물론 『南漢江』이 실제적인 농민운동의 역사를 형상화한 작품이고, 그렇기 때문에 신경림이 역사적 사건을 사실적으로 그려내기 위해 사건이 반복되는 형태로 서사를 전개시킨 것으로 보인다. 그러나 이 작품이 기본적으로 '이야기'라는 형식을 통해 내용을 전달하고 있기 때문에 서사가 갖는 긴장미를 더 끌어올릴 필요가 있으며, 이를 위해 갈등을 일으키는 사건을 점점 더 강화시켜가는 전개방법이 더 적합하다고 판단된다. 이런 측면에서 볼 때 『南漢江』의 서사전략이 효과적이었다고 보기는 어렵겠다.

---

122) "해방이 되어 일제는 쫓겨났지만, 여전히 친일 세력은 일제강점기의 권력을 행사할 수 있었다. 당시 로컬에서 친일 세력의 권력은 국가의 권력을 대신할 만큼 막강한 것이었다. 그들의 권력 행사를 뒷받침하는 하부 구조에는 바로 땅에 대한 소유권이 있었다. 친일 세력은 땅의 새 주인이 되어 여전히 주변 계층을 억압하고자 했다."(송지선, 「신경림 시의 로컬리티 연구」, 전북대 박사학위논문, 2013. 42쪽)는 송지선의 설명은 「쇠무지벌」에서 남한강의 주변 계층들이 해방이 되었음에도 불구하고 왜 여전히 분노와 울분에 차 있을 수밖에 없었는지를 잘 보여준다.

올해는 황밭들 저 십만 평에
우리가 모를 꽂아야 한다.
저것은 옛날 고려 적부터 우리 땅이다,
　　　　　　　　　　　　　－「쇠무지벌」 중 '못자리 싸움 2' 부분

　황밭들의 십만 평이 본래 "우리" 모두의 것이었다는 사실을 새롭게 깨
닫게 된 젊은이들은 땅을 다시 되찾아야 한다고 주장한다. 젊은이들이 드
디어 황밭들에 대해 주인의식을 갖게 된 것이다. 방앗간 뒷방에 모여서
이야기를 나누는 동안 이들은 주체의식을 공고히 다지고, 황밭들의 주인
으로서 잃었던 자신들의 땅을 되찾고자 결심한다. 그러는 사이 왜군수는
국장이 되고 왜형사는 서장이 되는 가운데, 못자리판이 모두 짓밟히는 사
건이 발생하면서 서사는 새로운 국면을 맞게 된다. 이처럼 「쇠무지벌」은
수많은 갈등과 사건들을 거느리면서 농민운동이라는 하나의 큰 줄기를
따라 속도감 있게 달려간다.[123] 그러나 농민들의 투쟁은 세계의 변혁이
아니라 동네 줄초상이라는 더 큰 비극으로 이어지면서 불의에 저항했던
"우리"들의 투쟁행위는 큰 상처만 남기고 결국 실패에 이르게 된다. 농민
들의 저항운동은 이렇게 실패로 끝났으나 마지막 부분인 '횃불'에서 농민
들이 재결집하는 모습을 제시하고 있는 것을 보면, 신경림이 『南漢江』을
통해서 말하고자 하는 것은 저항행위 그 자체가 아니라 횃불처럼 꺼지지
않는 항구한 저항정신이 아닐까.[124]

---

123)　『南漢江』은 후반부로 갈수록 "이야기의 뼈대는 점차 취약해지는 반면 시행의 숫자나
　　민요·무가의 등장 빈도는 늘어나는 방향으로 작품의 전반적 구도가 전이된다. 요컨
　　대, 특출한 영웅적 서사에서 이름없슨 민중의 노래로 탈바꿈하는 것이다."(윤영천, 「
　　농민공동체 실현의 꿈과 좌절 -『남한강』론」, 구중서·백낙청·염무웅 엮음, 『신경림
　　문학의 세계』, 창작과비평사, 1995. 174쪽)
124)　백은주는 『南漢江』에 등장하는 돌배의 영웅적 모습은 그의 아이를 가진 연이, 더 나
　　아가 공동체 구성원 전체에게 전이됨으로써 결국 공동체 모두가 영웅이 되어 승리하
　　는 결과를 얻게 된다고 설명한다. 그는 잠재적인 이 승리를 지켜내기 위해서는 공동
　　체의 의지가 절실히 요구된다고 덧붙이면서, 민중이 가진 생명력의 영속성을 상징하

지금까지 살펴본 것처럼 『南漢江』은 이 세상에 살아있을 법한 인물들을 등장시켜 사건을 생동감 있게 끌고 가는데, 사건이 펼쳐지는 과정이 사실적으로 생생하게 묘사되어 있어 살아있는 인물과 실제의 역사적 사건을 다루는 듯한 느낌을 갖게 한다.[125] 서술시의 미학은 산문소설과 등가를 이루는 리얼리티 확보와 함께 소설이 갖지 못하는 상상의 장(場)으로서의 여백에 있을 것이다. 서술시는 행위나 사건을 묘사함으로써 인물들이 만들어가는 삶의 장면들을 생생하게 반영[126]함으로써 서사에 대한 흥미를 이끌어내고 인간의 삶에 대한 관심을 불러일으킬 수 있다. 『南漢江』은 농민운동이라는 역사적 사건에 대한 사실적인 묘사와 구체적인 서술로써 소설 못지않은 리얼리티를 확보했다. 특히 농민들과 권력자들(혹은 친일파들) 간의 대립과 갈등은 이야기의 기본 뼈대를 이루면서 이야기가 흐트러지지 않도록 중심을 잡아주는 역할을 했으며, 여러 인물들 간의 크고 작은 대립을 통해 서사적 긴장을 끌어올려 독자가 이야기에 집중할 수 있도록 했다. 이처럼 신경림이 쇠무지벌의 농민운동을 시에 담아낼 때 서술시라는 형상화방법을 선택한 것은 소통과 공감의 측면에서 성공적이

는 남한강의 흐름을 통해 미래에 대한 전망을 제시했다.(백은주, 앞의 글, 136쪽) 그러나 『南漢江』에서의 투쟁을 '잠재적 승리'로 판단하는 것은 무리가 있다고 하겠다. 「쇠무지벌」의 마지막 부분인 "횃불"에서 농민들이 항구적인 투쟁의지를 보여줌으로써 미래에 대한 희망을 제시하고 있으나 결과적으로 볼 때 이 투쟁은 완결되지 않았으며,("황밭들 십만 평 참 내 땅 되기까지…(중략)… 백 날이라도 버티리라") 앞으로 승리를 장담할 수 없는 더 큰 투쟁을 앞두고 있기("우린들 왜 모르랴/ 그들 떼지어 몰려 오리라는 걸") 때문이다. 물론 농민들이 드러내는 저항의지를 고려하면 이들의 미래는 희망적이라 할 수 있다. 그러나 그렇다고 하더라도 투쟁을 중심에 둔 전체 서사를 볼 때, 돌배를 비롯한 농민들의 희생과 그 결과는 승리보다 실패에 가깝다고 하겠다.

125) 이렇게 서사가 생동감 있게 전달될 수 있었던 이유들을 찾아보면, "발랄한 생활어의 거침없는 구사, 그 고장 특유의 빛깔과 토속적 정취가 묻어 있는 지방어의 실감 있는 표현, 전래의 농경민요와 구한말·식민지시대의 신민요, 그리고 배따라기와 무가의 적절한 삽입 등"을 들 수 있다.(윤영천, 「농민공동체 실현의 꿈과 좌절」, 구중서·백낙청·염무웅 엮음, 『신경림 문학의 세계』, 창작과비평사, 1995. 194쪽)

126) 김준오, 앞의 책, 96쪽.

었다고 하겠다.

　신경림은『달 넘세』와『南漢江』에서 서사를 통해 시세계의 확장을 꾀
하는 한편 타 장르를 차용하여 민중문학의 지평을 넓히는 등 다양한 시
도를 하게 된다. 사실 신경림은 시와 다양한 장르 간의 융합을 통해서 새
로움을 찾으려는 시도를 계속해 왔다. 일찍이 민요는 물론 무가, 노래, 놀
이 등과의 융합을 시도해 온 것은 기존의 시 형식에 얽매이지 않은 새로
운 시를 보여주고자 하는 노력의 일환이었으며,127)『南漢江』의 경우 시의
새로움뿐 아니라 서술시의 효과를 높이기 위한 하나의 전략으로 채택되
었다고 할 수 있다. 민요와 무가 등은 서사가 다 담아내지 못하는 민중의
정서와 내면심리, 그리고 음악적 요소로 서사를 뒷받침함으로써 인물들
이 벌여나가는 사건을 보다 더 생동감 있게 만들어주기 때문이다.

　신경림의 시 중에서 형식적 실험을 가장 많이 보여준 것은『새재』와『
南漢江』이다. 이 두 시집은 신경림의 고향 충주 주변의 '새재'와 '남한강'
을 배경으로 창작된 것이며, 시인의 민중의식이 궁극적으로 어떤 방향으
로 추구되고 있는가를 보여주는 시집이다.128) 여기에서 신경림은 문학 바
깥에 있는 여타 장르를 차용함으로써 다양한 시 형식의 실험을 보여준다.

　　여기서 저는 구체적으로 시가 민중으로부터 사랑을 받기 위해서 시 속에
　우리 고유의 민요적 가락을 되살리는 것이 어떻겠느냐 말씀드리고 싶습니
　다. 저는 최근 여러 해 동안 졸시「새재」를 쓰기 위해 자료를 모은다는 구
　실로 시골, 특히 남한강 일대를 여러 번 돌아다녔는데, 강마을 어딜 가나
　들을 수 있었던, 아직도 농민들 사이에 전승되어 오고 있는 민요 가락처럼
　저에게 커다란 감동을 준 것은 없었읍니다. 결코 정교하게 다듬어진 것은

---

127) 윤영천의 설명에 의하면, 신경림이 민요와 무가를 통해 새로운 시 형식을 실험한 것
　　은 당시의 침체기를 벗고 다양한 문학적 활로를 모색하기 위한 하나의 돌파구로서 적
　　극 채택된 것이다. (윤영천, 앞의 책, 172쪽)
128) 김성규,「신경림 시 연구」, 충남대 박사학위논문, 2015. 79쪽.

아니었지만 거기에는 우리의 어떠한 현대 문학 작품도 형상화하지 못했던, 이 민족의 한과 설움, 견딤과 참음, 끈질긴 생명력이 넘치고 있었읍니다. 이 제 민요는 텔레비전이나 라디오의 특수 프로그램이나 뒷골목 술집에서 가 수나 작부에 의해 가까스로 보존되고 전승되고 있다는 느낌인데 이것을 시 속에 끌어들이는 것은 민요의 계승을, 발전을 위해서라기보다 시가 민중의 사랑을 되찾기 위하여 매우 시급한 일이라 여깁니다.129)

신경림이 시에 민요를 차용한 것은 민중으로부터 사랑 받는 시가 되도 록 하기 위해서였다.130) 시가 민중으로부터 멀어지게 된 것은 민중의 삶 과 동떨어진 것을 시로 쓰기 때문이요, 우리 민족의 정서와 맞지 않는 시 를 써 왔기 때문이라고 판단한 그는 민요를 시에 적용함으로써 시 형식 의 확장은 물론 시가 민중의 사랑을 되찾기를 바랐다.131) 이후 민요의 차 용이 실패로 끝나기는 했으나 이러한 시도 자체는 여러 측면에서 의미 있는 도전이었다고 하겠다.132)

---

129) 신경림, 「나는 왜 시를 쓰는가」, 『삶의 眞實과 詩的 眞實』, 전예원, 1983. 52~53쪽.
130) 신경림은 「목계장터」를 세 번째로 쓸 무렵 민요에 적지 않게 열중해 있었는데, 민요 에 관심을 갖기 시작한 이유를 두 가지로 설명했다. 첫째는 자기 시의 껍질을 또 한번 벗기 위해서였으며, 둘째는 민중시를 쓰는 자신이 민중의 생활과 감정, 한과 괴로움을 가장 직정적이고도 폭넓게 표현한 민요를 외면할 수 없었기 때문이라고 했다.(신경림, 「나의 詩·나의 詩論 -네 편의 自作詩에 대하여」, 『文學과 民衆』, 민음사, 1977. 166~167쪽) 이러한 이유뿐 아니라, '시를 쓰고 읽는 이유 중 하나는 가락에 있다. 이 가락, 즉 노래는 우리를 삶의 긴장과 속박으로부터 해방시키며 우리를 더 창조적인 삶으로 밀어올린다.'(신경림, 「자기탐구의 시, 노래가 있는 시」, 『창작과 비평』 19권 1 호, 창비, 1991. 418쪽)고 한 신경림의 발언을 보면, 시가 갖는 음악적 요소에 큰 의미 를 부여한 자기 자신의 문학적 신념도 민요시를 쓰는 데 영향을 미쳤으리라 짐작된다.
131) 김지윤에 의하면 신경림이 10여 년간 민요의 가락에 깊은 관심을 가지고 창작의 방법 론으로 삼았는데, 이 시간 동안 나온 시집이 『새재』(1979), 『달 넘세』(1985), 『南漢江』 (1987)이다.(김지윤, 「1970년대 서사시의 전통 양식 수용과 변용 -김지하, 서정주, 신 경림의 시를 중심으로」, 『한국어와 문화』 16, 숙명여자대학교 한국어문화연구소, 2014. 61쪽)
132) 김성규는 '신경림 시에 나타난 민요정신은 민중의 현실적 삶을 형상화하는 기초가 되기 에 일관성 있게 민중지향성을 견지하고 있는 신경림이 민족문학으로서 적절성을 지니 고 있는 민요적 율격을 수용하고 구비문학의 유산을 적극적으로 활용하려고 시도한 점'

먼저, 『새재』에 실린 시 중에서 타 장르와 결합된 예를 살펴보자.

> 하늘은 날더러 구름이 되라 하고
> 땅은 날더러 바람이 되라 하네
> 청룡 흑룡 흩어져 비 개인 나루
> 잡초나 일깨우는 잔바람이 되라네
> 뱃길이라 서울 사흘 목계나루에
> 아흐레 나흘 찾아 박가분 파는
> 가을볕도 서러운 방물장수 되라네
>
> ─「목계장터」 부분

  1910년대까지만 하더라도 남한강 수운의 중심이었던 목계장터는 다양한 물품을 실은 배가 드나들던 곳이다. 배에서 내린 곡식이나 소금 등을 사고팔기 위해 강변에 장이 열리게 되면 각지에서 찾아온 장꾼들과 물건을 사려는 사람들, 그리고 온갖 놀이패들로 북적였다. 이러한 공간을 배경으로 쓴 「목계장터」는 두 번에 걸쳐 새롭게 수정되었다. 처음 「목계장터」를 쓴 신경림은 자신의 작품에 실망하여 다시 고쳐 썼으나 여전히 만족하지 못하던 차에 우연히 젊은이들이 노랫가락을 흥얼거리는 소리를 듣고는 「목계장터」가 왜 실패했는가를 깨닫게 된다. 「목계장터」에 "우리의 고유의 가락"[133]이 빠져 있다고 판단한 신경림은 「목계장터」에 민요를 접목시켰고, 그리하여 지금의 「목계장터」가 완성되었다.
  「목계장터」는 떠돌이 장사꾼들의 삶의 터전인 목계장터를 배경으로 가난하고 소외된 사람들의 삶의 애환을 서민들에게 가장 친숙한 민요 가락에 실어냈다. 기본적으로 4음보의 율격을 가지고 있는 이 시의 가락은 시를 읊조리는 동안 민요의 율격을 체감할 수 있게 할 뿐 아니라, 서민들의

  을 긍정적으로 평가했다.(김성규, 「신경림 시 연구」, 충남대 박사학위논문, 2015. 89쪽)
133) 신경림, 위의 책, 165~166쪽.

지난한 삶이 가락을 타고 전해져 오는 듯한 느낌을 갖게 한다. 공광규는 독자의 정서를 뒤흔들고 있는 「목계장터」의 시적 힘의 실체를 민요 율격의 계승이라는 방법적인 측면에서 찾을 수 있다고 했다.[134] 민요의 기본 율격인 4음보를 주된 율격으로 취하고 있는 이 시가 떠돌이 장꾼들의 애환을 가장 잘 드러냈다는 평가이다. 이시영[135]의 경우에는 '「목계장터」야말로 1970년대에 생산된 시작품 중 단연 으뜸이며, 근대시 이후 전시사(全詩史)에서도 가락과 흐름과 언어 울림이 이만한 시를 찾기 어렵다.'며 극찬을 아끼지 않았다.

　「어허 달구」 역시 대체로 4음보로 이루어져 있어 민요의 가락을 온전히 느낄 수 있다.

　　어허 달구 어허 달구
　　바람이 세면 담 뒤에 숨고
　　물결이 거칠면 길을 옮겼다
　　꽃이 피던 날은 억울해 울다
　　재 넘어 장터에서 종일 취했다
　　어허 달구 어허 달구
　　사람이 산다는 일 잡초 같더라
　　밟히고 잘리고 짓뭉개졌다
　　한철이 지나면 세상은 더 어두워
　　흙먼지 일어 온 하늘을 덮더라
　　어허 달구 어허 달구

　　　　　　　　　　　　　　　　　-「어허 달구」 부분

　'달구소리'는 본래 '메기는소리'와 '받는소리'로 이루어지는데, '받는소리'인 후렴구가 보통 2음보를 갖추고 있으나 신경림의 「어허 달구」는 4

---

134) 공광규, 『신경림 시의 창작방법 연구』, 푸른사상, 2005. 84~85쪽.
135) 이시영, 「문학계 동향 -고은과 신경림」, 『창작과 비평』 16권 3호, 창비, 1988. 212쪽.

음보로 이루어져 있으며, '메기는소리'의 경우에는 3~4음보[136]를 취하고 있다. '받는소리'의 경우는 신경림이 「어허 달구」를 "고향사람들에게 구전되어 오는 조가(弔歌)를 정리하고 세련시킨 것이요, 거기에 아내와 할머님과 아버님의 한과 설움을 얹은 작품"[137]이라고 설명한 것으로 보아 충주 인근 지방의 '받는소리'가 4음보였음을 알 수 있다.

「어허 달구」는 장똘뱅이로 한평생을 "밟히고 잘리고 짓뭉개"지면서 살다가 죽음을 맞은 장꾼을 땅에 묻고 그 위에 봉분을 만들기 전에 여러 사람이 모여들어 달구질을 하는 모습을 그린 것이다. 이 시는 전체적으로 3음보와 4음보를 섞어서 사용하고 있는데, 일반적으로 3,4음보는 민요의 율격과 비슷하여 읽다보면 저절로 가락을 느낄 수 있다. 특히 "어허 달구 어허 달구"라는 후렴구는 반복되는 것 자체만으로도 충분히 율격을 만들어내고 있으며, 대부분의 행이 4음보로 되어 있어 생동감 있는 리듬감을 그대로 전달한다. 그런데 이런 리듬감은 흥겨움보다는 역설적이게도 처연한 느낌을 주면서 망자의 죽음에서 오는 슬픔을 배가시키는 효과를 준다.

　　어기야디야 어기야디야
　　새세상 찾아가세

　　보은 청산 기왓골 털면
　　묵은 쌀이 삼백 석

---

136) 공광규는 「어허 달구」의 음보를 4음보로 보고 있어, "밟히고 잘리고 짓뭉개졌다"를 "밟히고/ 잘리고/ 짓뭉개/졌다"의 형태인 4음보로 설명하고 있으나,(공광규, 위의 책, 95쪽) "짓뭉개졌다"는 본래 한 단어이므로 일부러 두 음보로 끊어 읽는 것은 부자연스러워 보인다. "저녁 햇살 서러운 뒷골목" 역시 "저녁 햇살/ 서러운/ 뒷골목"의 3음보 형태로 끊어 읽어야 리듬을 살릴 수 있다. 따라서 전체를 4음보로 보기보다는 3~4음보로 보는 것이 알맞다.

137) 신경림, 「내 詩의 뒷 이야기」, 『삶의 眞實과 詩的 眞實』, 전예원, 1983. 313쪽.

소년과부 업어다가
이밥이라 지어먹고
먼동이 트기 전에
화물차를 타고 가세

―「새재」 중 '어기야디야 4' 부분

어헐씨구 절씨구
강건너 배좌수 딸
길쌈 잘하던 큰애기
동네 총각 마다하고
화물차를 타더니
어헐씨구 절씨구

―「남한강」 중 '단오 2' 부분

어데들 갔다가 인제들 왔나
어화싸오
앞둑 뒷둑 이 논배미 싸듯
어화싸오
우리네 농군들 한데 모여서
어화싸오
휘휘 둘러 우겨를 싸소
어화싸오

―「쇠무지벌」 중 '두레풍장 3' 부분

『南漢江』은 전체적으로 이야기와 노래로 이루어져 있다.138) 서사를 따라 가다 보면 중간 중간 노래를 만날 수 있는데, 이 노래들은 민중의 생각과 감정을 드러내는 데 매우 효과적이다. 그뿐 아니라 이러한 노래를

---

138) 대화로 이루어지는 문답 형식과 반복법, 대구법, 그리고 열거법 등은 우리나라 민요에서 흔히 볼 수 있는 형식들인데『南漢江』에서도 이와 같은 민요 형식들이 차용되고 있음을 볼 수 있다.

통해서 하나의 공동체인 "우리"의 정서를 드러내는 것도 노래를 차용하여 서술해나가는 기법이 갖는 효과이다. 신경림은 노래와 함께 무가를 시속으로 끌어와서 민중의 한과 삶의 애환을 드러낸다.

> 편히 가라네 날더러 편히 가라네
> 꺾인 목 잘린 팔다리 끌고 안고
> 밤도 낮도 없는 저승길 천리 만리
> 편히 가라네 날더러 편히 가라네.
>
> 잠들라네 날더러 고이 잠들라네
> 보리밭 풀밭 모래밭에 엎드려
> 피멍든 두 눈 억겁년 뜨지 말고
> 잠들라네 날더러 고이 잠들라네
>   …(중략)…
> 꺾인 목 잘릴 팔다리로는 나는 못 가,
> 피멍든 두 운 고이는 못 감아,
> 못 잡아, 이 찢긴 손으로는 못 잡아,
> 피묻은 저 손을 나는 못 잡아.
>   ─「씻김굿 -떠도는 원혼의 노래」 부분

'무가(巫歌)'는 제의에서 병과 재난, 악귀 등을 물리치고 복과 행운을 비는 주술적인 목적을 가진 노래로, 무당이 굿을 할 때 신을 향해 구송(또는 창)하는 신가이다.[139] 무가는 인간의 바람만을 드러내는 것이 아니라 신을 통해서 그 바람을 이루어내려는 목적 또한 담고 있다. 이렇게 무속 사상을 담은 '무가'는 주술적인 목적으로 구연되는 것이기 때문에 춤이나 노래가 자연스럽게 덧붙여진다. 이 때문에 오락적인 성격도 띠게 되며, 구연을 해야 하기에 자연히 음악성도 갖추게 된다. 이러한 무가를 차용한

---

139) 김태곤, 『한국의 무속』, 대원사, 1991. 89쪽.

시 「씻김굿 -떠도는 원혼의 노래」[140]는 전라도 씻김굿 형식을 빌려 썼는데, 씻김굿은 본래 죽은 이의 영혼을 씻겨서 천도시키고자 하는 무속 의례이다. 이 굿은 죽음을 둘러싼 여러 국면에서 이루어지기 때문에, 그 국면에 따라 여러 가지 모습을 띠게 된다.[141] 이 시에서 씻김굿은 억울하게 죽어 원한이 깊은 영혼을 위로해주고 저승으로 편히 인도해주려는 데 목적이 있다. 그러나 원혼은 자신의 한을 풀지 못하고 "부드득 이빨 갈면서" 다시 되돌아온다. 이 시는 치유되지 않는 영혼의 고통과 저승으로 영혼을 보내지 못하는 혼란스런 상황을 3~5음절이라는 불규칙한 음절을 통해 효과적으로 드러내고 있다. 반면 음보는 4음보 형태를 취하고 있는데, 4음보는 가창에 알맞고 안정적인 음보이기 때문에 신경림이 의도적으로 선택했음을 알 수 있다. 신경림은 무가 형식을 시에 차용하여 원혼의 고통과 한을 담고 있는 시의 내용을 적절히 표현해낼 수 있었을 뿐 아니라, 그 내용을 무가의 율격에 담아내어 시가 가진 음악적 예술성을 높였다고 하겠다.

> 무가가 이 주술적 성격과 함께 가진 것은 예술적 성격이다. 무가는 무당이 민중을 대신하여 표현하는 원시적 형태의 문학의 하나라 말해도 좋을 것이다. (중략)
> 그러나 그 비합리성 때문에 무속이 몰락한 지금에 와서 단순히 우리의 것이니까 무가 전부를 오늘의 문학 속에 수용해야 한다는 주장은 오히려 아나크로니즘으로 비웃음의 대상이 되기 첩경일 뿐이다. 민중으로부터 외면당할 것이 분명하다. 단지 오늘의 시가 지나친 말장난, 삶을 대하는 장난기 때문에 제 구실을 제대로 해내지 못할뿐더러, 문학을 가지고 무엇을 할 수 있겠는가라는 실정에 비추어, 무가의 절실하고 간절함은 정신적으로 오

---

140) 김성규는 '시가 쓰여진 시대상황을 반영할 때 「씻김굿 -떠도는 원혼의 노래」는 1980년을 배경으로 5·18광주민주화운동 기간 때 희생당한 원혼을 소재로 한 시로 보았다. (김성규, 「신경림 시 연구」, 충남대 박사학위논문, 2015. 86쪽)
141) 이경엽, 『씻김굿』, 민속원, 2009. 86~87쪽.

늘의 시 속에 이어져야 할 것이며, 무가의 예술성 또한 그 주술적 측면이
배제된 채 현대시 속에 되살려지면 현대시의 소생을 위해 크게 도움이 될
것이다.142)

  신경림이 시에 무가 형식을 차용한 것은 현대시를 소생시키고자 하는
그의 간절함에서 비롯된 것이다. 그는 "오늘의 시가 지나친 말장난"을 하
고 있으며, 삶을 대할 때도 장난기로서 대하기 때문에 시가 가진 본래의
제 구실을 제대로 해내지 못한다고 판단한다. 그래서 제안한 것이 무가와
시의 융합이다. 신경림은 "무가의 절실하고 간절함은 정신적으로 오늘의
시 속에 이어져야 할 것"이라고 강조하면서 무가의 예술성을 현대시 속
에 되살린다면 오늘의 시도 다시 소생할 수 있을 것이라고 주장한다. 무
당이 하늘을 향해 절실하고 간절한 마음으로 간구하듯이 시인이 시를 쓸
때도 그렇게 해야 말장난으로 일관하는 시가 소생할 수 있다는 것이다.
무가가 가진 절실함과 간절함이 잘 드러난 또 한 편의 시 「열림굿 노래
-휴전선을 떠도는 혼령의 노래 1」을 살펴보자.

> 내가 쏜 괴로움에 네게 찔린 아픔에
> 아흔아홉 고비 황천길
> 되돌아오기 몇만 밤이던가
> 울고 떠돌기 몇만 날이던가
> 　　　…(중략)…
> 서로 찌르고 쏜 형제들 다시
> 아픈 상처 어루만지며 통곡하는구나
> 썩어 문드러진 팔다리 쓸어안고 우는구나
> 크고 깊은 산과 강이 따라 우는구나
> 　　　　　-「열림굿 노래 -휴전선을 떠도는 혼령의 노래 1」 부분

---

142) 신경림, 「詩와 民謠」, 『삶의 眞實과 詩的 眞實』, 전예원, 1983. 67쪽.

이 시의 화자는 이미 이 세상을 떠난 혼령이다. 화자는 이미 죽은 몸이지만 죽어서도 한을 풀지 못해 저승에 가지 못하고 휴전선 인근을 떠돌고 있다. 살아 있을 때의 고통에서 벗어나지 못하고 "몇만 밤"과 "몇만 날"을 울면서 떠돌고 있는 것이다. 화자가 이 고통에서 벗어나기 위해서는 "너"와 화해해야 한다. 이러한 화해의 과정은 "열림굿"을 통해서 진행된다.

일반적인 굿은 신을 향한 기원인데 반해 "열림굿"은 지난 한해의 다툼과 갈림을 씻는 화해의 놀이이며, 무당이 아니라 마을의 젊은이들이 굿을 주재하는 특징을 가진다. 굿을 진행하는 동안 부르는 무가는 '나'와 '너'의 치유 과정이다. 이렇게 무가라는 형식은 '나'와 '너'의 치유의 장, 화해의 장을 마련해줄 뿐 아니라, '나'와 '너'의 사연을 관중들에게 들려줌으로써 관중들을 무가 속으로 끌어들여 굿판에 참여시킨다. 이는 무가가 갖는 오락적인 성격이라 하겠다. '나'와 '너'의 갈등이 "통곡"과 "눈물"로써 사라지게 되면, '나'와 '너', 그리고 관중들 모두가 하나 되는 진정한 화해의 단계에 이르게 된다. 이렇게 화해가 이루어진 세계는 신경림이 무가를 통해 이룩해내고 싶은 통합된 하나의 세계인 "우리"일 것이다.

신경림은 시와 민요, 시와 무가와의 융합뿐 아니라 놀이를 차용하여 새로운 시 형식을 만들어내기도 한다.

넘어가세 넘어가세
논둑밭둑 넘어가세
드난살이 모진 설움
조롱박에 주워담고
아픔 깊어지거들랑
어깨춤 더 흥겹게
넘어가세 넘어가세
고개하나 넘어가세

―「달 넘세」 부분

신경림의 설명에 의하면 '달 넘세'는 경북 영덕 지방에서 하는 여인네들의 놀이 '월워리청청'의 한 대목으로, 어려움을 극복해가는 일을 상징[143]한다고 한다. "드난살이 모진 설움"을 견디면서 "얽히고설킨 인연"은 명주 끊듯 끊어내고, "으깨지고 깨어진 손/ 서로 끌고 잡"으며 삶의 어려움과 고달픔을 잘 견디어 나가자는 내용의 노래이다. 삶의 어려움을 놀이를 통하여 극복하고자 하는 민중들의 염원이 노래의 율격에 실려 잘 드러난다. 2음보의 율격을 가진 이 노래는 노래를 부르는 속도가 4음보에 비해 빠르기 때문에 경쾌한 느낌을 준다. 이렇게 속도감 있고 경쾌한 노래를 차용함으로써 힘겨운 고비를 함께 넘어가자는 격려의 노랫말에 힘이 실리게 되며, 노래를 함께 부르는 동안 민중들은 에너지를 얻게 된다. 이런 에너지는 삶의 어려움도 극복 가능한 것이라는 자기 위안을 이끌어내고, 긍정적인 힘을 얻은 민중들은 다시 삶의 현장에 뛰어들 용기를 얻게 되는 것이다. 이것이야 말로 놀이가 갖는 힘일 것이며, 시에 놀이를 끌어들임으로써 민중에게 용기와 힘을 주려는 신경림의 창작 의도일 것이다.

지금까지 민요와 무가, 놀이를 시에 차용한 시들을 살펴보았다. 신경림은 민중의 애환을 민중들에게 가장 친숙한 형식인 민요에 담아냈으며, 분단의 슬픔이나 원한은 무가를 통해서, 그리고 노동의 힘듦과 삶의 어려움은 놀이를 통해 드러냈다. 이러한 타 장르의 차용은 시적 주체인 민중들의 생각이나 감정, 한 등을 보다 효과적으로 드러내는 데 일조했을 뿐 아니라 민중의 서사를 생동감 있게 전달함으로써 각 장르가 가지고 있는 오락성으로 독자에게 즐거움을 주는 새로운 시도였다고 할 수 있다. 앞에서 언급한 바와 같이 신경림은 자신의 시가 새롭게 거듭날 수 있도록 하기 위한 하나의 실험으로서 민요와 무가, 놀이를 차용하였다. 이런 시도는 말장난 같은 가벼운 시, 민중에게 읽히지 않는 시, 고정된 틀 속에 갇

---

143) 신경림, 『신경림 시전집』 1, 창비, 2004. 155쪽.

힌 시에서 벗어나 민중의 사랑을 받는 새로운 시로 거듭나기 위한 노력
의 일환이었다. 신경림의 이런 노력은 그 자체로도 의미 있을 뿐 아니라
민요, 무가, 놀이가 가지고 있는 서사적 성격으로 말미암아 신경림이 이
야기하고자 하는 민중 서사의 리얼리티를 확보하는 데도 기여했다고 할
수 있다.

2. 변혁주체로서의 민중과 저항의지의 외면화

신경림은 순수를 표방하는 시인들의 '시는 본질적으로 사회적 필요에
응해서 있는 것이 아니며, 또 쓸모가 있기 때문에 있는 것도 아니다.'라는
주장을 받아들이지 않는다. 그는 "시를 써서 발표하는 것은 이미 사회적
인 행동"이라고 단언하면서 시의 공리성을 강조한다. 이어서 시가 극히
제한된 일부에게만 읽혀지는 현실을 언급하면서, 이런 현상은 시인의 무
책임한 자세와 사회적·역사적 의식의 결여에서도 그 원인을 찾을 수 있
다고 지적한다. "우리에게는 우리에게만 특수한 역사가 있으며 우리 시도
또한 그 위에서 논의되지 않으면 안된다."고 하는 신경림의 발언을 고려
해보면, '시란 사회적·역사적 배경과의 유기적 관계 안에서 창작되고 읽
히고 논의되어야 하는 것'이 된다.144)

시는 대부분 시인의 개인적·사회적·역사적 경험을 바탕으로 하기
때문에 시인이 살아가는 사회와 역사를 떼어 놓고 시를 말하기는 어렵다.
신경림 역시 누구보다 시인의 역사의식을 중요하게 생각했다. 그는 「시정
신과 역사의식」에서 "우리 시가 시 본래의 기능을 회복하기 위해서는 시
인이 투철한 역사의식을 가지고 오늘의 현실에 대응해야 한다"145)고 강

---

144) 신경림, 『우리 시의 이해』, 한길사, 1986. 69~71쪽 참고.
145) 신경림, 위의 책, 72쪽.

조한다. 1980년대의 부조리한 현실 속에서는 특히 시인의 투철한 역사의식이 필요하다고 판단했던 것이다. 역사에 대한 올바른 인식이 있을 때 비로소 현 시대의 문제를 정확히 짚어낼 수 있으며 시대의 진실을 시에 담아낼 수 있기 때문이다.

　신경림은 자신이 몸담고 있는 현 시대를 직시하고자 했으며, 그 속에서 살아가는 사람들의 참된 목소리를 담아내기 위해 남다른 노력을 경주해 온 시인이다.[146] 그는 스스로 민중의 구성원으로 살았으며, 민중에게 가해지는 차별과 억압, 그리고 현실의 부조리에 대해 시로써 맞섰다. 그러 했기에 신경림의 시에는 낮은 곳에서 낮은 자세로 살아가는 사람들의 모습과 함께 더 낮아질 수도 없는 이들의 분노와 울분의 목소리가 담겨 있다.[147] 그런 목소리를 가장 잘 보여주는 시가 「어깨로 밀고 나가리라, 아우성으로 밀고 나가리라」, 「파도」 등인데, 여기서 시적 주체는 부조리한 세계에 대항하는 저항의식을 외면화하는 모습을 보여준다. 「파도」에서 그려내는 약자들의 분노와 저항의 몸짓에서는 앞에서 보았던 집합적 주체이면서 주체성을 상실한 모습의 수동적인 '우리'를 발견하기 어렵다. 이 시에 드러나는 '우리'는 집단적 주체로서 동일한 인식 아래 동일하게 행동하는 복수주체의 성격을 띤다. 즉, 2기에서는 집합적 주체에서 집단

---

146) 신경림은 민중의 참된 목소리를 표현한다는 것은 "민중의 삶의 모습을, 생활과 정서와 사상을 형상화하는 일이며, 오로지 이는 민중과 체험을, 그 기쁨과 설움을 함께 함으로써 가능"하다고 보았다.(신경림, 『삶의 眞實과 詩的 眞實』, 전예원, 1983. 59쪽) 민중과 '함께'가 아니라 민중의 바깥에서 민중의 삶을 바라보면서 그들의 기쁨과 설움을 그려내는 것은 민중의 참된 목소리를 담아내는 일과 거리가 멀다는 것을 알기에 신경림은 민중들과 동일한 사회적 공간 속에서 살아왔다.

147) 신경림은 민중시가 민중의 생활과 감정을 드러내더라도 방법적으로 너무 전투적인 것에는 반대했다. 그는 김지하의 시를 평가하는 글에서, 김지하가 본질적으로 민중을 아는 시인이며, 민중의 생활과 감정을 알고 기쁨과 설움을 함께 할 줄 아는 시인이기는 하지만 그의 두드러진 전투성에는 역겨움이 느껴지기도 한다고 말했다. 민중시의 지나친 전투성은 오히려 민중이라는 말 자체에 대한 기피 현상까지 초래할 수 있음을 경고한 것이다.(신경림, 『文學과 民衆』, 민음사, 1977. 67쪽.)

적 주체로 성장한 시적 주체가 등장하는 것이다.

> 파도가 어깨동무를 하고 밀려온다
> 달려와서 방파제를 온몸으로 때리고
> 울부짖고 소용돌이치고 발을 구르고
> 하얗게 물거품이 되어 깨어진다.
> 다시 파도가 어깨동무를 하고 밀려온다
> 십년을 백년을 천년을 참아온
> 울분과 한과 노래를 한꺼번에 토하며
> 부딪치고 깨어지고 바스러지고.
> 파도가 어깨동무를 하고 밀려온다
> 동해에서 서해에서 다시 남해에서
> 높새에 마파람에 하늬바람에 시달리며
> 달려와 방파제에 머리를 부딪는다.
> 어버이를 빼앗긴 슬픔만이 아니다
> 자식을 잃은 원통함만이 아니다
> 온몸에 뚝뚝 짙은 피를 흘리며
> 다시 파도가 어깨동무를 하고 밀려온다.
>
> 　　　　　　　　　　　　　　　　　　　－「파도」 전문

　「파도」에 등장하는 "파도"는 부딪치면 깨지고 바스러지는 연약한 존재이다. 이들은 자신이 약한 존재임을 알기에 육지를 향해 달려갈 때 혼자가 아닌 "어깨동무"를 한 집단의 형태를 취한다. 그리고 이들은 달려갈 때 자신의 전 존재를 건다. 즉, "온몸"으로 달려가는 것이다. 이러한 파도에게서 "서로가 서로의 몸을 묶어/ 더 튼튼해진 백성들"(이성부, 「벼」)의 모습과 "바람보다 늦게 누워도/ 바람보다 먼저 일어나고 바람보다 늦게 울어도/ 바람보다 먼저 웃는"(김수영, 「풀」) 풀의 모습을 쉽게 떠올릴 수 있다. 서로 어깨동무를 하고 함께 방파제를 향해 달려와 하얀 물거품으로 사라지지만, 어느새 또다시 어깨동무를 하고 방파제를 향하여 달려오는 파도에게서 불의한 세상에 맞서는 민중의 모습을 떠올리는 것은 자연스러운 일일 것이다.

이 시에서 말하는 '어깨동무'란 서로 어깨에 팔을 얹어 끼는 동작을 의미하기보다 힘없는 존재들이 이룬 집합체로서의 민중이 취하게 되는 단결행위로 읽을 수 있다. 어깨동무를 하고 "방파제"를 향해 달려간 파도는 힘껏 부딪쳐서 하얀 물거품이 된다. 몸이 산산이 깨어지고 나면 파도는 또다시 어깨동무를 하고 달려온다. 이들이 깨지고 부서질 것을 알면서도 이렇게 계속 온몸으로 달려오는 것은 "십년을 백년을 천년을 참아온/ 울분과 한" 때문이다. 복수의 시적 주체가 느끼고 있는 이 울분과 한은 단순히 오늘날 생성된 것이 아니라 긴 역사적 시간 속에서 오랜 동안 쌓이고 응어리진 것이다. 그리고 이런 감정은 어느 한 지역에서만 생성된 것이 아니라 "동해에서 서해에서 다시 남해에서"라는 시구가 말해주듯 우리나라 전 지역에서 공통적으로 발견된다. 모든 바다에서 파도는 "달려와 방파제에 머리를 부딪는다". 이들이 온몸, 그 중에서도 머리를 부딪는 것은 존재의 파멸과 죽음을 각오한 행위라고 할 수 있다. 그렇다면 왜 이들은 어깨동무를 하고 달려와 죽을 각오로 온몸을 방파제에 부딪는 것일까. 그 이유는 13행과 14행에서 드러난다.

화자는 파도가 달려와 부서지고 깨지는 것은 "어버이를 빼앗긴 슬픔만이 아니"며, "자식을 잃은 원통함만이 아니"라고 이야기한다. "파도"는 이미 어버이를 빼앗기고 자식을 잃은 경험을 가지고 있다. 한 개인에게 있어 부모와 자식을 잃는 것보다 더 큰 비극은 없을 것이다. 이들은 가족을 잃는 고통을 겪은 사람들로서 이로 인해 가슴에는 슬픔과 원통함이 가득 차 있다. 그러나 지금 파도가 방파제를 향해 달려와 깨지는 것이 반드시 그 때문만은 아니라고 강조한다. 이는 현재 자신들이 부모와 자식을 잃은 사실보다 더 큰 무엇인가가 있다는 의미를 드러내는데, 그렇다면 그 것은 무엇일까.

시적 주체는 좀 더 객관적이고 역사적인 관점에서 세계를 바라본다. 부 모와 자식을 잃는 것은 개인의 문제이다. 그러나 이러한 개인의 문제가 십년, 백년, 천년이라는 긴 시간을 이어오고 있다면 사정은 달라진다.[148] 현재 민중들이 느끼는 "울분과 한"은 천년이라는 역사적 시간 속에서 겹 겹이 쌓여온 것이다. 그렇기 때문에 민중들은 "온몸에 뚝뚝 짙은 피를 흘 리"는 큰 희생을 감수하면서까지 또다시 일어나 밀려오고 밀려와 부조리 한 세계에 온몸을 던지는 것이며, 몸을 던져서 부조리를 깨고자 하는 것 이다. 외면화된 민중들의 저항성은 시대와 역사에 대한 그들의 인식을 잘 보여준다. 그들은 현재 자신의 안위나 행복만을 위해 싸우지 않는다. 자 신들의 삶을 천 년이라는 역사의 장 위에 올려놓고, 민중에 대한 핍박과 차별에 대해 항거하는 것이다. 따라서 그들에게 시대와 역사는 잊혀진 과 거가 아니라 언제나 현재적 시간이다.

「파도」에서는 민중들이 항거하게 되는 배경으로서의 역사적 사건이 구 체적으로 등장하지 않지만, 십년, 백년, 천년이라는 시간 표현을 통해서 이 시가 우리나라 역사 전체를 아우르고 있음을 알 수 있다. 반면 「어깨 로 밀고 나가리라, 아우성으로 밀고 나가리라 -1984년, 민주화단체 송년 의 밤에」는 '광주민중항쟁'[149]이라는 구체적인 역사적 사건을 배경으로 하고 있다.

---

148) 그뿐 아니라 개인의 문제라고 하더라도 세계란 개인의 확장에 다름없으며, 개인과 개 인이 이루어낸 연합체 역시 세계로 귀결되기 때문에, 어깨동무를 하고 있는 지금의 민중이 부모와 자식을 잃은 것은 세계의 모든 민중의 문제로 확장된다고 하겠다.

149) 1980년 5월 18일 광주에서 학생과 시민들로 이루어진 시위대가 "계엄해제", "전두환 물러가라" 등의 구호를 외치며 벌였던 운동을 일반적으로 '5·18 민주화운동' 혹은 '5·18 광주민주화운동'으로 칭하고 있다. 이 글에서는 『한국 현대사 60년』(서중석, 역 사비평사, 2007)에서 사용한 명칭을 따랐다.

구둣발에 짓밟히고 발길질에 차이고
총칼에 찔리고 몽둥이에 쫓기면서
우리는 탄식했다 이제 우리 곁에서
민주주의는 떠났노라고.
　　　…(중략)…
보라, 저들 도망치는구나 총칼 몽둥이 내던지고
신발 벗어던지고 도망치는구나
골목으로 뒤꼍으로 고샅으로 도망치는구나
비로소 저들 두려워 떠는구나
우리의 힘, 우리의 이 큰 힘에   쫓기면서.

어깨로 밀고 나가리라, 아우성으로 밀고 나가리라,
자유를 찾아서 민주주의를 찾아서,
우리를 시새우는 자들이, 우리를 미워하는 자들이
함부로 그어놓은 저 휴전선도 밀어붙이며.
　　　　　　　　　　─「어깨로 밀고 나가리라, 아우성으로 밀고 나가리라
　　　　　　　　　　　　-1984년, 민주화단체 송년의 밤에」 부분

　이 시는 11연 59행으로 비교적 긴 시에 속한다. 시의 배경으로 등장하
는 역사적 사건은 크게 '광주민중항쟁'150)과 '남북분단'으로 나누어진다.
우리나라가 겪어낸 굵직한 역사적 사건을 다룬 행사시이다 보니 화자의
어조가 강하고 주관적 감정도 적지 않게 노출되고 있으며 주제 또한 직
접적인 발언을 통해 드러나고 있다.
　이 시에서 세계에 대한 "우리"의 태도는 몇 차례 변화를 보여준다.

---

150) 이 시에서 "새봄이 와도 산과 들에 꽃 피지 않고/ 봄바람 불어와도 숲과 나무에서/ 새
　　들 지저귀지 않"는다고 한 화자의 발언에서 "구둣발에 짓밟히고 발길질에 차이고/ 총
　　칼에 찔리고 몽둥이에 쫓기"는 일이 1980년 5월 18일에 일어난 '광주민중항쟁'과 관
　　련이 있다는 것을 짐작할 수 있다. 그리고 이 시의 부제 '1984년, 민주화단체 송년의
　　밤에'를 통해서도 이 시에서 말하는 사건들이 '광주민중항쟁' 당시 일어난 것임을 쉽
　　게 유추할 수 있다.

1~2연에서 "구둣발에 짓밟히고 발길질에 차이고/ 총칼에 찔리고 몽둥이에 쫓기"는 "우리"의 모습과 형제들의 다리가 꺾이고 친구들의 목이 부러지는 모습[151]을 목격하는 "우리"가 그려진다. 이때 "우리"는 분노하거나 울분을 터뜨리는 대신 민주주의가 떠났다고 "탄식"하고 "이 땅에 다시는 자유가 오지 않"을 것이라고 한숨짓는다. "몇해" 동안 암흑과 같은 시간을 지나면서도 "우리"는 수동적인 태도를 유지하면서 변화된 모습을 보여주지 않는다. 그러다 4연에 이르게 되면 분위기는 급변하게 된다.

"저들", "저희들"로 명명되는 이들이 친구들을 속이고 으름장을 놓는 것을 본 "우리"는 "이빨 부드득 갈면서/ 가슴팍 쥐어뜯"는다. 이는 앞에서 보인 탄식하고 한숨 쉬는 태도에서 한 걸음 더 나아간 것으로, 가슴에 맺혀 있는 분노와 울분이 좀 더 구체화된 것이다. 그동안 "우리"는 형제와 친구의 죽음에 대한 그 무엇도 밖으로 드러내지 못한 채 은밀히 분노와 울분을 키워왔다. 그러나 이제는 이 분노와 울분을 자양분으로 삼아 어깨를 거는 공동체의 힘으로 자신들을 짓누르고 있던 현실을 밀어올린다. 공동체의 힘은 "우리"를 스스로 일어서게 만든다. 여기에 이르면 "우리"에게서 실천적이며 행동으로 구체화된 저항을 읽을 수 있다. 이제 탄식하고 한숨 쉬던 "우리"를 넘어 능동적으로 자신을 일으키는 "우리"의 모습으로 발전하게 된다. "우리"의 외면화된 저항은 총칼을 들고 형제와 친구의 다리를 꺾고 목을 부러뜨리던 "저들"을 두려움에 떨게 하고 도망치게 만든다. 시민들을 공포에 떨게 하던 무리들이 어느새 "우리의 힘"에 쫓기게 되고, 공동체의 위력을 체감하는 순간 모든 것을 내던지고 혼비백산하여

---

151) 1980년 5월 18일 시위대 진압을 위해 투입된 공수부대원들은 쇠심이 박힌 살상용 곤봉으로 시위 대학생들을 두들겨 패고 피투성이가 된 학생들을 질질 끌고 갔다. 분노한 시민들까지 시위에 참여한 19일에는 공용버스터미널 앞에서 시위대 7,8명이 난자당한 채 살해당하고, 이후 계엄군이 무차별적으로 총을 난사해 많은 사상자가 발생했다.(서중석, 『한국 현대사 60년』, 역사비평사, 2007. 166-170쪽 참고) 신경림의 시에는 이러한 당시의 상황이 사실적으로 형상화되어 있다.

흩어진 것이다. "우리"가 손과 어깨를 잡으며 서로의 힘을 모아 일어선 이유는 총칼에 찔리고 몽둥이에 쫓기던 과거에 대한 분노와 울분에 대한 해소나 복수를 위해서가 아니다. 이들의 저항은 오직 자유와 민주주의를 찾으려는 데 그 목적이 있다. "저들"이 자신들에게 폭력을 휘두르고 쉽게 목숨을 빼앗는 것은 이 사회가 민주주의 사회가 되지 못한 데서 비롯되었다고 인식했기 때문이며, 민주주의를 되찾게 되면 민중들은 자유를 되찾게 되고 폭력과 억압으로부터 해방되어 두려움 없이 평화롭게 살 수 있을 것이라고 판단한 것이다.

민주사회를 열망하는 실천적 저항이 성공을 거두자, "우리"의 시선은 방향을 바꾸어 휴전선으로 향하게 된다. 7연까지는 5·18 광주민중항쟁이라는 역사적 사건을 배경으로 했다면, 8연부터는 남북분단이라는 문제를 시의 중심에 위치시킨다. 화자는 휴전선을 그어놓은 존재들을 "우리"를 미워하는 자들이라고 말한다. 그들은 온갖 방법을 동원하여 민중을 기만하는 자들로, 지금은 "우리"의 저항에 잠시 주춤하고 있으나 "우리"가 머뭇거린다면 또다시 "우리"를 파괴할 존재들임을 확신한다.

화자가 말하는 역사적 사건은 분명히 광주민중항쟁에서 휴전선으로 바뀌었으나, 우리를 미워하는 자들이 "우리"를 분열시킬 것이라고 확신하는 것으로 보아, '우리를 미워하는 자'들이 앞에서 말한 "저들"과 동일한 존재임을 알 수 있다. 그뿐 아니라 앞에서 "우리"가 "저들"에 대항하기 위해 서로 손을 잡고 어깨를 꼈다는 사실을 상기한다면 국민들과 맞서 있는 위치의 존재들이 동일하다는 것을 확정할 수 있다. 국민들을 폭력으로써 억압하고 이 땅을 휴전선으로 갈라놓는 이들은 무소불위의 권력자들과 그들 뒤에 버티고 있는 강대국들이다. 신경림 시에는 민중을 억압하거나 소외시키는 위정자를 포함한 권력자들과 막강한 권력으로 우리나라의 운명을 함부로 조작하는 강대국들이 자주 등장한다. 이들은 「어깨로 밀고 나가리라, 아우성으로 밀고 나가리라」에서처럼 대부분 부정적인 이미지로 그려지며 "우리"가 맞서야 할 대상으로 등장하고 있다.[152]

　화자는 이러한 "저들"에 대해 "어깨"와 "아우성"으로 밀고 나가야 한다고 강조한다. 어깨와 아우성이란 제각각 존재할 때는 전혀 힘을 발휘할 수 없지만, 어깨와 아우성이 모여서 큰 집단을 이룰 때는 "저들"도 두려워 떨게 할 만한 위력을 가질 수 있다는 것을 몸소 체험한 "우리"이다. 그러하기에 화자는 "우리"가 작은 힘들을 모아서 세상을 움직이는 큰 힘을 만들어보자고, 그 힘으로써 민주주의 사회를 건설하여 자유를 되찾고 우리 민족을 갈라놓은 휴전선을 밀어붙이자고 말한다. 그렇게 되었을 때 "육천만"의 국민들이 모두 "손잡고 발구르며 춤"출 수 있다는 것이다.

　앞에서 살펴본 것처럼 「어깨로 밀고 나가리라, 아우성으로 밀고 나가리라」에서 "우리"는 저항의지를 "어깨의 힘으로 밀어올리"는 구체적인 행동으로 외면화하는 모습을 보여준다. 이렇게 실제적인 행위로 드러나는 시적 주체의 저항의지는 장편서사시 『南漢江』[153]에 이르면 더욱 명징

---

152) 위정자와 강대국에 대한 부정적 이미지가 드러나는 시편들에서 위정자나 강대국은 구체적인 대상으로 형상화되지는 않는다. 그러나 맥락상 충분히 유추가 가능한 형태로 드러난다. 이들은 "화해의 시대라고 야단을 치"(「새벽 -휴전선을 떠도는 혼령의 대화」)거나, "우리를 갈라 등져 세우고"(「열림굿 노래 -휴전선을 떠도는 혼령들의 노래1」), "우릴 속"(「어머니 나는 고향땅에 돌아가지 못합니다 -휴전선을 떠도는 혼령의 말」, 「그대 가신 지 여덟 해 -장준하 선생 8주기에 부쳐」)이며, "사이좋은 친구"(「북으로 간 친구」) 사이를 이간질한다. 이들은 대부분 "크고 힘센 아이"(「북으로 간 친구」)나 "그릇된 길잡이"(「우리는 너무 멀리까지 왔다」), 큰 구두를 신은 "요술쟁이"(「금강산 -통일전망대에서」), "이 시대의 지도자"(「경희궁에서 -박래전 군의 장례날에」) 등으로 그려져 있다.

153) 『南漢江』의 해설을 쓴 임헌영은 "신경림의 시는 초기부터 이야기를 간직해왔기에 집단적 서사성이 어느 서정시인보다 강하게 풍긴다. 이것이 제3기로 접어들어 민요와 결합하면서 본격적인 장편서사시로 승화하는 것은 조금도 이상할 것이 없다."(임헌영, 앞의 책, 209쪽)고 하면서 『南漢江』을 '장편서사시'에 포함시켰다. 그러나 정작 신경림은 서문에서 『南漢江』을 "세 편의 연작장시"로 표현했다. 이병훈은 이러한 신경림의 발언을 바탕으로 『南漢江』을 장시로 보았다. 서사시의 경우 3부작이 하나의 연속선상에 놓여야 하는데 『南漢江』은 각각 화자도 다르고, 또 전체적으로 얘기와 노래를

해진다. 앞에서 언급한 바와 같이 『南漢江』은 장편서사 시집으로 세 편의 시로 구성되어 있으며, 이들 시편은 다시 각각 번호를 단 소제목들로 이루어졌다. 「새재」, 「남한강」, 「쇠무지벌」에 등장하는 중심인물과 서사는 각각 다르게 나타난다. 그러나 공통적으로 민중과 민중을 억압하는 세력 간의 대립과 갈등을 중심축으로 삼은 서사가 전개되고 있다.154) 인물들이 활동하는 배경으로서의 서사적 시간은 「새재」와 「남한강」이 일제강점기155)이며, 「쇠무지벌」은 해방 이후이다.

이러한 서사의 중심에 위치해 있으면서 「새재」 편에서 화자로 등장하여 서사를 이끌고 가는 인물은 "이무기" 돌배이다. "이무기"는 돌배가 스스로를 지칭한 말이다. 용이 되고자 했으나 그 뜻을 이루지 못하고 구렁이로 남은 '이무기'는, 부조리한 시대를 바로 세우고자 하는 원대한 뜻을 품었으나 그 뜻을 제대로 펼쳐보지 못하고 참수형으로 생을 마감한 돌배의 비극적 삶을 표상하는 기호이며, 또한 돌배와 같이 시대의 오류와 맞서 싸우다 죽음을 맞거나 상처를 입은 모든 민중들의 표상이기도 하다.

「새재」의 도입부 "이무기" 편에서 화자의 인식이 가장 두드러지게 나

섞어서 썼기 때문에 하나의 서사시로 묶기 어렵다는 것이다. 그리고 서사시로 바라볼 때 『남한강』은 결점이 많은 시가 될 수밖에 없으며, 제대로 된 평가 또한 이루어지기 어렵다고 보았다.(이병훈, 「민중성의 진화 -장시 『남한강』을 중심으로」, 『현대문학연구』 44, 현대문학연구학회, 2014. 591~595쪽) 그러나 이 글에서는 『南漢江』이 남한 강변에 사는 사람들의 삶을 다룬 서사가 중심축을 이루고 있으며, 노래가 서사를 뒷받침하는 역할을 하기 때문에 장편서사시로 보는 임헌영의 견해에 동의한다.
154) 신경림은 『南漢江』의 서문에서 "나는 어려서부터 내 고장에 흩어져 있는 많은 얘기와 노래를 들으면서 자랐다. 시를 쓰게 되면서 이 얘기와 노래를 시로 만들어보자는 것이 내 꿈이었다."고 밝히면서 이 장편서사시가 오래된 기획에서부터 나온 것임을 말해준다. 『南漢江』은 남한강 주변에서 전승되어 오던 민중들의 삶과 울분과 투쟁의 역사를 고스란히 담고 있는 이야기를 바탕으로 하고 있다.
155) 「새재」에서 화자가 "1913년 새재에서 싸우다가/ 원통하게 목 잘려/ 원귀로 객지를 떠"돌다 "이제사 고향땅에 돌아와/ 잠"든 한 젊은이를 언급한 내용에서, 이 시에서 다루고 있는 서사가 1913년, 즉 일제강점기라는 특수한 역사적 시간 속에서 이루어진 것임을 알 수 있다. 그리고 「새재」 다음에 나오는 「남한강」은 「새재」의 등장인물 돌배가 죽은 이후를 다루고 있으므로 역시 일제강점기가 배경이 된다.

타나는 곳은 "나라"에 대한 생각을 드러내는 부분이다. 화자 돌배156)에게 나라란 백성의 것을 빼앗는 존재로 인식된다. 그러하기에 사람들이 "나라를 도둑맞았다"고 수군대도 회의적인 반응을 보인다. 돌배에게는 오직 "강"과 배를 젓는 "두 팔"과 사랑하는 "연이"가 있을 뿐이다. 돌배가 지금까지 경험한 국가란 백성들을 보호하고 백성들이 인간답게 살아갈 수 있도록 지켜주는 존재가 아니라, 오히려 백성이 가진 것을 빼앗고 짓밟으며 백성 위에서 군림하는 폭력적인 존재였다. 국가에 대한 이런 인식은 비단 돌배만의 것은 아닐 것이다. 백성들이 보여준 저항의식을 고려할 때 돌배의 친구였던 "근팽이 모질이 팔배"와 같이 힘없고 가진 것 없는 백성 대부분은 이러한 인식을 가지고 있었던 것으로 보인다. 물론 일제강점기에는 백성들이 인지하는 기존의 국가란 실재하지 않지만 대한제국은 '우리'의 마음속에 여전히 존재하고 있었기에, 백성들은 "나라"가 백성을 보호해야 한다고 믿고 있었다.

　그러나 백성들의 "나라"는 식민지가 된 이후 일본의 횡포에 침묵했다. 강점 후 일본 내의 자본주의 경제가 급속도로 발전하면서 농민들이 도시로 몰려가 식량사정이 좋지 않게 되자, 일본은 '산미증식계획(産米增殖計劃)을 세워 한국의 식량 생산을 대폭 늘린 뒤 이것을 일본으로 가져갔다. 이로 인해 백성들의 삶은 더욱 피폐해질 수밖에 없었다. 이뿐 아니라 일본은 목화재배를 장려하여 헐값으로 가져가고 광업 분야에서는 생산량의 80% 이상을 독점하였으며 갖가지 방법으로 세금을 거두어갔다.157) 일본의 이러한 횡포에도 불구하고 "나라"는 백성들을 위해 아무것도 하지 않

---

156) "돌배"는 평민 의병장 원장군을 모델로 그려낸 인물이다. 원장군은 타고난 장사로 한 때 목계와 덕은나루 근처에서 장삿배를 저었는데, 흉년이 든 해에 동무들을 모아 양반네 곳간을 털어 산속으로 들어가 의병노릇을 하다가 양반한테 잡혀 목이 잘려죽었다.(신경림, 「남한강」 속의 사람들」, 『바람의 풍경』, 문이당, 2000. 187쪽)
157) 한영우, 『미래를 여는 우리 근현대사』, 경세원, 2016. 126~127쪽 참고.

고 외면했다. 아니 오히려 지배층의 사람들은 일본의 권력을 앞세워 백성들을 더욱 착취했다. 그렇기 때문에 백성들에게 "나라"란 자신들의 것을 빼앗아가는 존재로만 인식된 것이다.

그렇다면 백성들에 대한 화자 돌배의 인식은 어떠한가. 폭력적인 나라에서 힘없는 백성으로 살아가는 사람들에 대한 돌배의 인식에서도 부정적인 측면이 드러난다. 기본적으로 돌배는 백성들의 고통과 울분에 충분히 공감하고 있으며, 무엇보다 자신이 백성의 구성원임을 자각하고 있다. 백성의 한 사람으로서 자기성찰의 자세로 백성들을 바라보았을 때, 돌배에게 그들은 겁 많고 어리석은 존재들이다. 이런 인식은 『南漢江』에서 지속적으로 드러난다.

> 우리는 밟혀도 분노할 줄 모른다
> 우리는 찢겨도 일어설 줄 모른다
>
> ―「새재」 중 '황소떼 4' 부분

> 우리는 모르오 아무것도
> 모르오.
> 탁배기 한사발에도 흥이 나서
> 염불 장단에 먹중춤이나 추느니
> 오라면 오고 서라면 서고
> 밟으면 밟히는 어리석은 백성들.
> …(중략)…
> 이곳이 고구려의 옛 싸움터란 것도
> 우린 모르오.
> 나라 잃은 것도 우린 모르오.
>
> ―「남한강」 중 '꽃나루 3' 부분

화자는 백성들이란 겁 많고 순하고 어리석으며, 아무것도 모르는 상것들이라고 말한다.158) 위 시에서 말하는 "백성들"이란 모든 백성을 가리키는 것이 아니라 힘없고 가진 것 없는 민중을 의미한다. 이 백성들은 나라와 땅과 가족을 빼앗기고 억울한 죽임을 당해도 분노할 줄도 모르고, 그저 힘 있는 자들이 시키면 시키는 대로 하고 끌면 끌려가는 수동적 삶을 살아간다. 이러한 모습을 바라보는 돌배는 백성들의 어리석음을 날카롭게 비판하거나 자조적 어조를 통해 조롱한다.

「새재」와 「남한강」에서 가장 빈번하게 등장하는 표현은 '모른다'이다. 이 말은 두 가지 의미를 함의하고 있다. 하나는 백성들의 어리석음을 비판할 때 쓰였는데, 겁이 많아서 밟혀도 분노할 줄 모르고 찢겨도 일어설 줄 모르며, 목돈이라도 생기면 당장 술청으로 달려가 술만 마시는 백성들의 나약함과 어리석음에 대한 비판의 의미를 담고 있다. 다른 하나는 부조리한 현실을 외면하는 비겁한 자신에 대한 조롱을 함의하고 있다. "이곳이 고구려의 옛 싸움터란 것도/ 우린 모르오./ 나라 잃은 것도 우린 모르오."와 "우리는/ 아무것도 모르는 상것들./ 나라 일이야 양반들이나 하라지."라는 시구를 보면 진짜 몰라서 모른다고 말하는 것이 아님을 알 수 있다. 그리고 "나라 일이야 양반들이나 하라지"라는 표현에서도 모름을 가장하고 있다는 것을 감지할 수 있다. 이렇게 의도적으로 스스로를 무지렁이로 만들고 비하하는 "우리"의 조롱 섞인 발언들은 아무것도 할 수 없는 현실에 대한 체념적 표현이라고 하겠다.

그런데 「남한강」 뒤에 나오는 「쇠무지벌」에서는 '모른다'는 표현은 더 이상 나오지 않는다. 다만, 민중을 여전히 "천한 백성"(「쇠무지벌」 중 '두레

---

158) 「남한강」, '꽃나루 3'에서 화자가 민중을 "이 고장 사람들"로 한정하고 있기는 하나, "이 고장"이란 화자의 "고향"이라는 특정 지역만을 의미한다고 보기는 어렵다. 어리석은 주민이라고 말하지 않고 어리석은 백성으로 표현한 점과 화자의 고향 마을에서 일어나는 모든 일들이 나라의 축소판 같다는 점에서 돌배와 앵금사내 등을 중심으로 전개되는 서사를 우리나라에서 벌어지는 사건으로 읽는 것이 자연스러울 것이다.

풍장 2')", "못나고 순한 조선사람"(「쇠무지벌」 중 '두레풍장 5'), "천하고 무지한 백성"(「쇠무지벌」 중 '첫 장날 2'), "두 길 보고 사는 천한 백성"(「쇠무지벌」 중 '조리돌림 2')이라고 표현하는 것을 볼 수 있다. 「새재」, 「남한강」, 「쇠무지벌」 중에서 민중의 저항의식과 실천적인 저항행위를 가장 선명하게 드러내주는 시는 마지막에 실린 「쇠무지벌」이다. 「쇠무지벌」에 이르면 민중은 자신이 무엇을 알아야 하는지를 분명히 인식하게 된다. 그래서 스스로를 천하고 무지하다고 말하면서도 한편으로는 "그러나 우리한테도 깊은 속은 있다"(「쇠무지벌」 중 '두레풍장 5')고 말하고, 미욱하지만 "올곧은 무리"(「쇠무지벌」 중 '첫 장날 2')라고 스스로를 긍정하기에 이른다. 시적 주체가 「새재」와 「남한강」에서 백성들에 대해 부정적인 인식을 드러냈던 것은 백성들을 어리석은 존재로 파악했기 때문이 아니다. 시적 주체의 비판을 통해서 백성들이 진정한 앎으로 나아가기를 바라는 의도와 '알지 못함'을 가장하여 현실을 외면하는 백성들이 스스로 반성하기를 바라는 의도를 드러내기 위함이다. 이로써 시적 주체는 "나라"란 믿을 것이 못 되지만 백성들에게는 희망을 걸어도 된다는 것을 보여준다.

믿지 못할 것은 나라뿐만이 아니다. 정참판과 같은 권력을 가진 이들은 "왜놈 청놈"과 같은 외부세력과 결탁하여 민중의 고혈을 짜내어 자신의 곳간을 넘치도록 채운다. 이런 모습을 보면서 화자의 가슴속에는 조금씩 의문이 쌓이기 시작한다. 그동안 한번도 고민해보지 않았던 것에 대해 스스로에게 질문을 던지게 된 것이다. 이는 현재 자신들의 삶을 대상화하여 좀 더 객관적으로 바라보게 된 결과이다.[159] 자신들의 가난이 어디에서부

---

159) "집단의식을 표출시키는 데 필요한 것은 고착된 주인공 하나의 시선이 아니라 집단 화자의 형식을 취할 수도 있다는 새로운 서사적 기법의 활용으로 볼 수 있는데, 이는 특히 80년대 이후 성행하고 있는 연희예술과 관련지어 볼 때 의미있는 작업으로 평가된다."(임헌영, 「신경림의 시세계-『南漢江』을 중심으로」, 『南漢江』, 창작사, 1987. 215쪽)

터 시작되었는지, 그리고 현재 자신들이 당하는 고통의 원인이 무엇이며 모두의 땅이었던 넓은 들과 논밭이 왜 정참판의 것이 되어버렸는지에 대해 질문을 던지고 스스로 그 답을 구하고자 현재를 돌아보게 된다. 현재의 자기 자신과 자신이 처해 있는 현실을 깨어있는 시각으로 돌아본 화자는 정참판의 "큰애기씨"와 "연이"의 비교를 통해 현실의 극명한 차이를 인지한다. 그리고 그와 같은 차이를 인정할 수 없는 "우리"는 "소리지르고 곤두박질치"기도 한다.160) 이런 "우리"의 행위는 거짓 없는 현실과 자신들의 모습을 이제서야 확인하게 된 데 대한 자탄과 현실에 대한 분노가 뒤엉켜 표출된 것이다. 화자는 이러한 자각과 울분의 과정에서 민중이 이렇게 짓밟히면서 살게 된 것은 결국 일본인들 때문이라는 인식에 이르게 된다. 자신들의 삶을 짓밟은 것이 정참판과 같은 권력자의 뒤에 버티고 있는 일본의 권세임을 깨닫게 된 것이다. "우리들을 짓밟은 자들을 내놓아라./ 왜놈을 내놓아라."라고 외치는 목소리는 "우리"가 대적해야할 대상이 누구인가를 분명하게 드러내준다.

현재에 대한 백성들의 이러한 자각은 "우리"가 빼앗긴 것이 무엇이며 되찾아야 할 것이 무엇인가를 깨닫는 데까지 나아간다. "우리"는 생각한다. 정참판네의 기름진 땅과 강가의 모든 들판이 본래 "우리"의 것인 줄도 모른 채 살아왔으나, 사실은 자연 속의 모든 피조물들이 모두 "우리"의 것임을 깨닫는다. 이런 깨달음은 적극적인 "우리"의 저항 행위를 이끌어내는 동인이 된다.

> 빼앗은 자
> 우리에게서 이것을 빼앗는 자
> 누구인가, 가자.

---

160) 「새재」에서 돌배의 이야기를 들려주는 발화자는 돌배 자신이지만, 상황에 따라 돌배를 포함하는 집단 화자인 '우리'가 발화자가 되기도 한다.

나는 삿대를 빼어들고
모질이는 곡괭이를 메었다.

─「새재」 중 '어기야디야 2' 부분

지금까지 "우리"는 자신의 소유에 대해, 혹은 자신들이 누릴 수 있는 고유한 권리에 대해 관심이 없었을 뿐 아니라 무지한 상태였다. 자신의 것을 빼앗겨도 분노할 줄 모르고 되찾고자 하는 시도조차 하지 않았다. 그러나 이제 "우리"는 자기의식이 가능해졌으므로 스스로를 돌아볼 수 있을 뿐 아니라 현재 자신이 처해 있는 현실상황을 보다 객관적으로 파악할 수 있게 되었다. 그동안 자신들이 외부세력과 결탁한 권력자들에 의해 착취당하고 있었음을, 그리고 되찾아야 할 자신들의 권리를 타인이 쥐고 있음을 깨닫게 된 것이다. 이 깨달음은 "우리의 것을 되찾자"는 의지로, 이 의지는 다시 빼앗긴 권리를 되찾으려는 실제적인 행동으로 이어진다. 그러나 "우리"의 저항은 백성들로부터 지지를 받지 못한 데다 헌병들이 체포하러 달려오자 한순간에 끝을 맺고 만다.

우리는 넷이 아니다 열이 아니다
우리는 스물 백이 아니다
새우젓배 오기 전에 돌아가리라
두 팔을 들어 어깨를 끼고.

─「새재」 중 '황소떼 1' 부분

우리는 서른 비록 쉰이지만
한 고을이 일어서면
열 고을이 눈을 뜨고
열 고을이 일어서면
온 나라에 뜨거운 바람 이는 것.

─「새재」 중 '빈 쇠전 1' 부분

　가진 자가 득세하는 현실 속에서 힘없는 "우리"가 할 수 있는 것은 한 가지뿐이다. 비록 연약하기는 하나가 스물이 되고 백이 되어, 수많은 사람들과 함께 "어깨를 끼고" 하나의 공동체를 이루어서 힘을 갖는 것이다. 이런 공동체가 또 다른 공동체를 일으키고 이들 공동체들이 모여서 하나의 목소리를 낼 때 분명히 온 나라에 뜨거운 바람이 일 것임을 화자는 확신한다. 화자는 이 작은 희망을 부여잡고 가진 자들의 횡포와 배고픔을 견디어 나간다. 그러나 기대하던 새 세상은 요원하고 십장, 왜놈, 헌병놈, 정참판 등이 모두 하나가 되어 괴롭히자 '우리'는 이를 갈며 분노한다. 이때 화자가 느끼는 분노는 단순히 가진 자들로부터 착취당하고 핍박당하기 때문에 터져 나오는 감정이 아니라, 세상의 부조리를 읽어내는 정확한 눈과 시대에 대한 비판의식에서 비롯된 것이다. 반면 화자와 함께 투쟁하는 사람들은 대부분 빼앗긴 것을 다시 되찾겠다는 분명한 자기의식을 가지고 투쟁을 시작하지 않았다. 이들은 그저 당장의 생존을 위해 본능적으로 싸우는 것뿐이다. 그렇기 때문에 쉽게 투쟁의 대열에서 이탈하거나 함께 싸우던 동료들을 배신해버리는 '느슨한 공동체'를 형성하게 된다. 이런 상황 속에서 외롭게 싸우던 돌배는 결국 잡혀서 쇠전 한구석에 있는 높은 종대에 머리가 달리는 참수형을 받게 된다. 이렇게 돌배와 친구들의 저항이 실패로 끝나버린 데에는 여러 가지 원인이 작용했겠으나, 무엇보다 하나의 목소리, 하나의 행동으로 단단히 결속되는 공동체의 힘이 부족했던 데서 그 원인을 찾을 수 있을 것이다.[161]

---

161) 돌배와 돌배 일행의 투쟁운동이 중심이 되는 「새재」 편은 농민의 소외와 극복 양상을 보여주고 있는데(강정구, 「신경림 시의 서사성 연구」, 경희대 대학원 박사학위논문, 2003. 121쪽), 「새재」의 마지막에 배치된 '빈쇠전'에서 돌배 일행의 죽음에 이어 투쟁을 이끌었던 돌배마저 죽음을 맞게 되면서 농민의 소외가 극복되지 못한 채 농민운동이 일단락되고 마는 모습을 보여준다.

당겨라 당겨라 당겨라
칠백리라 한강물 한 바가지 안 남기고.
뽑아라 뽑아라 뽑아라
계족산에 국망산 뿌리까지 뽑아라.
동편 군사 이겨야 보리 풍년이 든다네.
형수 형수 사촌 형수 떡보리 찧을 궁릴 말고
단속곳 속속곳 벗어던지고
이 벗줄이나 당겨주.
서편 군사 이겨야 담배 풍년이 든다네.
　　　　　　　　　　－「남한강」 중 '다시 싸움 5' 부분

「새재」 다음 시편인 「남한강」에서는 「새재」에서 보여주었던 저항적 공동체의 모습을 발견하기 어렵다. 대신 마지막 부분인 '다시 싸움'에서 줄다리기로 하나로 통합되는 마을 공동체를 보여주는데, 이런 모습은 시적 주체가 지향하는 공동체 결성의 가능성과 함께 앞으로 「쇠무지벌」에서 펼쳐지게 될 능동적인 농민운동의 시작을 엿볼 수 있게 한다. 「쇠무지벌」은 두레패들이 치는 풍물을 통해 8·15 해방 이후 일본과 간도, 그리고 깊은 산 속 등지로 흩어졌던 사람들이 다시 돌아오는 모습을 보여주면서 시작된다.162) 이들은 새세상이 도래했음을 기뻐하며 자신들이 잃어버렸

---

162) 임헌영은 「申庚林의 시세계 -『南漢江』을 중심으로」에서 『南漢江』이 각각 "식민 직전, 식민시대, 그 이후의 분단시대에 이르는 전3편"으로 되어 있다고 했다.(임헌영, 「申庚林의 시세계 -『남한강』을 중심으로」, 신경림, 『南漢江』, 창작사, 1987. 214쪽 참고) 그러나 「새재」의 이야기를 끌고 가는 돌배는 "1913년 새재에서 싸우다가/ 원통하게 목 잘려" 죽었으므로, 「새재」의 시간적 배경은 식민시대가 된다. 그리고 「쇠무지벌」은 마지막 부분에 나오는 '횃불'에 이르러서야 "내 나라 다시 찾고/ 우리 세상 되었는데 도"라는 시구가 나오면서 시간적 배경이 8·15 이후라는 것을 알 수 있다. 물론 「쇠무지벌」이 시작되는 부분에 나오는 일본땅, 간도, 깊은 산에서 돌아온 사람들과 징병 징용에 끌려갔던 이야기를 나누는 장면에서는 시대를 8·15 이후로 볼 수도 있을 것이다. 그러나 지속적으로 왜군수, 왜형사 등이 등장하고 있으며, 또 '두레풍장 4'에서 "왜놈들 쫓고 찢고 밟기는 등살"이라는 현재형 표현을 사용하고 있다는 점에서 「쇠무지벌」의 시간적 배경을 8·15 이후로 확정하는 데 혼란을 겪을 수밖에 없어 보인다.

던 공동체세계를 구축하자고 노래한다. 한편으로는 왜군수질로 천석 부자가 된 새부자를 비롯하여 새양반, 왜군수와 왜형사 등 그동안 농민들을 핍박하던 권력자들과도 화해하며 새시대를 함께 만들어보자고 약속한다. 젊은이들은 화해를 완강히 거부하지만 어른들은 열림굿으로 통합된 공동체를 이루고자 한다. 투쟁을 수단으로 새세상을 되찾으려는 젊은이들과 구태의연한 태도로 일관하는 어른들의 계속된 대립은 공동체세계가 쉽게 도래하지 않을 것임을 시사해준다. 그러나 어른들 모르게 젊은이들의 내면의식이 점점 성장해간다. 특히 '빼앗긴 땅' 황밭들 십만 평에 대한 새로운 인식은 농민들, 특히 젊은이들로 하여금 다시 그것을 되찾아야 한다는 당위성 아래 집단행동을 하도록 이끈다. 이들은 고구려적부터 "우리 땅"이었던 쇠무지벌을 되찾겠다고 다짐하는 데에서부터 저항의지를 키워가기 시작한다.

젊은이들의 주장처럼 쇠무지벌은 특별한 역사를 품고 있다. 고구려의 국원성을 빼앗은 신라가 쇠가 많이 나는 남한강변에 '다인철소(多仁鐵所)'라는 특별구역을 두어, 포로로 잡힌 고구려 병사와 유민들로 하여금 대대로 쇠를 캐고 연장을 만들며 천민으로 살게 했는데, 몽고군이 침입했을 때 주민들이 도망친 관군을 대신하여 싸워서 몽고군을 물리친 이후 나라에서 평민 신분을 되찾아 주고 황밭들을 주어 공동으로 농사를 짓게 하였다. 그러다 친일 신흥양반에 의해 사유지가 되어버렸던 것인데,[163] 따지고 보면 황밭들은 본래 그곳에서 살아가는 모든 농민들의 땅이다. 그 땅을 되찾고자 젊은이들이 뜻을 모았으나 누구도 눈치 채지 못하는 사이에 황밭들 못자리판이 모두 짓밟히는 사건이 벌어진다. 이에 농민들의 분노는 극에 달하게 되고, 이 분노는 그동안 행동으로 발전하지 못했던 저항의 성격에 현저한 변화를 가져오게 만든다.

---

163) 신경림, 『신경림 시전집』 2, 창비, 2004. 369쪽.

짓밟힌 만큼 짓밟고
파헤친 만큼 파헤치리라,
삽, 괭이, 가래 곤추들었다.

흐르늪 샘보들 먼저 짓밟아라,
맨발로 짚세기발로 고무신발로 짓밟아라,
버드래기 버들버덩부터 파헤쳐라
삽질 괭이질 가래질로 파헤쳐라.

─「쇠무지벌」 중 '못자리 싸움 4' 부분

농민들은 자신들의 목숨과도 같은 못자리를 짓밟아버린 자들의 비인간적 행태에 분노한다. 이 분노는 땅을 파헤치고 짓밟는 보복 행위로 이어진다. 그러나 농민들의 이 행위 자체를 단순한 감정적 복수의 산물로 치부해버릴 수만은 없다. 농민들의 보복 행위는 일차적으로 못자리를 짓밟아버린 권력자들에 대한 응징이며, 나아가 황밭들을 되찾고자 하는 목숨 건 투쟁의 시작을 알리는 선전포고이다. 죽음을 각오하고 투쟁에 뛰어든 마을사람들에게 왜군수나 왜형사, 새부자, 새양반 등은 모두 내쫓아야 할 "잡귀"나 다름없다. 일본제국주의라는 권력에 빌붙어 농민들의 삶에 해악을 끼치는 권력자들은 일반 농민들과는 어울려 살 수 없는 존재들이라고 판단한 것이다. 이런 생각이 왜인들과 양반, 부자들을 모두 추방하려는 행위로 이어졌지만 오히려 마을 젊은이들이 잡혀가 죽음을 당하게 된다. 농민들이 원하는 것처럼 땅을 되찾아서 굶거나 억울하게 빼앗기는 일 없이 평화롭게 살아가는 그런 세상은 오지 않았다. 농민들은 '나라는 결국 권력이나 금력을 가진 이들의 것'이며 '나라도 역시 가진 이들이 만든 것'이라는 사실을 다시 한번 절감하게 된다. 나라와 권력자들의 횡포는 그동안 억누르고 참아왔던 농민들의 분노를 폭발시키는데, 이 부분에서 지금까지 농민의 저항운동을 이끌어오던 서사가 절정을 이루게 된다. 「쇠무지벌」의 마지막에 놓인 '횃불'에서 끓어오르는 분노와 가진 자들에 대한 농민들의 저항정신이 보다 능동적인 행동으로 구체화되는 모습을 보여준다.

> 모여들 드는구나
> 모두들 모여드는구나
> 삽자루 괭이자루 들고
> 곡괭이 쇠스랑 들고.
>
> 이대로는 살 수 없다,
> 짓밟히고 뭉개지면서는 살 수 없다,
> 다섯이 열이 되고
> 열이 스물이 되는구나.

―「쇠무지벌」 중 '횃불 1' 부분

농민들은 그동안 소극적이었던 저항에서 목숨을 담보하는 적극적인 저항으로 나아가게 된다. 이들은 단지 억눌린 분노 때문에 모여든 것이 아니다. 지금과 같은 삶을 살아서는 안 된다는 인식 아래 '지금, 여기'를 변혁시키기 위해 삽과 괭이와 쇠스랑을 들고 나선 것이다. 이들이 잠시 "짓밟힌 만큼 짓밟고/ 파헤친 만큼 파헤치리라"는 감정적 대응태도를 지닌 적도 있었으나, 현재 이들의 목표는 짓밟히고 뭉개지는 삶이 아닌 온전히 자신이 자기 삶의 주체가 되어 살아갈 수 있는 세계를 구축하는 것이다. 농민들은 그러한 세계의 도래를 꿈꾸며 '지금, 여기'의 오류들을 바로잡으려 한다. 이들은 더 나아가 빼앗긴 땅을 나라가 찾아주지 않을 것임을 알기에 스스로 되찾고야 말겠다는 주체적인 인식에까지 이르게 된다.[164] 자신의 권리를 되찾아 '나'의 주인으로 살겠다는 의지를 다진 농민들은

---

164) 자기의식을 가진 주체가 되어 투쟁을 통해 자신들이 잃어버렸던 권리를 되찾아 '주인'으로서 살아가겠다고 의지를 다지는 저항적 주체는 『農舞』에서 보여준 체념이라는 방법으로써 현실에 대응해나가는 수동적 주체와 분명한 차이를 보여준다.

이제 짓밟히고 뭉개지는 삶을 거부한다. 이들은 총잡이와 칼잡이, 그리고 군홧발과 장홧발로 표현된 권력을 가진 자들로부터 자신들의 땅을 지키기 위해 직접 행동한다. 그런데 권력자들을 물리치면 물리칠수록 그들은 총과 대포로 무장한 더 많은 병력을 이끌고 와 농민들을 밀어붙인다.[165] 그러나 농민들은 저항을 멈추지 않고, 오히려 지금의 투쟁을 끝까지 이어 갈 것을 다짐한다. 농민운동을 다룬 서사는 이렇게 항구히 저항할 것을 다짐하는 농민들의 외침에서 대단원의 막을 내린다. 비록 미약하기는 했으나 온 힘을 다해 막강한 권력과 투쟁했던 농민들의 행위는 이 땅의 주인으로 당당히 서고자 하는 주체의식을 보여준 것이라 하겠다.

> 싸우리라 만년이라도 싸우리라
> 싸우리라 십만년이라도 싸우리라.
>
> ―「쇠무지벌」중 '횃불 4' 부분

농민들은 자신이 가진 것 없고 힘없는 존재이지만, 그리고 기꺼이 목숨까지 내놓아야 할지 모르지만 지금 자신의 온 몸에서 뻗쳐오르는 저항의 힘으로 끝까지 싸우고자 한다. 이들은 '지금, 여기'를 변혁시키고 새 세상을 만들려는 싸움이 결코 쉽지 않음을 잘 알고 있다. 그러하기에 만 년, 십만 년이라도 싸우겠다고 다짐하는 것이다. 자신과 자손들이 대를 이어 투쟁을 벌여나감으로써 결국에는 빼앗기고 억울하게 죽임 당하는 일 없이, 짓밟히거나 뭉개지는 일 없이 살아갈 수 있는 새세상을 만들겠다는 것이다. "보여주마 우리에게도 힘이 있다는 걸"이라는 발언은 자신들에

---

165) 강정구는 『南漢江』이 농민공동체의 붕괴와 농민의 복원투쟁과정을 통해 민중의 소외와 그 극복의 과정으로 나타난다고 설명하면서, 「새재」, 「남한강」, 「쇠무지벌」에서 소외가 나타나고 그것을 극복하지만 또 다른 소외가 나타나는 반복된 양상을 드러낸다고 보았다.(강정구, 앞의 글, 121~122쪽) 이때 각 시편에서 농민들이 또 다른 소외 상황에 놓이게 된다는 것은 결국 농민 투쟁이 실패했다는 사실을 드러낸다.

대한 믿음이자 스스로를 바로 세우려는 다짐이다. 그러나 실제 이들에게
는 힘이 없다. 가진 힘이 없었기에 새부자나 새양반, 왜군수와 왜형사에
게 짓밟히며 살아왔다. 그렇다면 이들은 "우리"에게 어떤 힘("뻗쳐오는 힘")
이 있다고 믿는 것일까. 그것은 "쉰이 백이 되고 백이 이백되"는 공동체
의 힘이다. 개개인의 힘은 미약하기 짝이 없으나 이 작은 힘들이 모여서
쉰이 되고 이백이 된다면, 가진 자들을 물리치고 진정한 의미의 "새나라"
를 구축할 수 있을 것이라는 믿음에서 나온 발언이다. 새로운 세계의 구
축을 위해 십만 년이라도 싸우자고 외치는 이 목소리는『南漢江』에서 가
장 마지막에 위치해 있는 '횃불'에 실려 있다. 저항의 목소리를 담고 있는
제목 '횃불'은 '지금, 여기'의 낡은 부조리의 세계를 전복시키고 새나라를
구축하려는 민중들의 의지를 보여주는 상징적 표현이다. 이 횃불이 꺼지
지 않고 계속 불타오르는 한 민중들의 저항도 계속된다는 것을 상징적으
로 보여주고자 한 시인의 의도로 읽힌다.166)

『南漢江』은 초기시와는 달리 민중들의 투쟁 이야기를 통해 변혁주체로
서의 민중들이 저항의지를 키워가고, 저항의지를 외면화하여 저항을 몸
소 실천함으로써 권력자들과 부조리에 저항하는 모습들을 구체적으로 보
여준다. 신경림은 참된 가치를 지키기 위해 목숨까지 걸어야 했던 민중들
의 처절한 삶을 쇠무지벌에 사는 농민들을 통해 보여준다. 그리고 무엇보
다 '나'가 아닌 '우리'라는 집단을 이루었을 때, 다시 말하면 이 집단이
주체성을 확립했을 때 저항을 통한 현실의 변혁도 충분히 가능하리라는
점을 시사하고 있다. 비록 농민운동이 실패로 끝나기는 했으나「쇠무지벌」

---

166) 한만수는 해방 직후의 우리 역사를 보면 쇠무지벌의 농민항쟁은 분명히 실패한 것임
　　에도 불구하고 신경림은『南漢江』에서 농민의 실패를 다루지 않았는데, 그 이유는 농
　　민에 대한 믿음 때문이라고 주장했다. 농민이야 말로 남한강처럼 흐르는 사람들, 끝내
　　역사를 이끌 사람들이라고 확신했기 때문이라는 설명이다.(한만수,「신경림, 왜 널리
　　오래 읽히나」,『창작과 비평』18권 3호, 1990. 261쪽)

에서 보여준 것처럼, 민중들의 의식이 깨어있고 민중들이 힘을 모아 집단을 이루게 되었을 때 '우리'와 대립하는 현실세계는 더 이상 두려운 존재가 될 수 없다. '만 년 혹은 십만 년의 시간'이 필요하다고 하더라도 '우리'의 단합된 힘만으로도 충분히 현실세계를 변혁시킬 수 있고, 한번 불을 붙이면 스스로 타오르는 "횃불"처럼 이 땅 위에 우뚝 설 수 있음을 농민운동을 다룬 서사를 통해서 보여주고 있다.

3. 분단의 자각과 민족문학론의 전면적 수용

권영민에 의하면 1970년대에 논의된 민족문학론167)의 핵심에는 염무웅, 백낙청, 임헌영, 신경림 등이 있었으며,168) 정민도 "1970년대와 1980년대 민중문학 또는 민족문학이 한국 문단의 커다란 화제였을 때 그의 비평이나 시론의 성격을 띤 산문이 그러한 논의의 중심에 있었"169)다고 설명하였다. 이들의 설명이 아니더라도 신경림이 『창작과 비평』 등에서 펼쳐왔던 논의가 '민중'과 '분단'으로 압축되며, 이것이 민족문학론의 핵심 키워드와 일치한다는 사실에서 신경림에게 있어 민족문학론이 어떤 의미를 갖는지 알 수 있다. 민족문학론은 신경림의 산문에서뿐 아니라 시 창작에 있어서도 전면적으로 수용되었는데, 신경림은 민족 구성원의 절대다수를 차지하는 민중과 그 민중이 처한 현실을 사실적으로 형상화함

---

167) 민족문학론이란 민족이 처한 현실과 그 구성원들의 삶을 반영하는 문학이론을 말한다. 민족문학론은 1980년대 말까지 한국 문학에 지대한 영향을 끼쳤으며, 1970~1980년대의 민족문학론은 신경림의 시세계를 관통하는 핵심적인 개념이라고 할 수 있다. 따라서 민족문학론에 대한 이해는 곧 신경림 시에 대한 이해로 자연스럽게 귀결된다고 하겠다.

168) 권영민, 『한국현대문학비평사』, 민음사, 2001. 253쪽.

169) 정민, 「신경림 시론의 변화 양상과 그 의미」, 『한국현대문학연구』 25, 한국현대문학회, 2008. 143쪽.

으로써 작품을 통해서 자신의 문학이론을 실천하는 모습을 보여주었다. '민족문학의 궁극적 지향이 그 민족의 삶을 좀 더 보람차고 참되고 값지고 풍요롭게 하는 데 있'[170])기 때문이다.

신경림은 분단시대의 문학, 통일지향 문학 역시 민족문학의 연장선상에 있다고 보았다.[171]) 그러면서 민족문학의 지향점은 민족의 창조적이고 보람찬 삶에 있으나 그러한 삶을 살지 못하도록 우리를 막고 있는 것이 민족의 분단임을 강조하였다. 분단 상황의 극복이야말로 우리 민족에게 보람차고 참되며 풍요로운 삶을 보장해줄 수 있다는 것이다.[172]) 이러한 민족문학론에 의거한 문학적 인식 아래 신경림은 분단 및 통일을 소재로 한 많은 시편들을 지속적으로 발표했는데, 특히 3집 『달 넘새』와 5집 『가난한 사랑노래』에서 분단의 문제를 보다 집중적으로 다루고 있다.

신경림은 중학교 재학 중 6·25전쟁을 겪었으며, 휴전이 되었던 1953년에는 이미 고등학생이었다. 그렇기 때문에 동족 간의 전쟁이 어떤 것인지를 직·간접적으로 경험할 수밖에 없는 세대에 속한다. 이 세대는 분단 이후의 세대와는 확연히 다른 역사의식과 분단의식을 가지고 있을 것으로 판단된다. 신경림의 경우 평소 역사의식의 중요성을 특별히 강조해왔다. 그는 시가 극히 일부 사람들에게만 읽히게 된 이유를 사회의식과 역사의식의 결여에서 찾았다. 덧붙여 시란 본래 사회적 필요에 의해 생겨난 것이며, '쓸모 있음' 때문에 시가 지금까지 살아남을 수 있었다고 강조했

---

170) 신경림, 『삶의 眞實과 시적 眞實』, 전예원, 1983. 21쪽.
171) 신경림은 통일지향의 문학이 '통일이여 어서 오라'는 식의 구호와 비슷하거나 고향이 그리워도 못 가는 신세 따위의 타령조라고 지적하면서, 모름지기 통일지향 문학은 민족적 동일성을 회복하는 데 기여해야 하며 민족적 순수성을 지켜나가야 한다고 역설한다. 그러기 위해서는 우리의 판소리나 민요, 민담과 같은 것을 시 속에 원용함으로써 우리 세계를 새롭게 만들어가야 한다고 강조한다.(신경림, 『진실의 말 자유의 말』, 문학세계사, 1988. 56~59쪽 참고)
172) 신경림, 앞의 책, 21쪽.

다. 만약 시가 시의 본래적 기능을 회복한다면 독자의 지평이 확장되어 과거처럼 시가 다시 읽히게 될 것이라는 논리이다. 신경림은 무엇보다 시가 많이 읽히려면 역사의식을 근간으로 해야 한다고 주장한다. 일제강점기를 배경으로 한 장편서사시 『南漢江』을 쓰고 지속적으로 4·19혁명, 5·18민중항쟁운동, 6·25전쟁, 분단 문제 등과 같은 역사적 사건을 다루고 있으며, 또 통일 문제에 대해 관심을 갖는 것도 같은 맥락에서 이해될 수 있을 것이다.

신경림은 특히 분단 문제에 천착하면서 시적 형상화에 힘을 쏟았는데, 그것은 분단문제가 우리 민족이 안고 있는 가장 절실한 문제이기 때문이다. 남북분단은 국토만 남북으로 나누어 놓은 것이 아니라 우리 민족이 가진 고유의 민족성마저 훼손시켰고 같은 민족끼리 반목하게 만들었다. 남북의 갈등과 대립은 시간이 흐를수록 더욱 고착화되는 형상이다. 민족문학론을 배경으로 하는 신경림 시에서 우리 민족을 갈라놓은 강대국과 지배 권력에 대한 저항의식이 빈번하게 노출되고, 분단 극복에 대한 강한 의지가 드러나는 것은 우리 민족이 처해 있는 이러한 상황 때문이라고 할 수 있다.

> 보이나, 저 사람들이 보이나
> 화해의 시대라고 야단들을 치는군.
> 배에 기름 끼면 간사한 꾀만 늘지.
> 죽도록 고생한 자들까지 왜 덩달아 맞북 치지.
> 늙고 지쳤으니까.
> 암, 늙고 지쳤으니까.
> 우리도 이렇게 함께 앉았으니 이것이 화해인가.
> 서로 쏘고 찌른 상처 매만지며 함께 앉았으니까.
> 아닐세, 우린 서로 미워한 일 없지.
> 아닐세, 우린 옛날로 돌아가면 되지.

자, 떠나세, 동이 트네.
자, 떠나세, 날선 낫 하나씩 들고.
자, 떠나세, 원수를 찾아서.

―이른 새벽 휴전선 부근,
경지정리로 파헤쳐진 무덤 속에서
두개골들이 웅성거리는 소리를 듣는다.
    ―「새벽 휴전선을 떠도는 혼령의 대화」 전문

이 시의 화자는 6·25전쟁 당시 휴전선 부근에서 죽음을 맞았던 사람의 혼령이다. 이 혼령은 죽어서도 휴전선을 떠나지 못한 채 주변을 떠돌아다니면서 자신이 살아왔던 세상을 주시하듯 바라보고 있다. 관찰자[173]로서의 화자는 지금이야 말로 화해의 시대라고 소리치는 사람들의 말을 믿지 않는다. 그들은 모두 배에 기름이 낀 간사한 인간들이기 때문이다. 화자는 그러한 사실을 정확하게 인지하고 있으나 일반 국민들은 물론 남북의 화해를 위해 죽도록 고생했던 사람들조차 진실을 바로 보지 못한다. 화자는 그 이유를 너무 늙고 지쳤기 때문이라고 말한다. 6·25전쟁을 경험했던 세대들은 전쟁의 참혹함을 누구보다 잘 알고 있으며, 휴전선을 사이에 둔 분단의 아픔과 대립 상황을 정확하게 인지하고 있다. 그러하기에 남북 간의 화해를 위해 그동안 애써 왔으며 진정한 화해를 염원해 왔다. 그러나 '그럼에도 불구하고' 거짓된 화해의 제스처에 맞북을 치는 것은, 화자의 말을 빌리면 이들이 이미 늙고 너무 지쳤기 때문이다. 이들은 그동안 할 수 있는 노력을 다해왔음에도 불구하고 화해와 통일이 이루어지지 않자 분단극복에 대한 의지를 상실해버린 것이다. 그래서 거짓된 화해를 가려

---

173) 화자는 죽음의 세계에 속해 있으므로 이제는 결코 이승의 세계에 관여할 수 없다. 그러하기에 멀리서 바라보는 관찰자로서만 이야기할 뿐이다. 그러나 방관자적 관찰자가 아니라, '우리'와 동일한 의식을 가지고 있는 존재인 동시에 대상을 바라보는 관찰자로서 진술한다.

낼 겨를도 없이, 화해의 시대를 맞았다고 하는 사람들의 말에 맞북을 친 것이다. 화자는 이런 상황을 안타깝게 여긴다. 남북이 "함께 앉"는 것만 으로는 진정한 화해의 길에 이를 수 없기 때문이다. 화자는 늙고 지쳐버 린 상황을 이해하지만 지금 원수를 찾아 떠나야 한다고 목소리를 높인다.

 "자, 떠나세, 날 선 낫 하나씩 들고"에서는 화자의 매서운 결의가 느껴 진다. 화자는 간사한 말로 세상을 속이는 이들을 비판하면서도 한편으로 는 거짓과 맞서야 하는 사람들이 거짓에 동조하는 이유에 공감하고, 다른 한편으로는 끊임없이 사람들을 독려하면서 화해를 막는 원수174)를 찾아 서 떠나자고 외친다. 이런 비판의식의 바탕에는 내면화된 저항의식이 깔 려 있다. 이와 같은 저항의식은 겉으로는 명징하게 드러나지 않는다. 그 러나 비판을 지탱하고 있는 것이 바로 저항의식임을 쉽게 간파할 수 있 다. 「새벽 -휴전선을 떠도는 혼령의 대화」처럼 분단에 대한 비판의식을 드러내는 또 다른 작품 「북으로 간 친구」는 앞에서 잠시 언급된 바 있는 데, 남북의 분단문제를 개인의 삶을 통해 구체적으로 보여준다는 점에서 좀 더 살펴볼 만하다.

> 우리는 사이좋은 친구였다
> 골마루에서 벌도 같이 서고
> 깊드리에서 메뚜기도 함께 잡았다
> 그러다가 우리는 싸웠구나
> 할퀴고 꼬집고 깨물면서
>
> 힘센 아이들의 시새움 때문에

---

174) 강정구는 이 시에서 강력한 투쟁의지가 드러난다고 설명하면서, "떠나세"라는 현재형 의 사용을 통해 "원수"가 50년 전의 지배권력만을 의미하는 것이 아니라, 억압적 현 실을 조작하는 오늘날의 지배권력임을 암시하고 있다고 주장한다.(강정구, 앞의 글, 88~89쪽)

큰 아이들의 꼬드김 때문에

…(중략)…

이제는 서로 눈에 눈물 그득 담고

바로보고 서 있구나

그리운 이름 소리쳐 부르는구나

힘센 아이들한테서 얻은 쇠꼬챙이 버리는구나

주머니 세간 바치고 배운

발길질에 주먹질을 버리는구나

몸에 밴 것 몸에 걸친 것

그 모든 더러운 것들을 팽개치는구나

손에 얼룩진 피 서로의 입김으로 닦는구나

찢어지고 깨어진 눈과 귀에 입맞추는구나

부러지고 꺾어진 머리와 뼈에 입맞추는구나.

-「북으로 간 친구」 부분

　화자는 자신과 친구, 즉 "우리"는 어린 시절을 함께 보낸 사이좋은 친구였다고 회상한다. 그러나 어느새 싸움에 휩쓸리는 사이가 되었는데, 이 싸움이 "힘센 아이들", "큰 아이들"의 꼬임과 이간질 때문이라고 판단한다. 큰 아이들이 붙인 싸움으로 인해 두 사람은 결국 남과 북으로 헤어지고, 시간이 흐른 뒤에야 이 모든 비극이 크고 힘센 아이들에게서 비롯되었다는 것을 깨닫게 된다.[175] 이처럼 화자는 현재에 이르러서야 비로소 분단문제의 원인과 그 과정을 이성적으로 판단할 수 있게 된 것이다. 그러나 당시의 화자와 친구가 어리고 어리석었던 탓에 그것이 꼬드김인지

---

175) 이 시에서 화자와 친구가 남과 북으로 헤어진 것은 남북의 분단 상황을 드러내는 알레고리로 읽을 수 있다. 텍스트 외적인 것을 배제하고 작품을 대했을 때, 남과 북이 미국과 소련이라는 강대국에 의해 우리나라가 강제적으로 남과 북으로 분단이 되고, 서로 적대적인 관계가 되어 6·25전쟁까지 치르게 된 과정을 화자와 친구 간의 싸움을 통해서 우회적으로 보여준 알레고리로 볼 수 있다.

이간질인지를 미처 판단하지 못하고 마치 폭풍에 휩쓸리듯 서로 피를 흘리며 싸우고, 쏘고 찌르고 죽였던 것이다. 분단 상황의 모든 원흉은 크고 힘센 아이들이다. 뒤늦게나마 이와 같은 진실을 깨달은 화자는 큰 아이들의 행태를 고발하고 "우리"가 분단의 원인이 무엇인지를 분명하게 깨달아서 분단문제를 바르게 해결해야 한다고 강조한다.

그러면서도 시적 주체는 '남북이 어떤 방식을 통해 문제를 해결할 수 있을까'에 대한 구체적인 방안을 제시해주고 있다. 그 방안이란 다름 아닌 화해이다. 시적 주체 "나"는 힘센 아이들한테서 얻은 쇠꼬챙이를 버리고, 발길질에 주먹질을 버리는 것이 화해의 시작임을 말해준다. 그리고 손에 얼룩진 서로의 피를 입김으로 닦아주고, 찢어지고 깨어진 눈과 귀에 입을 맞추고, 또 부러지고 꺾어진 머리와 뼈에 입을 맞추는 등 다양한 화해의 방법들을 나열한다. 이 시는 화해 방법을 권유하는 어법이 아닌 이미 화해하고 있는 상황을 가정하여 보여주는 방식을 취하고 있다. 외세나 권력자의 힘을 통해서가 아니라, 오히려 그것을 버리고 "우리"가 서로에게 난 상처를 어루만지고 보듬어줌으로써 화해하는 것이 본래의 친구사이로 돌아가는 길이라고 말하고 있다. 이렇듯 남북이 외부의 세력에 따르지 않고 주체적으로 화해를 이끌어내어 관계를 회복하자고 하는 시적 주체의 발언에는 분단극복에 대한 염원이 담겨 있다.

> 곯았네 곯았네
> 뎅이만 슬슬 굴려라
> 지금은 가려낼 때
> 속인 자를 가려낼 때
> 지금은 뿌리칠 때
> 거짓 손길 뿌리칠 때
> 곯았네 곯았네

뎅이만 슬슬 굴려라
지금은 찾아갈 때
내 형제 찾아갈 때
지금은 손잡을 때
내 친구만 손잡을 때
          ─「곯았네[176] -휴전선을 떠도는 혼령의 노래 3」 부분

내가 쏜 괴로움에 네게 찔린 아픔에
아흔아홉 고비 황천길
되돌아오기 몇만 밤이던가
울고 떠돌기 몇만 날이던가

이제는 형제들 모여 붙안과 울 때
네 바스라진 머리통에 내 혀를 대고
내 깨어진 어깨에 네 입술을 대고
마음 활짝 열어제껴 통곡할 때
…(중략)…

서로 찌르고 쏜 형제들 다시
아픈 상처 어루만지며 통곡하는구나
썩어 문드러진 팔다리 쓸어안고 우는구나
크고 깊은 산과 강이 따라 우는구나
          ─「열림굿 노래 -휴전선을 떠도는 영혼의 노래 1」 부분

민요 형식과 무가 형식을 차용한 「곯았네 -휴전선을 떠도는 혼령의 노래 3」과 「열림굿 노래 -휴전선을 떠도는 영혼의 노래 1」의 화자는 휴전

---

176) '곯았네'는 포천·철원·가평·여주 지방에서 두벌김 맬 때 부르던 들노래로서, 당이 김매기 좋게 곯았다는 뜻의 노래이다. '뎅이'는 '덩이'의 속음(俗音).(신경림, 『신경림 시전집』1, 창비, 2004. 163쪽) 조찬호는 휴전선 지역의 민요를 패러디한 이 시가 남북으로 분단된 현실을 비판하면서 한편으로 통일을 염원하는 시인의 간절한 소망을 담았다고 평가했다.(조찬호, 『신경림 시 연구』, 우석대 박사학위논문, 2008. 31~32쪽)

선을 떠도는 영혼이다. 이들 화자는 「새벽 -휴전선을 떠도는 혼령의 대화」
의 화자와 같이 6·25전쟁 당시 휴전선 부근에서 전쟁 중에 사망한 사람으
로서 억울하게 죽은 데 대한 원한이 깊어 죽어서도 저승에 가지 못하고
휴전선 주변을 떠돈다. 이 두 화자는 분단된 남북이 화해를 해야 한다는
당위적 인식 아래 지금 해야 할 것들을 강조하고 있다.

「곯았네」의 화자는 "지금은 가려"내고 "뿌리칠 때"라고 말한다. 속인
자를 가려내고, 거짓 손길을 뿌리칠 때임을 천명한 것이다. 그리고 지금
은 내 형제를 찾아가고 내 친구만 손잡을 때라고 말한다. 지금까지 "우
리"는 크고 힘센 아이들의 손을 잡고 휩쓸려 다녔으나 지금은 진실되고
정직한 형제와 친구의 손을 잡아야 한다는 것이다.

시적 주체에게 있어 진실과 믿음은 매우 중요한 가치인 것으로 보인다.
시적 주체는 많은 시편에서 '거짓'과 '속임수'에 방점을 찍으며, 거짓과
속임수에 속지 않도록 늘 경계해야 함을 강조한다.[177] 이와 같은 사실을
미루어볼 때 그는 오래 전부터 지금에 이르기까지 우리 사회에서 외세나
권력자들이 국민들 위에 군림하면서 국민들을 속여 왔으며, 그런 속임수
와 거짓 때문에 일본에 국권을 피탈 당하고 동족 간 전쟁이 일어 남북이
분단됨으로써 국민들의 눈에서 끊임없이 피눈물이 흐르고 있다고 판단했
음을 알 수 있다. 그렇기 때문에 시적 주체는 "거짓"을 뿌리쳐야 한다고
강조하면서, 한편으로는 남북이 마음을 열고 서로 화해할 때임을 알린다.

'울음'은 인간의 내면을 정화시켜주는 방법 중 하나이다. 마음을 활짝
열어젖히고 통곡을 한다면, 그 눈물로써 서로가 서로에게 받은 괴로움과
아픔을 깨끗하게 치유 받을 수 있을 것이다. 그래서 시적 주체는 나와 너
가 모두 통곡할 것을 요청하고, 마침내 서로 찌르고 쏜 형제들이 다시 만

---

177) 권력자들의 기만적 행동에 대한 비판은 특히 『달 넘세』와 『南漢江』에서 두드러지게
　　나타난다.

나서 서로의 상처를 어루만져주면서 통곡하는 모습을 보여준다. 이로써 나와 너의 관계는 회복되고 내면의 상처도 모두 아물게 된다. 그런데 이 '울음'은 나와 너의 통곡에만 그치는 것이 아니라 온갖 꽃들과 들판을 덮은 갈대들에까지 확장된다. 이는 통곡이 나와 너뿐만 아니라 시적 주체가 속해 있는 세계 전체의 정화를 위해 필요한 울음이요 의식임을 보여주는 것으로, 여기에서 시적 주체가 현실세계를 어떻게 인식하고 있는지를 확인할 수 있다.

「열림굿 노래 -휴전선을 떠도는 영혼의 노래 1」에서 제시하고 있는 화해의 방법은 매우 구체적이다. 통곡과 같은 울음을 우는 행위뿐 아니라 바스라진 머리통에 혀를 대고, 깨어진 어깨에 입술을 대는 등 매우 구체적인 화해의 행위를 그려내어 보여주고 있다. 단지 형식적이고 요식적인 행위를 통해서 화해하기보다 진심으로 서로의 상처를 껴안는 행위를 통해서 화해할 때 진정한 하나가 될 수 있음을 드러내는 것이다. 마지막 연에 이르면 화자는 방점을 찍듯 "지금은 우리들 길 나설 때"임을 강조한다. 지금 나와 너의 화해를 위해서 길을 나설 때라고 강조하는 발언에서 화해를 이루어내고자 하는 시적 주체의 굳은 의지를 읽을 수 있으며, 원수를 찾아 눈을 부릅뜨고 운다는 표현에서는 불의에 대한 시적 주체의 저항의지도 읽을 수 있다. 시적 주체가 가지고 있는 이 저항의지는 원수를 찾아서 복수하겠다는 차원이 아니라 원수를 찾아서 잘못된 것을 바로잡고, 또 함께 옮으로써 서로의 상처를 치유하겠다는 정화의 목적을 내포하고 있다.

> 잡아주오 내손을 잡아주오.
> 흙 속에 묻힌 지 삼십년
> 원통해서 썩지 못한 내 손을 잡아주오.
> 총알에 으깨어지고 칼날에 찢어진

내 팔다리를 일으켜주오.

…(중략)…

잡으리라 내 그대 손 잡으리라.

나 또한 어깨에 등허리에 머리통에

총알이 박힌 채 대창이 꽂힌 채.

우리가 쏘고 맞고 찌르고 찔리면서

죽던 그날을 나는 잊지 못해.

새빨간 노을 속으로

가마귀떼 날아가던 그 가을 언덕을

나는 잊지 못해.

피 쏟으며 쓰러지던 그대 그

붉은 입술을 나는 잊지 못해.

삼천 날 삼천 밤을 뉘우쳤지.

흙 속에서 통곡하며 뉘우쳤지.

우리는 원수가 아니라오, 미워하지도 않았다오.

…(중략)…

그리하여 날아가리라 함께 날아가리라,

그대 어머니 내 어머니 울음소리 들리는 곳,

내 친구들 형제들 노랫소리 울음소리

가득한 곳으로. 잡으리라 원통해서 썩지 못한

그대 손 잡으리라.

햇빛 온 누리에 가득한 곳으로

그대 손 잡고 날아가리라.

  ―「허재비굿을 위하여 -두 원혼의 주고받는 소리」 부분

 무가를 차용한 「허재비굿178)을 위하여 -두 원혼의 주고받는 소리」는

178) 신경림의 설명에 의하면, '허재비굿'은 동해안 지방에서 젊은 원혼의 인연을 맺어줄
   때 하는 굿으로서, 화해의 뜻이 깊다.(신경림, 『신경림 시전집』1·2, 창비, 2004. 172
   쪽) 허재비는 '허수아비·허사비·허제비·허아비' 등으로 불리는 인형을 뜻한다. 무
   당이 하는 사령제(死靈祭) 가운데에는 남녀 사자(死者)의 허재비를 만들어 혼인시키는
   사혼의례(死婚儀禮)가 있다. 사혼 의례는 혼인연령이 된 사람이 혼인을 하지 못하고
   죽었거나 또는 실제 혼인생활을 하였어도 혼인식을 하지 못하고 죽은 사령을 위하여

마치 젊은 원혼들을 맺어주듯이, 어쩔 수 없이 원수 아닌 원수가 되어 서로에게 총을 겨누고 칼을 꽂았던 "나"와 "그대"의 영혼을 맺어주는 노래이다. 이 시의 화자는 두 명이다. 두 영혼이 화자로 등장하여, 각각 1연과 2연에서 자신의 이야기를 상대에게 들려주는 형식을 취하고 있다. 먼저 1연의 화자는 누구인지 모를 한 대상에게 처음부터 손을 잡아달라고 요청한다. 팔다리가 으깨어지고 찢어진 채 흙 속에 묻혀 있는 지금의 상태에서 벗어나고자 하는 간절함의 표현이다. 이 간절함은 어머니에게 당장이라도 돌아가고 싶은 마음에서부터 출발한다. 자식의 시신을 찾지 못해 아직도 산과 들을 헤매는 어머니에게 누워서는 갈 수 없기에 손을 잡아 일으켜줄 것을 청하는 것이다.

이 영혼이 품고 있는 원한은 자신의 형제가 가슴에 방아쇠를 당긴 것과 친구가 어깨를 칼로 찌른 데에 있다. 이로 인해 원통하게 목숨을 잃게 된 영혼은 여성이다. 화자가 검푸른 풀이 돋아난 곳을 "복사꽃처럼 붉던 두 볼"과 "젖무덤"이라고 했으므로 1연에서 말하는 화자를 여성으로 보는 것이 자연스럽다. 그리고 이 시의 제목에 나오는 '허재비굿'이란 사후 혼례식으로 남녀 원혼을 맺어주기 위해 치르는 굿이므로 화자 중 한 명은 여성이어야 하며, 외모의 묘사 부분을 볼 때 1연의 화자가 여성이 된다. 여성 화자는 1연의 끝 부분에서 다시 한번 원통해서 썩지 못한 자신의 손을 잡아달라고 상대에게 강력히 요청한다.

2연의 남성 화자는 여성 화자의 요청에 "잡으리라 내 그대 손 잡으리라."고 응답한다. 그런데 "피 쏟으며 쓰러지던 그대 그/ 붉은 입술을 나는 잊지 못해."와 "우리가 쏘고 맞고 찌르고 찔리면서/ 죽던 그날을 나는 잊

예식을 갖추어 주는 것이다. 이 허재비굿은 단독으로 치러지는 것이 아니라 죽은 자의 천도의례인 오구굿이나 씻김굿을 하는 과정에 삽입되어 치러진다.
(https://encykorea.aks.ac.kr/Contents/Index; 2017. 4. 1.)

지 못해."라는 발언을 보면, 남성 화자와 여성 화자가 서로 죽이고 죽임을 당하는 관계에 있었음을 알 수 있다. 원수가 아니었음에도 불구하고 총과 대창으로 서로를 무자비하게 죽였다는 끔찍한 사실을 잊지 못한 채 두 영혼은 흙 속에서 통곡의 세월을 보냈다. 그러나 이 '울음'의 과정은 억울하게 죽어갔던 화자의 한을 맑게 씻어주었고, 그로 인해 "그대"의 손을 잡고 진정한 화해를 꿈꿀 수 있게 되었다.

남성 화자는 여성 화자의 상처를 보듬은 뒤 "그대"의 어머니와 친구들과 형제들이 있는 곳으로 함께 가자고 말한다. 진심을 담고 있는 이 화해의 발언은 단순히 남성과 여성의 화해만이 아니라 친구와 친구의 화해, 형제와 형제의 화해로 확장될 수 있다. 이들이 손을 잡고 가려는 곳이 친구들 형제들이 노래를 부르고 울음을 우는 곳이기 때문이다. 이들은 햇빛이 온 누리에 가득한 그 곳에서 더 이상 아픔과 상처 없이 서로에게 가진 원한을 화해로써 풀어낼 수 있을 것임을 확신하고 있다.

> 가자 버려진 우리들 마을을 찾아
> 거룻배 통통대는 배터로
> 말강구 설치는 시골장터로
> 노래를 찾아 잃어버린 우리들
> 옛애기를 찾아
> …(중략)…
>
> 가장 얻어입은 누더길랑
> 벗어던지고
> 얻어먹은 음식찌기 시원히 토해내고
> 휴전선도 짓밟으며
> 지뢰밭 총칼밭도 파헤치며
>
> 가자 친구들 이웃들 형제들

> 한덩어리 되어
> 큰 불길이 되어
> 뜨거운 노래로 눈보라를 녹이며
> 반백년 얼어붙은 하늘과 땅을 녹이며
>
> ―「가자 새봄엔」 부분

「가자 새봄엔」의 화자 역시 이웃과 친구들을 보면서 큰 파도가 되고 큰 바람이 되어 잃어버렸던 세계로 가자고 말한다. 알지 못하는 형제들과 함께 이데올로기가 그어 놓은 휴전선을 무너뜨리고 서로 화해하자고 외친다. 이제는 남과 북이 얼굴조차 알지 못하는 형제 사이가 되었음에도 불구하고 화해를 통해 분단을 극복하고 형제의 관계를 회복하고자 하는 바람을 드러낸 것이다. 특히 "한덩어리 되어/ 큰 불길이 되어" 가자고 하는 화자의 발언은 화해의 지향이 무엇인지를 잘 보여준다. 한덩어리와 큰 불길, 이것은 시적 주체가 낯모르는 형제들과 함께 이루어내고자 하는 그 '무엇'이다. 정치적 이념 때문에 분단된 남과 북이 하나의 덩어리가 되는 것, 그것도 뜨거운 불덩어리가 되어 눈보라와 언 하늘과 땅을 녹이는 것, 이것이야 말로 시적 주체가 가장 염원하고 있는 것이라고 할 수 있겠다.

「가자 새봄엔」과 「허재비굿을 위하여 -두 원혼의 주고받는 소리」에서는 남과 북의 화해, 친구와 친구, 이웃과 이웃, 더 나아가 온 민족의 화해가 가능함을 말해주고 있다. 그리고 화해를 통해 진정한 하나가 되어야 하며, 또 반드시 그렇게 되리라는 것을 암시적으로 드러내준다.

지금까지 분단 문제를 다룬 신경림의 시를 살펴보았다. 시편들을 통해서 '민족문학의 중심은 민중이며, 민중의 삶을 풍요롭게 만들고자 하는 민족문학론의 목표를 이루기 위해서는 무엇보다 분단의 문제가 해결되어야 한다.'고 하는 신경림의 주장을 확인할 수 있다. 신경림의 이러한 주장은 분단 극복과 통일지향의 문학적 논의란 결국 리얼리즘과 민족문학론을 거치지 않고는 이루어지기 어렵다는 의미를 담고 있다. 분단 시편들을 보면 신경림이 민족문학론의 토대가 되는 이론들을 시 창작을 통해 실천 해왔음을 알 수 있다. 분단의 문제를 고민하고 통일을 지향하는 시를 쓰면서 신경림은 분단 극복에 대한 의지를 보여주었으며, 또 한편 통일 가능성에 대한 희망적 메시지를 전달하고자 노력하였다. 그러나 『南漢江』에서 확인한 것처럼 권력과 금력, 거짓과 위선을 무기로 삼은 기만적 세계가 물리적인 힘으로 민중의 저항적 기반을 흔듦으로써 현실을 극복하고 민중과 세계가 통합된 하나의 세계를 구축하고자 하는 민중의 염원은 좌절을 겪는다. 그러나 이런 좌절에도 불구하고 시적 주체는 남북 통합과 같은 '우리'가 만들어갈 공동체세계에 대한 희망을 끝까지 내려놓지 못하는데, 여기에서 현실세계에 굴복하지 않고 끝까지 싸우겠다고 하는 시적 주체의 항구한 저항의지를 읽을 수 있다. 이처럼 신경림의 저항의식을 보여주는 시편들, 특히 『南漢江』에서는 시적 주체와 세계가 통합된 공동체를 이루고자 하는 강렬한 염원과 좌절이 동시에 나타나는 것을 확인할 수 있다.

신경림은 이렇게 현실세계에 대한 민중들의 저항의식과 저항의식이 외면화되어 실제적인 투쟁으로 이어지는 과정을 몇 갈래의 서사를 통해서 보여주는데, 이때 처음부터 하나의 큰 서사를 이끌고 가는 것이 아니라 하나의 줄기를 따라 가되 많은 사건과 사건이 수많은 곁가지들을 만들어 내면서 하나의 주제를 향해 이야기가 진행되는 서사방식을 취하고 있다. 이는 『南漢江』의 경우 「새재」, 「남한강」, 「쇠무지벌」 모두 길이가 길고 다루고 있는 사건이 많은 까닭에 하나의 서사로 끌고 가기에는 어려움이 있으며, 하나의 서사를 중심으로 할 경우 민중들의 투쟁사를 구체적이고도 세밀하게 그려내기 어렵기 때문에 전략적으로 선택하게 된 서사방식이라고 판단된다. 그러나 이러한 서사방식의 채용은 전체적으로 하나의 서사를 중심으로 진행되는 방식에 비해 긴밀성이 떨어지고 산만한 느낌을 줄 수밖에 없다. 그러나 그렇다 하더라도 『南漢江』이 서술시를 통해서 전달하고자 하는 핵심적 내용, 즉 농민운동의 역사를 생생한 인물묘사와 상황묘사로써 매우 사실적으로 그려냈다는 사실은 부정될 수 없을 것이다. 이런 측면에서 『南漢江』은 역사 속 민중의 삶을 이야기라는 형식을 통해 복원하여 들려줌으로써 자신이 맡은 역할을 충분히 수행했다고 할 수 있다.

여기에서 특기할 만한 것은 신경림 시에서 여성이 저항적 주체에서 완전히 배제되어 있다는 사실이다. 그것이 소극적인 저항이든 적극적인 저항이든 그 어떤 저항의식이나 행위에서도 여성의 모습은 등장하지 않는다. 저항의식을 가진 이들은 남성들이며, 어깨를 끼고 아우성을 치며 낫과 괭이를 들고 달려나가는 실제적인 저항에서도 시적 주체는 남성들이다. 신경림의 시에서 여성들은 대부분 '가난한 아내', '과부', '식모', '갈보', '공장 노동자', '철부지 계집아이'의 모습으로 나타난다. 그런데 『南漢江』에 등장하는 여성 연이는 「새재」 편에서 돌배가 목이 잘리는 참수를 당한 뒤, 현실세계에 대한 분노와 울분을 직접 표출하는 인물로서 저항적인 모습을 기대하게 만든다. 그러나 「남한강」에 이르러 보여주는 연이의 태도는 독자의 기대를 배반한다. 연이는 불의에 대한 분노와 사랑하는 사람을 억울하게 잃은 데 대한 울분을 저항행위로 외면화하기보다 사내를 그리워하고 사내의 사랑을 얻는 일에 더 적극적인 인물로 그려진다. 여성이 이렇게 비저항적 인물로 그려진 것은 신경림 시가 민중시로서 갖는 한계라고 할 수 있을 것이다. 물론 여성을 바라보는 신경림의 이런 닫힌 시각은 여성을 남성의 부속물 정도로 인식해왔던 전근대적 사회가 남긴 유물이라고 할 수 있을 것이다.[179] 그러나 무엇보다 여성을 비주체적

---

179) 신경림은 "결국 여자는 남자에게 예속되게 마련이라는 전래의 통념은 아직도 우리 사

인 존재, 나약하고 자기의식이 부재한 존재로 파악하는 신경림의 여성에
대한 인식에서 비롯된 것으로 보인다. 이는 신경림의 시가 극복해야 할
하나의 과제일 것이다.

회에서 이의없이 받아들여지고 있다고 말할 수 있으며, 영화나 텔레비전이 만들어내
고 있는 여인상, 울고 짜고 한숨 쉬는 청승스러운 여인상이 이러한 통념을 일반화시
키고 보편화시키고 고정시키는 데 한몫 거들고 있다고 말할 수가 있다."고 지적하면
서 "우리네 할머니들이 남편에 예속된 삶으로만 산 것이 아니라, 독립적·창의적인
삶도 크게 누렸었다"(신경림, 「반여성 행복론」, 『다시 하나가 되라』, 어문각, 1986.
124~127쪽)는 점을 강조했다. 그러나 신경림이 자신의 시에서 주체적인 여인상을 그
려내지는 못했다는 점에서 신경림 역시 여성에 대한 사회적 통념을 뛰어넘지는 못했
던 것으로 보인다.

제4장 분열된 주체의 자기고백과 비판적 거리 확보

앞에서 살펴본 바와 같이 신경림의 『길』 이전의 시는 현실세계에 대한 저항의식을 내장하고 있는데, 이 저항의식의 주체는 '우리', 즉 '민중'이라는 집단적 주체이다. 이들은 초기에 슬픔과 울분으로부터 출발하는 저항의식을 가지고 있었으나 힘없고 나약한 존재들로서 저항의지를 밖으로 드러내지 못하는 수동적인 태도를 취했다. 그러다 자신들을 억압하고 핍박하는 현실세계에 대한 자각을 통해 시적 주체의 저항의지는 구체적인 저항행위로 실천된다. 신경림의 시에 나타나는 현실세계에 대한 이런 저항의식은 민족문학론에 힘입은 바 크다고 하겠다. 현실세계의 변혁을 통해 모든 민중이 인간답게 살 수 있는 세계를 구축하는 것이 민족문학론의 지향점이라고 할 때, 신경림 시에서 보여주는 저항행위의 동력은 민족문학론의 실현의지로부터 나온 것이라고 할 수 있다. 그러나 『南漢江』에서 드러났듯이 민중의 저항운동은 폭압적이고 기만적인 현실세계에 의해 '횃불'처럼 타오르는 저항의지만을 남긴 채 실패를 겪게 된다.

『南漢江』으로 대표되는 2기 이후 신경림은 집단적 주체 '우리'가 아닌 한 개인으로 등장한 분열된 주체 '나'를 통해 자신의 문학세계는 물론 민족문학론에 대해 깊이 성찰함으로써 자신의 문학과 민족문학론이 나아가야 할 새로운 방향을 모색하려 했던 것으로 보인다. 이는 이후에 보여준 신경림 시세계의 변화를 통해서 증명된다. 신경림 시의 변화를 이끌어낸 가장 큰 요인은 '작은 이웃'의 발견이라고 할 수 있다. 신경림은 민족문학론에 대한 반성과 부단한 자기갱신을 통해 집단적 주체인 '우리'가 아닌 '우리'를 이루는 한 구성원으로서의 분열된 주체 '나'와 ('나'의 시선을 통해) '작은 이웃'을 재발견한 것이다.

신경림은 4기 이후 윤리적 주체로 성장하게 되는 '나'와 '작은 이웃'과의 만남, 즉 공동체세계인 '우리'를 이루는 구성원으로서의 개인과 개인의 만남, 그리고 연대를 통해 다시 한번 미완으로 끝났던 민족문학론의 목표를 이루어내고자 시도한다. 이러한 시도는 신경림 문학에 있어 또 하나의 새로운 도전이라고 할 수 있을 것이다. 『길』에서부터 자기반성의 과정을 거치면서 민족문학론을 새롭게 실천하기 위한 방법으로 신경림은 '작은 이웃'들의 현실적 삶을 사실적으로 그려내는 길을 선택한다. 그는 절대빈곤 속에서 힘겹게 살아가는 '작은 이웃'의 모습과 그들이 현실을 극복하고 삶에의 의지를 다지는 모습을 연민의 시선으로 포착해내는 한편 그들의 가난과 소외된 현실에 공감하고 '나'와 '작은 이웃'들과 '우리'가 결코 다르지 않음을 보여주고자 한다. 또한 '작은 이웃'과 더불어 '우리'가 자존을 회복하고 인간다운 삶을 영위하기 위해서는 가진 것을 나누는 삶을 살아야 함을 강조한다.

사랑과 나눔을 실천하는 삶을 살기 위해서는 무엇보다 자기반성이 전제되어야 한다. 진지한 자기성찰을 통해 이기적인 욕망에 빠진 '나'와 진실을 외면하는 비겁한 '나'로부터 벗어나야 하는데, 이때 자신을 성찰하는 '나'는 분열된 주체로 등장한다. 여기에서 말하는 분열된 주체란 민중인 '우리'에 속한 '나'가 '나'로부터 갈라져 나와 '우리' 안에 있는 대상화된 '나'에 대해 자기의식을 가지게 되는 시적 주체를 말한다. 이 시적 주체는 '우리' 속에 있는 민중의 구성원인 '나'를 객관적 거리에서 돌아보고 성찰하면서 '나'의 정체성을 확인하고 잃어버린 '나'를 회복하고자 노력하는 존재이다.

'나'로부터 자신을 분리한 뒤 객관적 거리에서 대상화된 '나'를 바라보았을 때 시적 주체는 그동안 알지 못했던 '나'의 참 모습을 확인할 수 있으며, 또한 스스로의 오류나 잘못을 돌아보고 반성하는 과정을 통해 자신을 정화할 수 있게 된다. 그렇게 했을 때 비로소 진정한 주체로, 그리고 '작은 이웃'을 받아들이는 윤리적 주체로 거듭날 수 있는 것이다.

1. 민중에서 개인으로의 전환과 '나'와의 거리 두기

인간이 반성한다고 했을 때, 그것은 자기 스스로 '나'의 행동을 다른 사람의 시선 속에 둔 것처럼 되돌아보는 것을 말한다. 반성하는 마음은 '나' 속에서 인지되는 다른 사람의 시선인 것이다.[180] 반면 시적 주체가 자기반성을 한다고 했을 때, 시적 주체는 반성하는 인식주체 '나'와 인식 대상으로서의 '나'로 분열된다. 다시 말하면, 자신을 돌아보는 행위란 곧 자기 자신으로부터의 분열에서 출발한다는 의미가 되겠다. 신경림의 성찰 시편에 나타나는 시적 주체 역시 자기분열을 통해 '나'와 '너'로 분리되고, 객관성을 담보할 수 있을 만큼의 '거리 두기'를 함으로써 자신을 객관적 시각으로 탐색하면서 하나의 주체적 존재로 바로 서고자 하는 노력을 보여준다.[181] 이런 모습은 '자기 자신에 대한 탐구라는 것이 없다면 시에서 진실한 목소리를 갖기 어렵다'[182]고 한 신경림의 발언을 상기시켜

---

180) 이성환, 「내 안의 타자, 그는 누구인가」, 『철학논총』, 42, 새한철학회, 2005. 214쪽.
181) 김준오는 '고백파 시'를 설명하는 글에서 "시인의 시선이 다시 개인의 주관성으로 돌려지는 것은 90년대 시의 한 특징이다. 이 주관성의 회복은 과거와는 다른 자아탐구의 형식이며 비록 아직 징후적이지만 이 새로운 자아탐구의 형식에 조심스럽게나마 고백시라는 명칭을 부여할 수 있다."(김준오, 앞의 책, 371쪽)고 말했는데, 이 설명에 의하면 1990년대 들어 자기탐색과정으로 접어든 것이 단순히 신경림 시만의 변화는 아닌 듯하다. 이를 보면 신경림 문학 바깥에서 일어난 사회적 변화가 신경림 시의 변화에도 영향을 미쳤을 것이라는 추론이 가능해진다.

준다.

그런데 신경림의 분열된 주체의 시선 속에 있는 '나', 즉 인식대상으로서의 '나'는 '너'가 아닌 '그것'으로 포착된다. 즉, 분열된 두 주체가 '나-너'라는 인간 대 인간의 인격적 관계가 되어야 함에도 인간 대 사물 관계인 '나-그것'의 비인격적 관계를 맺고 있는 것이다.[183] 신경림 시에서 시적 주체가 '나'를 대상화할 때, 인식주체와 인식대상의 관계가 '나'-'너의 관계가 되면 둘은 동등한 인격적 관계를 형성하게 된다. 그런데 신경림의 시를 보면 인식주체인 '나'와 인식대상으로서의 '나'의 관계가 '나-너'의 관계가 아닌 "다른 사람을 하나의 사물과 같이 다루어 자기의 수단으로 삼"[184]는 '나-그것'이 됨으로써 동등한 인격적 관계를 맺지 못하는 모습을 볼 수 있다. 동등한 인격적 관계인 '나-너'가 되었을 때 시적 주체는 "인격으로서의 자신을 깨달을 뿐 아니라 또한 다른 사람을 하나의 인격으로서 만"[185]날 수 있게 된다. 이에 신경림 시의 시적 주체 '나'는 인식대상으로서의 '그것'에서 오류와 잘못을 찾아 반성하고 비판하면서 시적 주체와 인식대상의 관계를 '나-너'의 동등한 인격적 관계로 회복시키고자 한다. 그리하여 자신이 인격적 존재, 주체적 존재로 바로 서고자 한 것이다. 이런 점에서 볼 때 신경림은 자신의 문학론에 대한 반성과 자기 갱신의 과정을 성찰의 시편들을 통해서 고스란히 보여주었다고 할 수 있다.

---

182) 신경림, 「신경림 시인과의 대화: 삶의 길, 문학의 길」, 구중서 · 백낙청 · 염무웅 엮음, 『신경림 문학의 세계』, 창작과비평사, 1995. 45쪽)

183) 마르틴 부버는 "'나'는 너로 인하여 '나'가 된다."고 했다. 이때의 '나'는 항상 '너'와 짝(말)을 이루는데, 주체 '나'는 혼자 존재하는 것이 아니라 언제나 '너'와의 만남, 즉 '너'와의 관계 속에서만 존재하게 된다는 것이다. 시적 주체 '나'가 자기분열을 통해서 주체 '나'와 인식대상으로서의 '나'(너)로 분리될 때, 시적 주체 '나'는 항상 '너'와 짝을 이루는데, 이때 시적 주체 '나'가 '너'가 아닌 '그것'과 대응될 때 시적 주체 '나'는 완전한 주체가 되기 어렵다. (마르틴 부버, 표재명 옮김, 『나와 너』, 문예출판사, 1995. 21쪽 참고)

184) 마르틴 부버, 앞의 책, 211쪽.

185) 마르틴 부버, 앞의 책, 210쪽.

　신경림의 자기반성적 시편들에는 자신의 문제를 폭로하거나 비판함으로써 자신이 안고 있는 오류를 바로잡으려는 능동적 주체가 지속적으로 등장한다. 자기반성을 의식의 토대로 삼고 있는 분열된 주체 '나'는 자기 자신을 철저히 대상화한다. 이때 탐색과 반성이 이루어지는 객관적 거리의 확보, 즉 인식주체 '나'와 인식대상인 '나'를 분리시킨 후 객관적 비판이 가능한 거리를 확보하는 일은 매우 중요하다. 만약 객관적 거리를 확보하는 일에 실패할 경우 시적 주체의 반성은 주관적으로 기울 수밖에 없고 결국 반성하는 데 실패하고 말 것이기 때문이다. '반성'이라는 행위는 자기분열을 통해 '나'를 대상화한 데서 나온 결과이다. 이에 신경림의 시적 주체는 '나' 자신을 대상으로 분리시킨 후 객관적인 시선으로 자기 자신을 바라보고 성찰한다. 이러한 과정을 거치는 동안 시적 주체는 욕망의 노예로 때로는 이기적인 모습으로 살아가는 추한 자신의 실체와 맞닥뜨리게 된다.

　신경림 시에서 시적 주체가 자기 자신을 대상화하는 방법을 단순하게 구분해보면 크게 두 가지로 나눌 수 있다. 하나는 자연, 음악, '작은 이웃', 아버지 등과 같은 매개를 통해 자신의 참모습을 발견하고 성찰하는 방법이며, 다른 하나는 매개 없이 사유에 의해 시적 주체로부터 '나'를 분리시켜 대상화시키는 방법이다. 시적 주체가 '나'를 발견하는 계기를 마련해주는 매개체들은 그동안 시적 주체가 잊고 있었거나 외면하고 있었던 실체를 시적 주체가 스스로 발견하도록 돕는 조력자 역할을 한다. '자리 짜는 노인'(「자리 짜는 늙은이와 술 한잔을 나누고」)은 세상 모든 것이 모두 의미 있음을 깨우쳐주고, '동해바다'(「동해바다 - 후포에서」)는 세상을 품지 못하는 옹졸한 자신을 비춰주며, '지리산 노고단'(「지리산 노고단 아래 -황매천의 사당 앞에서」)은 높은 목소리와 큰 몸짓에 귀가 쏠리고 눈이 가는 자신의 모습을 발견하게 한다. 이렇게 시적 주체는 다양한 매개들을 통해서 자신의 참모습을 발견하게 되고 자괴감을 느끼는 가운데 자기반성에 이르게 되는 것이다. 이와는 달리 너무 쉽게 '가진 것들을 버리는'(「날개」) 자신과 편리함만 좇는 '우리'를 돌아보고(「진드기」), 타인을 도우면서도 이해관계를 따지고 있는 자신을 발견(「다리」)하는 등 사유하는 동안 자신의 삶과 내면을 성찰하는 시적 주체들도 만날 수 있다. 이러한 자기반성적 주체의 형상화는 고해성사 같은 단순한 자기고백을 통하거나,186) 시적 주체가 스스로를 비판하고 자조하는 자기폭로적 목소리와 반성 후 자신을 변화시키고자 하는 의지나 구체적 행위로 이루어진다. 그런데 흥미로운 것은 이 같은 반성적 주체의 형상화는 '주체가 어떻게 자신을 대상화하고 있는가'하는 문제와 그 궤를 같이 하고 있다는 점이다.

신경림 시에서 시적 주체가 '나'를 대상화하는 방식을 살펴보면, 전체적으로는 자기고백이라는 형식으로 자신을 대상화하지만 좀 더 세밀하게 살펴보면, 시적 주체의 형상화와 마찬가지로 '단순한 자기고백', '비판과 자기폭로', 그리고 '변모에의 의지와 변모 행위'를 통해서 자신을 대상화하는 것을 볼 수 있다. 그러면 신경림의 시편들을 살펴보면서 스스로를 대상화하는 시적 주체 '나'를 만나보기로 한다.

　　나이 쉰이 넘어야
　　비로소 여자를 안다고
　　나이 쉰이 넘어야 비로소

---

186) 강정구는 "고백은 반성과 성찰의 시대를 사는 신경림의 한 대응 방식"이라고 정의하면서, 가라타니고진의 견해를 빌려 '시인은 고백할 내용이 있어서 그것을 고백으로 제도화하는 것이 아니라, 1990년대라는 반성과 성찰의 시대가 요구하는 고백이라는 제도 앞에서 고백할 내용을 찾았으며, 이런 과정을 통해서 가족과 성과 양심에 대해 고백했다'고 설명한다.(강정구, 「신경림 시의 서사성 연구」, 경희대 박사학위논문, 2003. 170~717쪽) 강정구의 발언을 빌리면 신경림은 자신이 살아가는 시대에 대응하는 하나의 방식으로서 고백할 내용을 찾고 지면 위에서 자신을 정직하게 드러낸 것이라 하겠다.

사랑을 안다고
나이 쉰이 넘어야
비로소 세상을 안다고
늙은 소나무들은
이렇게 말하지만
바람소리 속에서
이렇게 말하지만

－「늙은 소나무 -밀양에서」 전문

　이 시에서 화자는 자신의 사유만을 드러내는 것이 아니라 "늙은 소나무"의 발언을 충실히 전달해주는 '목소리'로서의 역할도 담당하고 있다. 늙은 소나무는 화자에게 인간의 나이 '쉰'을 기준점으로, 그 지점을 통과해야 비로소 세상의 모든 것들에 대한 지각과 지혜가 열린다고 말한다. 최소한 50년이라는 긴 시간 동안 꾸준히 그리고 치열하게 산 뒤에야 여자와 사랑과 세상을 알 수 있다는 것이다.

　이 시에서 말하는 "여자", "사랑", "세상"은 인간의 삶에서 의미심장한 무게를 지닌 기호들이다. 남성인물로 추정되는 화자에게 "여자"는 '성'으로서의 의미를 지닌 존재가 아니라 새로운 생명을 잉태하고 기르는 존재이며, 남성이라는 존재와 끊임없이 대립하고 갈등하면서 하루하루 새로운 세계를 창조해가는 존재이기도 하다. 그리고 화자의 입장에서 보면 여성은 남성과 가장 가까운 존재이지만 한편으로는 이해와 공감의 세계 바깥에 존재하는 알 수 없는 인간이기도 하다. 특히 여자가 사랑과 관계될 경우 "여자"는 더욱 불확실한 존재가 되고 만다. 그렇게 정체 파악이 어려운 존재인 "여자"라 하더라도 쉰이 넘으면 알 수 있다고 늙은 소나무는 말한다. 그리고 그것이 어떤 형태의 것인지는 알 수 없으나 인간의 삶을 구성하고 있는 것 중 하나인 "사랑"이 무엇인지도 알 수 있게 된다고 단언한다. 그리고 '쉰'이라는 나이는 "세상"을 알 만한 나이라고 말한다.[187)]

세상의 이치를 깨닫게 된다는 '쉰'이라는 나이, 그러나 "이렇게 말하지만"
이라고 두 번에 걸쳐 강조하고 있는 화자의 발언을 보면, 현재 늙은 소나
무의 말을 전달하고 있는 화자는 소나무가 한 말에 동의하지 못하고 있
음을 알 수 있다. 자신의 나이가 이미 쉰을 넘었음에도 불구하고 "여자"
와 "사랑", 그리고 "세상"에 대해 전혀 알지 못하고 있기 때문일 것이다.
세상의 이치나 의미를 깨달을 만큼의 충분한 세월을 살았지만 여전히 어
느 것 하나도 제대로 깨닫지 못하고 어리석은 상태에 머물러 있음을 고
백하는 화자의 자기고백은 짧은 시행에도 불구하고 뼈아픈 자기성찰을
담고 있다.

반면 화자에게 이야기를 들려주는 "늙은 소나무"들은 살아오는 동안
이미 삶에 대한 깨달음을 얻은 연륜이 깊은 존재들이다. 이들은 매서운
바람과 폭우를 견디는 동안 세상에 대한 깨달음을 하나씩 얻었을 것으로
짐작되며, 그 깨달음은 소나무들이 보낸 오랜 세월과 관련이 있다고 하겠
다. 시적 주체는 늙은 소나무들의 이야기를 경청하고 나서야 비로소 자신
을 돌아보게 되고, 자기성찰 과정에서 자기 자신이 쉰 살이라는 나이를
먹었으나 아직도 세상에 대해 알지 못하는 무지몽매한 인간으로 살고 있
음을 깨닫게 된 것이다. 이 깨달음은 스스로를 반성하게 만듦으로써 시적
주체를 한 단계 더 성숙한 인간으로 성장하게 만든다.

「늙은 소나무」에서는 시적 주체가 분명한 모습으로 드러나지 않는 반
면, 「자리 짜는 늙은이와 술 한잔을 나누고」에서는 시적 주체의 목소리가
분명하고 시적 주체 자신의 내적 갈등도 구체적으로 제시된다.

---

187) 늙은 소나무의 이 말은 『논어(論語)』의 「위정편(爲政篇)」에 나오는 공자의 말, 즉 나이
쉰에 천명(天命), 곧 하늘의 명령을 알았다고 한 '지천명'에서 가져온 것으로 보인다.
사람의 나이가 쉰 정도 되면 우주만물을 지배하는 하늘의 명령이나 원리 등을 깨닫게
된다는 의미이다.

자리를 짜보니 알겠더란다
세상에 버릴 게 하나도 없다는 걸
미끈한 상질 부들로 앞을 대고
좀 처지는 중질로는 뒤를 받친 다음
짧고 못난 놈들로는 속을 넣으면 되더란다
잘나고 미끈한 부들만 가지고는
모양 반듯하고 쓰기 편한 자리가 안되더란다
자리 짜는 늙은이와 술 한잔을 나누고
돌아오면서 생각하니 서러워진다
세상에는 버릴 게 하나도 없다는
기껏 듣고 나서도 그 이치를 도무지
깨닫지 못하는 내 미련함이 답답해진다
세상에 더 많은 것들을 휴지처럼 구겨서
길바닥에 팽개치고 싶은
내 옹졸함이 미워진다

　　　　　　　　─「자리 짜는 늙은이와 술 한잔을 나누고」 전문

　이 시의 반성적 주체 '나'는 자리 짜는 노인과의 대비를 통해 '나'의 미련함과 옹졸함을 드러내고, 그것에 대해 자조하는 모습을 보여준다. 자리 짜는 늙은이는 오랫동안 자리를 짜오면서 "세상에 버릴 게 하나도 없다"는 삶의 진실을 깨달은 사람이다. 그는 일반적으로 삶에서 가장 가치 있다고 여기는 것이든 하찮다고 여기는 것이든 모두가 그 나름으로 가치있다는 사실을 깨달은 것이다. 그러나 인식대상으로서의 '나'는 늙은이가 들려준 그 말이 함의하고 있는 이치를 전혀 깨닫지 못한다. 그뿐만 아니라 자신이 속해 있는 이 세상에서 추하고 역겨운 것들을 수없이 목도했기에 그것들을 "휴지처럼 구겨서" 함부로 버리고 싶은 충동마저 느낀다. 대상으로서의 '나'는 늙은이의 말을 받아들이지 못할 만큼 아직은 세상을 보는 시야가 좁고 부정적이며, 나와 다른 것을 품을 만큼의 너그러움도 갖추지 못하고 있는 상태이다. 아직은 타인이나 세상에 대한 이해가 부족한 자기중심적 사고에 갇혀 있는 인식대상으로서의 '나'는 참다운 자신, 인격으로서의 자신을 만나지 못한다. 그렇기 때문에 시적 주체 '나'와 대상화된 '나'의 관계는 아직 '나-너'가 아닌 '나-그것'에 머물러 있다.

반성적 주체는 끝내 깨달음을 얻지 못하는 미련하고 옹졸한 모습의 (대상으로서의) '나'를 바라보면서, 서럽고 답답함을 느끼다 못해 옹졸한 자신을 미워하기에 이른다. 이때의 시적 주체는 '거리 두기'를 통해 세상의 모든 것이 다 가치가 있다는 진리를 깨닫지 못하는 자신을 객관적 거리에서 직시하고자 한다. "술 한잔을 나누고 돌아오면서 생각"하는 동안 시적 주체는 객관적인 위치에서 자기 자신을 대상화하여 바라보고자 한다. 그러나 '거리 두기'는 지나친 주관의 개입으로 인해 실패한다. 자리 짜는 늙은이도 깨달은 삶의 이치를 자신은 전혀 깨닫지 못한다는 자괴감에 시적 주체는 대상화된 '나'와의 거리 조절에 실패하고 만 것이다. 이 거리 조절의 실패는 자신을 반성하는 행위에 있어서도 바람직한 결과를 얻지 못할 것이다. 시적 주체가 객관적 거리를 확보하지 못하여 주관적 시선으로 자신을 바라본다면 대상화된 자신의 모습이 왜곡되어 비춰질 수 있기 때문이다.

이 시에서 분열된 주체는 자신의 미련하고 옹졸한 모습을 보면서 한편으로는 답답해하고 또 한편으로는 미워하게 되는데, 이와 같은 자신을 향한 비판적 시각은 대상화된 '나'의 잘못과 오류를 인정하고 바로 잡고자 하는 시적 주체의 의지를 전제하고 있다. 비록 시적 주체가 자기 자신을 변화시키거나 개선시키는 데까지는 나아가지 못했으나 자신의 부족함을 스스로 인정하고 비판하는 태도를 통해서 자기반성적인 '나'를 보여주고 있다. 시적 주체 '나'에게 인식대상으로서의 '나'(그것)는 감추고 싶고 부정하고 싶은 존재이다. 그러나 부끄러운 자신을 감추기보다 세상에 드러넘으로써 오히려 새롭게 거듭나는 계기로 삼고자 한다. 반성은 잃어버렸던 인간다움을 회복시켜주는 계기가 되어준다. 시적 주체의 자기반성으로 인식대상으로서의 '나'를 바로 세운다면 시적 주체와 대상화된 '나'가 '나-너'의 인격적 관계로 만날 수 있을 것이다. 이것은 시적 주체가 '작은 이웃'과 인격적 관계를 맺을 수 있는 가능성을 열어준다.

> 친구가 원수보다 더 미워지는 날이 많다
> 티끌만한 잘못이 맷방석만하게
> 동산만하게 커 보이는 때가 많다
> 그래서 세상이 어지러울수록
> 남에게는 엄격해지고 내게는 너그러워지나보다
> 돌처럼 잘아지고 굳어지나보다
>
> 멀리 동해바다를 내려다보며 생각한다
> 널따란 바다처럼 너그러워질 수는 없을까
> 깊고 짙푸른 바다처럼
> 감싸고 끌어안고 받아들일 수는 없을까
> 스스로는 억센 파도로 다스리면서
> 제 몸은 맵고 모진 매로 채찍질하면서
>
> ─「동해바다 -후포에서」 전문

이 시에서 시적 주체 '나'가 바라보는 대상화된 '나'는 가까운 이웃인 친구조차 이해와 사랑으로 품지 못하는 포용력이 부족한 인물이다. 친구의 잘못을 확대 해석하거나 조그마한 잘못에도 친구를 원수보다 미워하기도 하는 못난 모습을 보인다. 그뿐 아니라 자신이 남에게는 엄격하지만 자기 자신에게는 너그러워질 수밖에 없는 것이 마치 세상의 어지러움 때문인 것처럼 변명하는 인식대상으로서의 '나'는 이미 주체성을 상실한 비주체적인 존재이기에 시적 주체와 동격을 이루는 '너'가 되지 못하고 사물로서의 '그것'으로 전락한다. 따라서 시적 주체 '나'와 대상화된 '나'의 관계는 '나-너'가 되지 못하고 '나-그것'의 관계가 된다.

시적 주체는 1연에서 이러한 '나-그것'의 관계를 정확하게 인식하고 있다는 것을 드러내고 있는데, 2연에 이르게 되면 시적 주체는 스스로의 자기성찰과 반성을 통하여 부끄러운 '나'(그것)의 현재를 바로잡고자 하는 굳은 의지를 드러낸다. 인식대상으로서의 '나'(그것)가 참된 주체로 바로 설 수 있기를 염원하고 있기 때문이다. 시적 주체는 짙푸르고 넓은 동해 바다를 자아를 되비춰주는 거울로 삼아, 세찬 파도로 스스로를 채찍질하고 다스리는 바다처럼 엄정한 자기반성 과정을 거쳐 자신을 정화하고자 한다.

시적 주체 '나'의 자기반성을 통해서 인식대상으로서의 '나'(그것)가 자신의 잘못을 있는 그대로 인정하고 타인에게 포용력 있는 인간으로 다가 갈 때 '그것'이 아닌 '너'가 되어 시적 주체 '나'와 인격적인 '나-너'의 관계로 나아갈 수 있을 것이다. 이렇게 동등한 관계가 될 때 양 주체는 인격으로서의 '나'로 바로 설 수 있으며, 타자인 '작은 이웃'들과도 인격으로서의 관계를 맺을 수 있게 된다.

'나-너'의 인격적 관계를 회복하기 위해 「동해바다 -후포에서」에서는 시적 주체가 스스로 반성하여 주체적인 존재로 바로 서고자 하는 의지를 분명히 드러낸다. 파도와 같은 혹독한 시련을 거쳐 자신을 올곧은 존재로 세우려는 시적 주체의 의지는 파도처럼 자신을 채찍질하는 행위로 이어 지고, 이런 의지적 행위는 앞으로 시적 주체가 변화하게 될 것임을 예고 해준다.

신경림 시의 반성적 주체는 내면을 탐색하면서 자신 안에 감춰져 있던 인식대상으로서의 '나'를 발견하고 자기반성을 거치는 과정에서 민중이라는 집단에 의해 가려져 있던 개인과 개인의 삶을 발견한다. 이 '개인'이야 말로 '우리'를 이루는 가장 작은 단위에 속하는데, 이들과의 만남으로 그동안 알지 못했던 '우리'의 참 모습을 발견하게 된다. 그렇기 때문에 신경림의 시세계에서 자기반성이라는 것은 중요한 과정이라고 할 수 있다.

2. 이기적 욕망의 현전과 자조적 자기고백

신경림의 시가 3기로 접어드는 1980년대 말경 "오늘의 나의 삶, 우리들의 삶에 충실한 시를 쓰자."는 방향으로 문학관을 전향한 신경림은 스스로 내면 깊숙이 들어가 자기 자신을 정직하게 돌아보게 된다. 『길』에서부터 시작된 '작은 이웃'에 대한 관심과 사랑[188]은 시인 자신에 대한 엄정한 비판 속에서 앞으로 나아가고 있었던 것이다. 3기의 시편들에서는 끊임없이 세상과 자신을 돌아보는 시적 주체를 발견할 수 있는데, 이때의 자기반성적 주체는 욕망하는 자신을 대상화하는 과정에서 인식주체 '나'와 인식대상으로서의 '나' 간의 심리적 거리를 적절하게 팽창 혹은 수축시킴으로써 객관적 거리를 확보한다. 시적 주체 '나'와 대상화된 '나'의 심리적 거리가 너무 가까우면 주관이 우세하여 자신을 객관적으로 바라볼 수 없고 반성에 이를 수도 없으며, 두 존재 간의 거리가 너무 멀 경우 인식대상으로서의 '나'는 시적 주체 '나'에게 사물화된 존재로 인식되기 때문이다.[189] 시적 주체와 인식대상 간의 심리적 거리 조정의 성패에 따

---

188) "자신을 사랑하듯 이웃을 사랑하는 것이야말로 인간적인 생존을 다른 생명체들과 다른 것으로 만들어준다."(지그문트 바우만, 권태우·조형준 옮김, 『리퀴드 러브』, 새물결, 2013. 188쪽)

189) 김준오는 '거리의 표현 기법'을 설명하는 글에서, 인간의 관점에서는 인간, 생물, 무기물 순으로 그 가치가 매겨지지만, 인간적 시점을 폐기하는 경우 현실과의 심리적 거리가 팽창되면서 비인간화를 가져오고, 가치의 서열이 역전되는 현상이 드러난다고 설명한다.(김준오, 『詩論』, 삼지원, 2007. 350쪽 참고)

라 자기반성의 결과 또한 달라지기 때문에 시적 주체와 인식대상 간의
거리 조정이 중요할 수밖에 없는 것이다.

> 다리가 되는 꿈을 꾸는 날이 있다
> 스스로 다리가 되어
> 많은 사람들이 내 등을 타고 어깨를 밟고
> 강을 건너는 꿈을 꾸는 날이 있다
> 꿈속에서 나는 늘 서럽다
> 왜 스스로는 강을 건너지 못하고
> 남만 건네주는 것일까
> 깨고 나면 나는 더 억울해지지만
>
> 이윽고 꿈에서나마 선선히
> 다리가 되어주지 못한 일이 서글퍼진다
>
> ―「다리」 전문

타인을 위해서 자신을 순수하게 내어놓는 일은 쉬운 일이 아니다. 그럼
에도 화자는 사람들이 강을 건널 수 있도록 "스스로 다리가 되어" 많은
이들을 건네주는 희생적인 모범을 보여준다. 사람들은 화자의 등을 타고
어깨를 밟고 강을 건너간다. 그런데 타인이 강을 건너도록 자신의 몸을
온전히 내어 주면서도 화자는 늘 서러움을 느낀다. 그것은 타인을 도와주
면서도 정작 자신은 강을 건너지 못한 상황에 처해 있기 때문이다. 만약
화자 자신이 강을 건너가고자 한다면 스스로 다리가 되는 것을 포기하고
다른 누군가의 등을 타고 어깨를 밟아야 한다. 그러나 화자는 끝내 그렇
게 하지 못하고 대신 자신이 다리가 되는 길을 선택한 것이다. 이것은 타
인을 위한 숭고한 희생이다. 그러나 자의에 의해 타인을 위한 희생을 선
택했음에도 불구하고 자신이 다리가 되는 일과 강을 건너지 못하는 상황
은 화자 자신을 서럽게 만든다. 이런 서러움은 자신의 희생이 실제가 아

닌 꿈속에서 행해진 것이기에 화자의 마음을 더욱 어지럽힌다.

　이 시에서 "꿈"은 중요한 의미를 갖는다. 시의 표층에 드러나는 꿈의 의미는 수면 중에 일어나는 정신 현상으로서의 꿈이다. 꿈이 완벽한 심리적 현상으로 개인의 무의식이 발현된 것이면서 무의식을 통해서 자신의 소원을 성취하는 정신활동190)이라는 측면에서 화자의 꿈을 보면, 평소 실현하고자 했던 이상으로서의 삶, 즉 자신이 다리가 되어 타인을 건네주는 삶에 대한 지향이 꿈에 반영된 것으로 볼 수 있다. 비록 꿈을 통해 이루기는 했으나 이타적 삶에 대한 지향을 실천으로 옮겼다는 점에서 기뻐할 일임에도 불구하고 화자는 꿈에서 깨고 나면 정작 자신은 건너지 못했다는 사실에 억울해 하는 한편, 꿈에서나마 순수한 마음으로 타인을 돕지 못하는 자신의 모습에 서글픔을 느낀다.

　세속적 셈이나 바람 없이 타인을 위해 자신을 온전히 내어주는 일은 희생정신 없이는 불가능하다. 타인을 위해 기꺼이 희생을 선택했으나 그 희생에 대해 문득 억울한 생각을 하는 것도 인간적인 모습이다. 그러나 시적 주체는 순수한 마음으로 희생하지 못하는 자신에 대해 자괴감을 느낀다. 이 자괴감의 끝에서 시적 주체는 잠시나마 이기적인 태도를 취한 인식대상으로서의 '나'를 돌아보면서, 타인을 위한 희생보다 자신의 이익을 셈하는 이기적인 자신을 반성한다. 이때 시적 주체는 꿈을 꾸고, 또 꿈에서 깨어나 꿈속의 자신을 바라보는 인식대상으로서의 '나'를 객관적 거리에서 탐색하고 있어 자신을 객관적 시선으로 바라보고 비판할 수 있다.

　　뗏목은 강을 건널 때나 필요하지
　　강을 다 건너고도
　　뗏목을 떠메고 가는 미친놈이 어데 있느냐고

---

190) 지그문트 프로이트(Sigmund Freud), 김인순 옮김, 『꿈의 해석』, 열린책들, 2003. 163쪽 참고.

이것은 부처님 말씀을 빌려
명진 스님이 하던 말이다
저녁 내내 장작불을 지펴 펄펄 끓는
방바닥에 배를 깔고 누운 절방
문을 열어 는개로 뽀얀 골짜기를 내려다보며
곰곰 생각해본다
혹 나 지금 뗏목으로 버려지지 않겠다고
밤낮으로 바둥거리고 있는 것은 아닐까
혹 나 지금 뗏목으로 버려야 할 것들을 떠메고
뻘뻘 땀 흘리며 가고 있는 것은 아닐까

－「뗏목 -봉암사에서」 전문

　화자는 늘 자신을 반성하고 비판하지만 아직도 욕망을 버리지 못하고 있는 자기를 발견한다. 버려야 할 것들을 힘겹게 떠메고 다니는 자신을 향해 던지는 질문은 자기반성의 단초가 된다. 황현산은 화자 자신을 향한 질문이 슬픈 이유에 대해 '뗏목이 아직 강을 건너지 못했으며 끝내 건너지 못할지도 모른다는 대답밖에 없기 때문'[191]이라고 설명한다. 그의 발언처럼 화자가 건너고자 하는 강이 어디에서 끝나는지 알 수 없다면 화자는 영원히 뗏목을 버릴 수가 없게 되는 것이다.

　그러나 명진 스님이 했던 말을 새삼스럽게 떠올리는 것을 보면, 화자는 스스로가 강을 이미 건넜다는 사실을 인지하고 있는 것으로 보인다. 화자는 스님의 말을 죽비로 받아들이면서 자신을 돌아보는데, 이는 혹시 자신이 강을 다 건넜음에도 불구하고 소유에 대한 이기적 욕망 때문에 뗏목을 버리지 못하고 힘겹게 떠메고 가는 것은 아닌지를 반성하는 의미로 읽을 수 있다.

---

191) 황현산, 「자부심을 지닌 삶과 소박한 시 -시집 『길』에 관해」, 구중서・백낙청・염우
　　웅 엮음, 『신경림 문학의 세계』, 창작과비평사, 1995. 242쪽.

시대는 변했으나 우리는 여전히 불행하다. (중략) 우리는 더욱 불행하다. 빠른 것이 더욱 빨라지고, 우글거리는 것이 더욱 우글거리고, 번쩍이는 것이 더욱 번쩍거리게 되는 일밖에 다른 전망이 우리에게 없다. 강은 끝없이 넓다. 강이 끝없이 넓은 것이라면, 뗏목만이 저 언덕의 증거라고 말할 수는 없을까. 신경림이 평생을 부단하게 실천해온 시가 그 뗏목이다[192]

현재를 살아가는 우리는 여전히 불행하지만 자기 자신을 끊임없이 돌아보고 반성하면서, 때와 상황에 맞게 버려야 할 것을 과감하게 버리려고 노력하는 신경림 시의 시적 주체를 한번 믿어볼 만하다. 아무리 애써 만들었다 하더라도 강을 다 건넜다면 더 이상 쓰임이 없는 뗏목은 미련 없이 버려야 한다는 것을 시적 주체는 알고 있다. 명진 스님의 말을 떠올렸다는 데서 이미 그것을 확인할 수 있다. 그렇기 때문에 시적 주체는 끊임없이 스스로를 성찰한다. 혹시 버려야 할 것을 떠메고 가고 있지는 않은지 자신을 대상화하여 살피는 것이다. 이러한 자기반성적 태도는 「날개」에서 더욱 두드러진다.

　　강에 가면 강에 산에 가면 산에
　　내게 붙은 것 그 성가신 것들을 팽개치고
　　부두에 가면 부두에 저자에 가면 저자에
　　내가 가진 것 그 너절한 것들을 버린다
　　가벼워진 몸으로 돌아오는 길에서 나는
　　훨훨 새처럼 하늘을 나는 꿈을 꾼다
　　그러나 어쩌랴 하룻밤새 팽개친 것
　　버린 것이 되붙으며 내 몸은 무거워지니
　　이래서 나는 하늘을 나는 꿈을 버리지만
　　누가 알았으랴 더미로 모이고 켜로 쌓여
　　그것들 서서히 크고 단단한 날개로 자라리라고

---

192) 황현산, 위의 책, 243쪽.

나는 다시 하늘을 나는 꿈을 꾼다
강에 가면 가에서 저자에 가면 저자에서
옛날에 내가 팽개친 것 버린 것
그 성가신 것 너절한 것들을 도로 주워
내 날개를 더 크고 튼튼하게 만들면서

―「날개」 전문

화자에게는 꿈이 있다. 새처럼 하늘을 훨훨 나는 것이 그의 단 하나의 목표요 꿈이다. 하늘을 난다는 것은 어떤 의미일까. 그것은 아마도 그 어떤 것에도 얽매이지 않은 참된 자유를 의미할 것이다. 자신을 옥죄고 있는 현실에서의 모든 책임과 도덕의 무게로부터 해방되는 자유, 화자는 현재 자신을 옭죄고 있는 그 모든 것들로부터 벗어나고자 한다. 그러나 화자는 하늘을 나는 꿈을 꾸다가도 곧 그 꿈을 접고 마는데, 그것은 자연 속에서든 혹은 일상적 세계 속에서든 자신에게 있는 "성가신 것"들과 "너절한 것"들에게서 느껴지는 무게감 때문이다. 화자가 자신에게 붙어있는 성가시다고 하는 것들과 자신이 가진 너절한 것들은 원래 자신의 것이 아니다. 그것은 화자의 외부로부터 온 것이다. 지금 화자가 감당하고 있는 이런 것들은 모두 화자의 현재적 삶을 짓누르고 화자가 이루고자 하는 소박한 꿈을 깨뜨리고 만다. 그래서 기회가 닿을 때마다 성가시고 너절한 것들을 팽개치거나 버리지만, 하룻밤이 지나면 그것은 다시 화자에게 되붙어 버린다. 그래서 결국 날고자 하는 화자의 꿈은 포기되고 만다.

그런데 꿈을 포기한 순간, 그러니까 자기 혼자만 자유를 누리겠다고 하는 개인적 욕망과 이기심을 내려놓는 순간 화자는 하나의 깨달음을 얻게 된다. 하늘을 날고자 하는 자신의 꿈을 포기하게 만들고, 또 늘 거추장스럽고 성가신 존재로 여겨졌던 것들이 사실은 자신의 꿈을 이룰 수 있게 해 줄 가장 든든한 날개가 될 수 있음을 비로소 깨닫게 된 것이다. 그제

서야 화자는 자신이 버린 것들을 거두어 날개를 만들어간다. 이제 머지않아 화자가 날개를 완성시켜서 새처럼 하늘을 날게 될 것이라는 사실은 충분히 유추가 가능해진다.

시적 주체는 자기 탐색을 통해서 불필요한 하나의 짐으로만 여겨졌던 주변 대상들에 대해 새로운 존재 가치를 깨닫게 됨으로써 이전과 다른 눈으로 대상을 바라볼 수 있게 되었다. 그것은 시적 주체가 맞이한 커다란 변화이다. 시적 주체가 이기적이고 좁은 시선으로만 세상을 바라보았을 때 자신에게 기대고 있는 모든 것들이 무겁고 벗어버리고 싶은 짐으로만 여겨졌으나 내면 탐구의 과정을 거치면서 그 존재에 대한 인식뿐 아니라 자신과 다른 존재들의 관계에 대해서도 새로운 관점으로 바라볼 수 있게 된 것이다. 이러한 자기 탐구야말로 시인을 성장시키는 동력이라고 하겠다.

> 선생의 '내면 찾기'는 그렇다고 거창하거나 요사스럽지 않다. 선생의 시가 그렇듯이 버림받은 것들의 아픔과 소중한 꿈을 끌어안는 '질박함' 혹은 '질박한 설움'의 미학이 있다. 아니 어쩌면 선생의 내면탐구는 작고 소중한 존재들의 내면을 들여다보고 그것과 일체가 되는 것을 꿈꾸는지도 모른다.
> (중략)
> 자기 모습을 돌아보는 엄중한 행위가 「낙일(落日)」이나 「초승달」에서처럼 절제된 예술미와 서슬 퍼런 시인의 마음으로 귀착되는 것은 지극히 당연한 일이다. 절제는 내면에서 우러나오는 것이고 혹독한 내면의 탐구에 의해서 벼려지는 것이다. 그것의 시퍼런 날은 마치 살기등등하면서도 고요한 정적이 흐르는 기(氣)의 흐름과도 흡사하다.193)

이병훈은 「날개」가 실린 시집 『쓰러진 자의 꿈』의 발문에서 신경림의 시가 절제된 예술미를 담고 있으면서도 서슬 퍼런 시인의 마음을 드

---

193) 이병훈, 「슬픈 내면의 탐구 -절제와 질박함의 미학」, 창비, 1993. 98~99쪽.

러내고 있다고 평가했는데, 그것이 가능했던 이유가 시인 스스로의 혹독한 내면 탐구에 있다고 보았다. 어느 시인이나 세상을 향하던 시선을 거두어 자신의 내면으로 향하게 고정시켜 놓고 스스로의 내면을 탐구하는 시간을 가지며, 그 결과를 시를 통해서 보여준다. 신경림 역시 『길』에서부터 치열한 자기 탐색과정을 거치면서 스스로를 담금질한다. 그리고 시적 대상을 향했던 시선을 시적 주체의 내면으로 이동시켜 자신을 점검하는 모습들을 시를 통해 보여준다. 이들 시편에서 신경림은 평론가나 독자보다 먼저 자기 자신을 돌아보고 성찰했으며, 부끄러운 삶의 모습들을 진솔하게 고백하면서 엄정한 자기비판을 통해서 반성에 이르는 과정을 드러낸다.

신경림 시에서 자기 자신을 들여다보는 시적 주체는 대상화된 '나'와 객관적 거리를 적절히 유지해나가면서 자기 자신을 탐색한다. 그리고 타인을 위해 자신을 내어놓을 때조차 이해를 먼저 계산했던 이기적인 태도와 인간적 욕망을 버리지 못하는 부끄러운 내면을 자조적인 시선으로 그려낸다. 그뿐 아니라 그동안 진실을 외면하며 살아왔던 과거의 시간도 반성하면서 올바른 주체로 바로 서고자 한다. 이렇게 시적 주체는 대상화된 자신을 최대한 객관적 거리에서 바라보고, 엄정한 비판과 반성을 통해 부끄러운 자신의 현재를 바로 세우고자 하는 의지를 드러낸다.

3. 자기정체성에 대한 회의와 주체성 회복 의지

분열된 또 하나의 '나'를 대상화하여 관찰하고 성찰하면서 자기반성을 이끌어내는 시적 주체는 과거와 현재에 대한 반성을 통해 하나의 주체로 바로 서려고 노력하지만 어쩔 수 없이 자신이 서 있는 현실로서의 '지금, 여기'와 그동안 자신이 가 닿고자 했던 세계 사이의 닿을 수 없는 거리를 확인하게 된다. 그러나 시적 주체는 욕망하는 자신을 반성하고 삶의 오류를 바로 잡으려는 노력을 포기하지 않는다. 시적 주체의 이러한 노력에도 불구하고 현재의 불안은 쉽게 극복되지 않고, 오히려 혼란에 휩싸이게 된다. 그리하여 시적 주체는 자신이 꿈꾸는 '사람답게 살 수 있는 세계'란 이룰 수 없는 이상에 불과하며 '지금, 여기'라는 실제세계는 이상세계에서 너무나 멀리 떨어져 있다는 인식에 이르게 된다. 시적 주체가 느끼는 실제와 이상의 괴리는 시적 주체를 불안하게 만든다. 영원히 새로운 세계를 구축하지 못하게 될 것이라는 불안은 시적 주체의 내면을 점점 잠식해간다. 이런 내면적 불안에 의해 시적 주체는 자기정체성에 대해서도 회의하게 되는데, 자신이 정작 '나'라고 믿었던 존재가 어느 순간 사라지고 자신이 부정했던 '나'가 전면화되자 불안은 더욱 증폭되게 된다. 시적 주체는 현재 자신의 내면에서 점점 가중되고 있는 이 불안들을 해소해야만 했는데, 시적 주체가 찾아낸 불안 해소의 가장 쉬운 방법은 과거로의 회귀, 즉 현재에서 벗어나 과거로 도피하는 것이다.[194]

그러나 과거란 주체에게 안락한 도피처가 되어줄 수 없는 시간이다. 인간에게 있어 과거란 현재와 단절되어 있는 독립된 시간이 아니라, 이 순

---

194) 프로이트는 '인간은 불안에 의해서도 성격적 변화를 겪게 되는데, 이 불안을 심리적 방어기제(defence mechanism)를 통해서 극복한다.'고 했다. 여덟 가지의 방어기제 중 '퇴행(Regression)'은 좀 더 안전했거나 행복했던 과거로 되돌아감으로써 현재의 불안을 극복하려는 방어기제인데(문덕수 외, 『현대의 문학이론과 비평』, 시문학사, 1991. 45~47쪽 참고), 신경림의 시에서 인식대상으로서의 '나'가 '지금, 여기'에서 느끼는 불안에서 벗어나기 위해 과거로 회귀하고자 하는 이 심리는 방어기제 '퇴행'에 해당된다고 하겠다. 시적 주체 '나'는 과거로 회귀하고자 하는 인식대상으로서의 '나'의 지향을 '현실 도피'로 판단하고 자신의 태도를 고백함으로써 반성에 이르고자 한다.

간에도 인간에게 영향을 끼치는 현재의 또 다른 이름이기 때문이다. 신경림의 시에서 과거는 또 다른 맥락에서 중요하게 다루어지는데, 일제강점기나 6·25전쟁과 같은 굵직한 역사적 사건뿐 아니라 개개인의 삶의 기록이라는 측면에서도 중요한 의미를 가지기 때문이다.

『길』에서부터 시적 주체는 현재의 시간으로부터 벗어나 과거로 도피하고자 하는 모습을 보이는 한편 과거의 시간에 속박되지 않으려는 모순적인 태도를 드러낸다. 이런 이중적 태도는 현재 주체가 맞고 있는 '지금, 여기'의 현실과 자기정체성에 대한 회의에서 비롯된 현재의 불안이 얼마나 심각한지를 방증해주는 것이라 하겠다. 「그림」은 시적 주체의 이러한 불안을 잘 보여준다.

> 옛사람의 그림 속으로
> 들어가고 싶은 때가 있다
> 배낭을 맨 채 시적시적
> 걸어들어가고 싶은 때가 있다
> 주막집도 들어가보고
> 색시들 수놓는 골방문도 열어보고
> 대장간에서 풀무질도 해보고
> 그러다가 아예 나오는 길을
> 잃어버리면 어떨까
> 옛사람의 그림 속에
> 갇혀버리면 어떨까
> 문득 깨달을 때가 있다
> 내가 오늘의 그림 속에
> 갇혀 있다는 것을
> 나가는 길을 잃어버렸다는 것을
> 두드려도 발버둥쳐도
> 문도 길도
> 찾을 수 없다는 것을

오늘의 그림에서
빠져나가고 싶을 때가 있다
배낭을 메고 밤차에 앉아
지구 밖으로 훌쩍
떨어져나가고 싶을 때가 있다

─「그림」 전문

화자는 고화를 감상하다 문득 그림 속으로 들어가고 싶은 때가 있었음을 고백한다. 과거의 시간 속으로 도망치듯 홀쩍 떠나버리고 싶었던 화자가 그림의 세계에서 원하는 것은 결코 특별한 것이 아니다. 낯선 사람들을 만나고 그곳에서 새로운 것을 경험하고자 하는 소박한 바람뿐이다. 그러나 화자의 바람은 점점 왜곡된 형태를 띠면서, 아예 그 세계 속에 갇혀버리고 싶은 열망으로 변질된다. 의도적으로 "나오는 길을 잃어버리면 어떨까"하고 생각하는 것이다. 이는 불안한 '지금, 여기'에서 벗어나고자 하는 염원이 자신을 과거 속에 안전하게 숨김으로써 스스로를 보호하고자 하는 왜곡된 형태로 드러난 것이라고 할 수 있다.

'지금, 여기'에 대한 화자의 불안이 과거에 갇히고 싶어 하는 그릇된 욕망으로 나타나는 순간, 화자는 자신이 주체적으로 현재를 사는 존재가 아니라 오히려 오늘 속에 갇혀버린 비주체적인 존재임을 깨닫게 된다. 그리고 오늘의 그림 속에서 이미 나가는 길을 잃어버렸으며 발버둥을 쳐도 나가는 문을 찾을 수 없다는 절망적인 사실 또한 분명하게 깨닫는다. 그렇기 때문에 화자는 더욱 더 현재라는 시간에서 도피하고자 열망한다. 도피를 통해서 현재에 갇힌 존재가 아닌 얽매임 없이 자유를 누리는 참 '나'로 되돌아가고자 하는 것이다. 물론 이 시편에는 화자가 왜 현재에 대해 불안과 불만족을 느끼는지 그 원인이 구체적으로 드러나 있지 않다. 그러나 지구를 떠나고 싶다고 하는 발언을 두고 보더라도 화자를 억압하는 현재라는 시간의 힘이 얼마나 강력한 것인지를 짐작할 수 있다. 이때 갇혀 있는 화자가 현재 느끼는 억압의 힘이 강하면 강할수록 현재로부터 도피하고자 하는 화자의 열망 또한 그 강도를 더해가게 된다.

인간은 보통 현재가 고통스럽거나 불만스러울수록 과거로 도피하고자 하는 바람을 갖게 된다. 과거는 인간들에게 언제나 완전한 세계로 인식되며, 기억 속의 고통이나 슬픔조차 은폐되거나 미화되어져 마치 과거가 이상적인 시간이었던 것처럼 인식되기 때문이다. 이렇게 과거는 기억의 조작으로 인해 늘 이상화된 형태로 떠오르기 마련인데, 현재가 고통스러울수록 과거라는 시간은 시적 주체에 의해 더욱 왜곡되고 미화되어 점점 비현실적인 세계가 된다.

이 시의 시적 주체 역시 현재의 상황으로부터 벗어나고자 한다. 그러나 현재의 고통이나 슬픔 따위로부터 달아나는 단순한 도피가 아니라 현재에 '갇혀 있음'에서 벗어나고자 하는 것이다. 시적 주체가 오늘을 산다고 표현하지 않고 오늘에 갇혔다고 표현하는 것을 볼 때 시적 주체가 두려워하는 것 자체가 오늘에 갇히는 것임을 알 수 있다. 오늘에 갇혀 있다는 것은 과거와 미래로부터 단절되었음을 의미한다. 현재는 과거로부터 왔으며 또한 현재는 미래를 만들어가는 시간임에도 불구하고 현재에만 갇혀 있다면 오늘이라는 시간은 건강한 시간, 살아있는 시간으로 보기 어렵다. 인과가 사라지고 희망도 가질 수가 없는, 과거와 미래로부터 배제된 시간이 된다. 미래가 있을 때 인간은 희망을 가질 수 있고 새로운 꿈을 꿀 수 있기 때문이다. 시적 주체는 이러한 인식 아래 갇혀 있는 오늘에서 탈출하고자 한다. 문을 두드리고 발버둥을 친다. 그러나 곧 문도 길도 찾을 수 없다는 사실을 스스로 깨닫게 된다. 그럼에도 화자는 오늘의 그림에서 빠져나가고자 하는 간절한 바람을 떨쳐내지 못한다.

시적 주체는 자신이 갇혀 있는 오늘의 상황을 깨달은 뒤 스스로의 의지로 변화시키기보다 도피하는 것으로 모든 문제를 해결하려 하다 실패를 겪는다. 실패를 겪으면서도 오늘을 벗어나는 꿈을 계속 꾸게 되는데,[195] 이러한 자신의 모습을 시적 주체는 담담한 어조로 고백한다. 자신을 가두고 있는 현재를 벗어나 과거로, 혹은 지구 밖으로 도피하고자 하는 자신의 비겁함을 스스로 드러내어 현재의 오류와 잘못에서 벗어나고자 하는 것이다. 그리고 오늘에 갇힌 자신을 스스로 구해내려는 의지적 모습을 끝내 보여주지 못하는 부끄러운 자신의 현재를 진솔하게 고백함으로써 자기반성과 주체성의 회복에 이르고자 한다. 이런 반성적 태도는 때로 시적 주체로 하여금 잃어버렸던 자신의 참 모습을 되찾도록 이끌어주는데, 이로써 시적 주체는 주체성의 회복에 한 걸음 더 나아갈 수 있게 된다.

앞 못 보는 사람이 개울을 건너고 있다
지팡이로 판자다리를 더듬으며
빠질 듯 빠질 듯 위태롭게 개울을 건너고 있다
나는 손에 땀을 쥔다 가슴이 쥔다
꿈속에서처럼 가위 눌려 소리도 지르지 못한다

그러다 문득 나는 개울을 건너고 있는 것이
그가 아니라 나 자신이라는 것을 안다
앞이 안 보여 지팡이로 더듬거리며 빠질 듯 빠질 듯
위태롭게 개울을 건너고 있는 것이
우리들 바로 자신이라는 것을 안다

---

195) 과거에서 희망을 찾으려는 시도는 「어머니와 할머니의 실루엣」에서도 나타난다. 노년의 화자가 유년시절의 "재봉틀을 돌리는 젊은 어머니와/ 실을 감은 주름진 할머니"가 있는 과거를 세상의 전부로 삼는 모습을 볼 수 있다.

사람들이 소리도 지르지 못하고
안타깝게 발을 동동 구르고 있는 그 앞을
　　　　　　　　　－「앞이 안 보여 지팡이로 더듬거리며」 전문

　이 시에서 화자는 대상을 관찰하고 있는 관찰자이다. 화자가 바라보는 대상은 앞을 보지 못하는 장애인으로 지금 개울을 건너고 있다. 빠질 듯이 위태롭게 다리를 건너는 모습을 관찰하던 화자는 자신도 모르게 대상에게 동화되는데, 그로 인해 장애인의 위태로움이 화자에게 그대로 전이된다. 화자는 손에 땀이 나고 가슴이 죄이며, 소리조차 지를 수 없는 긴박감을 느낀다. 이때의 화자 반응을 보면 인식대상과 적절한 거리를 확보하지 못하여 '거리 두기'에 실패한 듯이 보인다.

　그러나 2연에 이르면 화자가 대상과의 거리 조절에 실패할 수밖에 없는 이유가 드러난다. 처음 화자는 개울을 건너는 장애인을 보았을 때 그 위태로운 모습에 몹시 불안해하고 안타까워한다. 그러나 곧 타인인 장애인이 바로 화자 자신이었음을 깨닫게 된다. 화자는 장애인이 자기 자신이었다는 사실을 뒤늦게 알게 되었다고 하나, 사실 그 이전부터 화자는 이미 장애인에게서 자신의 모습을 발견했던 것으로 보인다. 그렇기 때문에 장애인이 위태롭게 개울을 건널 때 마치 자신의 일처럼 불안해하고 어쩔 줄을 모르는 지경에까지 이르렀던 것이다.

　그런데 화자 자신이 바라보던 '나'는 수없는 '나'로 확장되면서 '나'가 모인 집단으로서의 '우리'(「진드기」, 「복사꽃 ― 말골에서」)를 이루게 된다. 이제 위태로운 다리를 건너는 것은 '나' 혼자가 아니라 '우리' 모두가 된다. 즉, 처음 대상으로 인식되던 장애인이 '나'와 하나가 되고, '나'는 다시 수많은 '나'로 확장되면서 '우리'라는 집합으로 변모되는 것이다. 이러한 변모를 겪는 동안 화자는 자신이 앞을 보지 못하는 장애인이었음을 비로소 자각하게 되며, 현재 위태롭게 판자다리를 건너고 있다는 사실과 '나'가 또 다른 수많은 '나'와 함께 위태로운 현재를 살아가고 있음을 인식하게 된다. 이렇게 시적 주체는 그동안 외면하고 있었던 자신의 참 모습을 발견하게 되면서 자신에 대해 회의하게 되는데, 회의를 통해서 자기반성뿐 아니라 주체성을 회복해가고자 하는 의지를 드러낸다.

> 지금 우리는 너무
> 쉽게 살아가고 있는 것은 아닌가,
> 너무 편하게만 살려고 드는 것은 아닌가,
> 우리가 먹고 자고 뒹구는 이 자리가
> 몸까지 뼛속까지 썩고 병들게 하는
> 시궁창인 걸 모르지 않으면서도,
> 짐짓 따스하고 편안하게 느껴지는 이 자리가
> 암캐의 겨드랑이나 돼지의
> 사타구니일지도 모른다고 생각하면서도.
>
> 음습한 그곳에 끼고 박힌 진드기처럼
> 털과 살갗의 따스함과 부드러움에 길들여져
> 우리는 그날 그날을 너무 쉽게
> 살아가고 있는 것은 아닌가,
> 시큼한 냄새와 떫은 맛에 취해
> 너무 편하게 살려고만 드는 것은 아닌가,
> 암캐나 돼지가 타 죽는 날
> 활활 타는 큰 불길 속에 던져져
> 함께 타 죽으리라고는 생각도 못하고서.
>
> ─「진드기」 전문

「진드기」는 현실이 주는 물질적 안락함에 취해 쉽고 편하게만 살아가고자 하는 현대인들, 특히 시적 주체를 포함하고 있는 '우리' 자신의 삶에 대한 회의와 시적 주체의 반성적 사유를 담아내고 있다.

이 시에서 화자가 제기하는 문제 중 가장 중요한 지점은 바로 "자리"이다. 자리는 화자가 삶을 이어가는 물리적인 공간이기도 하지만, 현재의 '나'와 '우리'의 내면이 위치하고 있는 세계이기도 하다. 지금 화자가 편하게 뒹굴며 살아가는 이 자리는 화자가 진정한 평화를 누릴 수 있는 공간은 아니다. 화자가 끊임없이 자신이 위치하고 있는 이 자리에 대해 회의하고 의문을 가지는 데서 그것을 짐작할 수 있다. 그러나 당장의 편리함이나 안락함 때문에 현재의 "이 자리"를 포기하지 못한다.

시적 주체는 자신이 차지하고 있는 자리가 마냥 좋은 곳만은 아니라는 사실을 인식하고 있다. 아니 이 자리가 결국에는 자신의 몸을 썩고 병들게 할 "시궁창"이라는 것을 분명하게 인식하고 있다고 하는 것이 좀 더 정확한 표현일 것이다. 그러나 이미 이 자리가 주는 따스함과 부드러움에 길들여져 있기 때문에 문제의식에도 불구하고 '여기'를 벗어나고자 하는 노력을 전혀 기울이지 않는다. 타인에게 빌붙어서 마치 진드기처럼 살아가고 있는 자신의 모습을 지켜보는 시적 주체는 '우리'가 결국에는 불길 속에서 타 죽고 말 것이라는 명백한 결말을 예견하면서 안타까움을 드러낸다.

이렇게 두려운 결말을 예견하고 있으면서도 시적 주체는 대상으로서의 자신('우리')을 바라볼 때 결코 서로의 거리를 좁히지 않은 채 일정한 거리를 유지한다. 그렇기 때문에 진드기처럼 불에 타서 죽게 될 위험을 안고 있는 '우리'의 상황을 마치 타인의 삶을 들려주듯 담담한 어조로 전달하고 있는 것이다. 주관이 배제된 담담한 어조는 오히려 '우리'가 앞으로 맞이하게 될 끔찍한 죽음을 더욱 공포스러운 것으로 만들어 놓는다. 그것은 '우리'가 현재 "이 자리", 즉 암캐나 돼지의 겨드랑이나 사타구니 속에 살다가 어느 순간 불길 속에서 타 죽게 될 것이라는 점을 스스로에게 환기시키기 위한 하나의 전략으로 보인다. 이렇게 함으로써 '우리'가 현재의 상황을 깨달아 미래를 위해 현재의 안락함을 과감하게 포기하고 기생충처럼 타인에게 빌붙어 사는 삶이 아닌 주체적인 삶을 살아가기를 바라는 것이다. 여기에서 시적 주체는 자기정체성을 확립하고 '나-그것'으로 관계 지어졌던 인식주체와 인식대상으로서의 관계를 '나-너'의 인격적 관계로 회복하고자 한 것으로 보인다. 따라서 이 시는 '우리'가 현재를 재인식하고 주체적인 삶을 살기를 간절히 바라는 시적 주체의 바람이 투영된 작품이라고 할 수 있다.

앞에서 살펴본 「그림」과 「앞이 안 보여 지팡이로 더듬거리며」와 「진드기」에서는 시적 주체의 변모과정을 발견할 수 있는데, 이 변화를 정리해 보면 다음과 같다. 먼저 「그림」에 나타나는 시적 주체는 분열된 주체인 '나'이다. '나'는 대상화된 '나'를 바라보고 있는 존재로 등장한다. 그리고 「앞이 안 보여 지팡이로 더듬거리며」에 처음 등장하는 시적 주체 역시 분열된 주체로서의 '나'이다. 그러나 시적 주체 '나'는 어느새 '우리'라는 집단적 주체로 변모되는 동시에 자신이 처해 있는 위태로운 현실을 직시할 줄 아는 존재로 성장한다. 반면 「진드기」에서는 분열된 주체 '나'가 아예 등장하지 않고 처음부터 '우리'로 등장한다. 시적 주체의 이런 변모는 신경림의 시가 나아가고자 하는 방향이 '나'가 아니라 '우리'라는 것을 짐작하게 한다.

『길』에서부터 '나'로 등장하는 분열된 주체는 자신의 이기심과 욕망에 대한 자기폭로와 반성을 통해 끊임없이 자신을 정화하고자 한다. 이렇게 시적 주체가 자신을 철저하게 탐색하고 성찰하는 궁극적인 목적은 자신을 바로 세워『南漢江』에서 실패로 끝났던 민중의 투쟁에 대한 새로운 방향을 모색하고자 함이다. 그러나 시적 주체는 반성하는 가운데 만나게 된

'작은 이웃'들의 삶을 통해 '작은 이웃'과 또 다른 '작은 이웃'의 연대가 가능함을 알게 되고, 이후 '작은 이웃'들의 연대로 탄생하게 될 공동체세계 '우리'196)의 구축을 하나의 목표로 설정하게 된다.

---

196) 『길』에서부터는 초기시와 마찬가지로 '우리'를 매우 중요하게 다루고 있다. 시적 주체가 '우리'로 나타나든 '나'로 나타나든 '우리'의 시선(혹은 의식)으로 대상을 바라보거나,(「싹」, 「만남」, 「담장 밖」, 「아카시아를 보며」, 「진드기」, 「난장이 패랭이꽃」, 「풍요조(風謠調)」, 「추운 겨울」, 「새밑에 오는 눈」, 「유배(流配)」, 「아름다운 열차」, 「공룡, 호모사피엔스, 그리고…」 등) '나'의 시선에 '우리'를 투사시키기도 하고,(「홍수」, 「빛」, 「아, 막달라 마리아조차!」, 「용서」 등) '사람들'이 모인 집합으로서의 '우리'가 나타나기도 한다.(「어둠 속으로」, 「오랑캐꽃」, 「화톳불, 눈발, 해장국」, 「손」, 「귀성 열차」 등) 이런 점을 미루어볼 때, 신경림의 『가난한 사랑노래』 이후의 시에서도 여전히 '우리'의 세계를 지향하고 있으며, 시에 등장하는 수많은 '나'는 '우리'를 이루는 하나의 구성원으로서 특징지을 수 있을 것이다.

제5장 윤리적 주체의 연민의식과 세계로서의 '우리' 구축

신경림 시는 1980년대 중반까지 민족문학론의 색채를 뚜렷이 드러내지만 1980년대 말에 이르면 그 색채는 눈에 띄게 옅어진 것처럼 보인다.[197] 이전까지 민중의 강한 목소리에 분단과 통일, 역사 문제를 지속적으로 담아내던 것이 『길』에서부터는 '작은 이웃'이 서서히 민중의 목소리를 대신하기 시작하는데, 이러한 '작은 이웃'의 등장[198]은 분열된 주체 '나'의 자기성찰과 긴밀한 관련성을 맺고 있다.[199] 시적 주체 '나'는 대상화된 '나'

---

197) 신경림은 강정과의 인터뷰에서 '시라는 것은 지식이어도 안 되고 옳은 소리만 떠들거나 누구를 가르치고 끌고 가려해서도 안 되며, 변혁운동을 이끌어야 한다고 외쳐도 안 된다. 그러다 보면 문학적으로 패배자가 되고 만다.'고 강조하면서 자신도 1980년대 시가 역사에 기여해야 하고 변혁운동에 복무해야 한다고 외쳤던 때가 있었다고 고백했다. 그리고 그런 시기에는 시 쓰기가 재미없고 신명이 나지 않았다고 했다.(강정, 앞의 글, 287쪽)

198) 이 글에서 말하는 '작은 이웃'이란 가까이 산다는 의미의 이웃을 지칭하는 것이 아니라, 힘없고 가난하며 가장 낮은 곳에서 힘겹게 삶을 영위해가는 사회적 약자이면서, '우리'를 이루는 가장 작은 단위로서의 개별자를 말한다. 이 '작은 이웃'은 시적 주체에게 있어 민중이라는 집단 내에서 이해되는 존재가 아니라 한 개인으로서 시적 주체에게 다가오는 타자적 존재이며, 시적 주체가 사랑과 연민으로써 감싸 안아야 할 책임이 있는 대상이다.

여기에서 한 가지 짚어보아야 할 것은 『길』 이전의 시에도 '작은 이웃'으로 볼 수 있는 농민, 노동자, 장꾼, 도시빈민들이 등장한다는 사실이다. 그러나 『길』 이전에 나타나는 농민과 노동자 등은 개별자로서 등장하는 것이 아니라 대체로 집단 형태로 등장하거나 개별자라고 하더라도 이들은 시적 주체의 사회적·정치적 시각에 의해 포착된 존재들이다. 따라서 『길』에서부터 나타나는 '작은 이웃'은 '민중'의 구성원인 개별자와 그 성격에 있어 분명한 차이를 갖는다고 하겠다.

199) 신경림의 시에서 자기 성찰적 면면을 다룬 연구에는 대표적으로 김성규와 강정구의 논의가 있다. 김성규는 신경림의 자아성찰의 결과로 '인류애의 확장'을 제시했다. 그

를 성찰하는 가운데, 이기적인 주체(「진드기」, 「다리」, 「연인」), 욕망하는 주체(「발자국」, 「뗏목」, 「성탄절 가까운」), 진실을 외면하는 주체(「고장난 사진기」, 「숨막히는 열차 속」), 현재에서 도피하고자 하는 주체(「역전 사진관집 이층」, 「이 한장의 흑백사진」)를 마주하게 되는데, 이때 시적 주체는 자기성찰을 통해서 자신의 잘못을 바로잡고 '나'를 회복함으로써 윤리적 주체로 성장할 수 있었으며, 그 결과 '작은 이웃'을 재발견할 수 있었다. 시적 주체가 성찰과 반성의 과정을 거치지 않았다면 이기적 욕망에 사로잡혀 윤리적 주체로 거듭나지 못했을 것이며, 가난하고 소외된 약자들을 재발견하기 어려웠을 것이 분명해 보인다는 점에서 자기성찰과 '작은 이웃'의 발견은 불가분의 관계에 있다고 하겠다.

윤리적 주체의 등장은 『길』에서부터 드러나기 시작하는 시의 변화와 상관성을 갖는다. 『길』의 시편들을 보면 시적 주체와 타자, 소재, 어조 등 몇 가지 측면에서 그 이전과는 확연히 다른 모습을 보여주는데, 이와 같은 변화를 이끌어낸 동인200)을 찾아보면 몇 가지의 설명이 가능해진다.

는 신경림이 '길'을 통해서 많은 이들을 만나면서 시와 같은 느낌과 방언적 요소의 가치를 깨닫게 되고 이 깨달음 속에서 사람마다 지닌 정서적 동일성을 확인함으로써 이웃과 민족은 물론 다른 민족에까지 인류애적 친화의 확장을 가져오게 되었는데, 이것이 주체의 자아성찰의 결과라는 것이다.(김성규, 앞의 글, 136쪽) 반면 강정구는 신경림이 자신의 내면을 성찰함으로써 소외된 자신의 현실을 극복하려 했다고 보았다. 이때 주체는 자신의 현실을 객관화하여 내면을 표상한 뒤, 자기 자신에 대한 반성과 비판을 전개했는데, 그 결과 자신과 역사를 이해하고 긍정할 수 있었다고 보았다.(강정구, 「신경림 시의 서사성 연구」, 경희대 박사학위논문, 2003. 187~188쪽)

200) 이병훈(이병훈, 「발문」, 『쓰러진 자의 꿈』, 창비, 1993. 97쪽)은 『쓰러진 자의 꿈』에서 시인이 도달한 결론 중 하나는 '시적 탐구가 곧 시인 자신에 대한 탐구'라고 설명하면서, 이 결론은 1970~1980년대의 역사적 산물이었던 민족문학론의 성과를 자기성찰을 통해서 내면화해야 한다는 일종의 방향전환을 암시한다고 보았다. 반면 정민(정민, 「신경림 시론의 변화 양상과 그 의미」, 『한국현대문학연구』25, 한국현대문학연구회, 2008. 164~165쪽)은 "1980년대 후반부터 신경림의 '민중', '민요'에 대한 시각이나 인식이 달라졌음을 알 수 있다. 나아가 신경림의 시론도 변화하였다."고 설명하면서, 변화의 원인 몇 가지를 분석하여 제시했다. 변화의 원인에는 사회성 강한 시보다 아름다우면서도 감동을 줄 수 있는 시 쓰기에 대한 내적 욕구와 시의 사회성과 예술성이

가장 먼저 생각해 볼 수 있는 것은 민중문학론의 변화이다. 1980년대에 들면서 민중문학론은 1970년대 민중문학론과 연속성을 지니면서도 중요한 부분에서 단절을 보였다. 김영민의 설명에 의하면 신경림에 의해 제기되었던 '민중의 문학, 민중을 위한 문학'이 '작가는 민중이 아니라 어차피 지식인일 수밖에 없다'고 보는 1980년대의 젊은 세대들에게 불충분한 논리로 받아들여졌고, 그래서 민중 자신이 생산 주체인 문학으로서의 '생활문학'이 제창되기에 이르렀다.201) 이러한 민중문학론에 대한 비판과 함께 1980년대 말경 민족문학론이 민중적 민족문학론, 소시민적 민족문학론, 민주주의 민족문학론으로 세분화되고 상호 비판 과정을 겪는 와중에『南漢江』에서 드러난 것처럼 민중운동이 실패로 끝나자 민족문학론에 대한 신경림의 내적 고민과 변화가 뒤따를 수밖에 없었을 것으로 짐작된다. 그리고 이런 변화가 신경림의 시세계에도 어느 정도 영향을 끼쳤을 것으로 판단된다.

민족문학론의 변화가 신경림 시에서 구체적으로 어떤 역할을 했는지는 확인하기 어려우나 시의 변화를 고려해 볼 때, 1980년대 후반에서부터 (민족문학의 색채가 옅어졌다기보다) 민족문학의 방법론적 측면에서 방향을 전환했다고 볼 수 있다. 1~2기 시에서 신경림은 '민중', '역사', '분단', '저항의식' 등을 시의 중심에 두었으나 3기 이후의 시에서는 '나'와 '작은 이웃'의 자기성찰을 중심에 두는 방향으로 이동한 것이다. 그러나 이러한 이동에도 불구하고 '우리'라는 시어를 끝까지 놓지 않음으로써 '우리'가

다르지 않다는 깨달음, 그리고 민요의 한계 인식과 같은 문학 내적인 요소들과 함께 사회의 민주화, 진보 성향의 정권 수립, 남북 긴장 완화, 세계화 등의 문학 외적인 변화가 작용한 결과라고 설명하면서 변화의 원인을 다양하게 분석했다. 송지선(송지선,「신경림 시의 로컬리티 연구」, 전북대 박사학위논문, 2013. 8쪽)의 경우에는 신경림 시의 변화를 민중의 의미가 희미해지는 탈근대라는 새로운 패러다임의 형성에 의한 것이라고 간단히 설명했다.

201) 김영민,『한국 현대문학비평사』, 소명출판, 2000. 409~410쪽.

만들어갈 세계에 대한 지향을 지속적으로 드러냈으며, '나'와 '작은 이웃'들과의 연대를 통하여 '우리'라는 세계를 구축하고자 하는 것을 볼 때, 민족문학론을 실천하는 방법적 측면에서 '민중'이라는 집단적 주체가 '우리'라는 세계를 이루는 가장 작은 단위인 '나'와 '작은 이웃'으로 전환되었다고 보는 것이 적절할 것이다.

　신경림 시세계의 변화는 민족문학론과의 관련성뿐 아니라 신경림의 내적인 변화와도 관련이 깊을 것으로 보인다. 이를 뒷받침해줄 신경림의 설명을 들어보자. 「나는 왜 시를 쓰는가」[202]에서 그는 시가 세상에 기여해야 한다는 신념 때문에 반유신, 반군사독재적인 경직된 시를 썼고 민요를 도입하여 시에 변화를 주고자 했으나 시가 더욱 답답해지기만 했다고 고백한다. 그러다 『가난한 사랑노래』 이후에야 민요의 중압감에서 벗어나 '나와 우리'의 구체적인 삶을 충실히 그려내는 시를 썼고, 『어머니와 할머니의 실루엣』(1998), 『뿔』(2002)의 시편들을 쓰면서 자신의 길을 찾았다고 했다. 그는 자신의 시가 아름다운 삶을 제약하는 여러 조건과 맞서는 동시에 자신이 천착해왔던 민족, 민중, 민요 등이 더 이상 족쇄가 아닌 활기를 불어넣어주는 바람이 될 것이라는 확신도 갖게 되었음을 밝혔다.

　　시집 『길』 속의 시를 쓰면서 나는 서서히 민요의 중압감에서 벗어났다. 고지식하게 민요에 매달릴 것이 아니라 민요에서도 배울 것이 있으면 배우고 배울 것이 없으면 배우지 말자고 생각을 정리한 것이다. 시대의 요구에 대한 대답이란 명제도 그렇다. 그 시대의 삶에 깊이 뿌리 박는 것으로 충분하지 그 이상의 대답은 있을 수 없다는 생각이 들었다. 오늘의 나의 삶, 우리들의 삶에 충실한 시를 쓰자. 이렇게 생각하면서 나는 시 쓰는 일이 조금씩 편해지고 즐거워지기 시작했다. 또 생각했다. 내가 시를 쓰는 한 내게는 시 쓰는 것보다 더 중요한 삶은 없다고. 말하자면 스스로 문학주의자로 자

---

202) 신경림, 「나는 왜 시를 쓰는가」, 『낙타』, 창비, 2008. 124~126쪽.

임하기로 결심한 것이다.[203)]

신경림은 한동안 '시는 그 시대의 요구에 대한 대답이 되어야 한다'는 명제에 충실하면서도 마음 한구석에는 늘 더 많은 사람들에게 감동을 줄 수 있는 아름다운 시를 쓰고 싶은 유혹을 느꼈다고 한다. 그러나 주변의 식에서 벗어나지 못한 그의 시는 점점 더 경직되어 갔다. 1980년대는 신경림에게 있어 시 쓰기가 가장 어렵고 지루했던 시기로 남아 있다.[204)] 당시 신경림은 시가 "시대의 삶에 깊이 뿌리 박는 것으로 충분하"다는 생각 끝에 "오늘의 나의 삶, 우리들의 삶에 충실한 시"를 쓰겠다는 의지를 다진다. 이러한 신경림의 내적 변화는 곧『길』에서부터 드러나기 시작한다. 『길』에 실린「후기」는『길』이후 이어지게 될 신경림 시의 행보를 충분히 짐작하게 해준다.

시집을 정리하면서 또 하나 느낀 게 있다면, 오늘의 우리 시가 너무 크고 높은 것만 좇고 있는 것이 아닌가, 그래서 자잘한 삶의 결, 삶의 얼룩은 다 놓치고 있는 것이 아닌가 하는 점이었다. 어쩌면 민중을 노래한다면서 민중의 참삶의 깊은 곳은 보지 못하고 기껏 민중을 이끌고 가는 혹은 이끌고 가는 것처럼 보이는 힘을 힘겹게 뒤쫓아 가는 처절한 모습이 우리 시 한쪽에 보이기도 했기 때문이다. 과연 시가 그토록 욕심을 가지는 것이 올바른 일인가. 시의 값은 오히려 본질적으로 작고 하찮은 것, 못나고 힘없는 것, 보잘 것 없는 것들을 돌보고 감싸안고, 거기에 그치지 않고 스스로 낮고 외로운 자리에 함께 서고, 나아가서 그것들 속의 하나가 되는 데 있는 것이 아닐까. 또 그것이 시의 참길이 아닐까. 그렇다면 시는 잘나고 우쭐대고 설치는 사람들의 몫이 아니라 못나고 겸허하고 착한 사람들의 몫일는지도 모를 일이다.[205)]

---

203) 신경림,「시는 스스로 충만한 한 그루 나무」,『우리 시대의 시인 신경림을 찾아서』, 2002. 25~26쪽.
204) 신경림, 위의 책, 25쪽.

『길』에서부터는 시적 주체의 시선이 '우리'와 대립하는 현실세계에서 사회적 약자인 '작은 이웃'에게로 옮겨가고 어조와 표현에 있어서도 뚜렷한 변화를 보여준다. "작고 하찮은 것, 못나고 힘없는 것, 보잘 것 없는 것들"에 따뜻한 시선을 보내고 그들의 삶에 공감하던 주체는[206] 『어머니와 할머니의 실루엣』에 이르면 1~2기의 민중으로서의 집단적 주체 '우리'와 3기의 분열된 주체와는 또 다른 시적 주체, 즉 낯선 얼굴로 다가오는 타자 '작은 이웃'을 동일자로 환원하지 않고 타자성을 가진 그대로의 타자로 맞아들임으로써 종내에는 모든 타자들과 연대하고자 하는 윤리적 주체[207]로 등장한다. 이렇게 시적 주체가 변화를 겪게 된 것은, "어깨"(「새재」)를 끼는 '민중'의 힘으로 부조리하고 폭압적인 세계에 저항하여 세계를 바로잡음으로써 모두가 하나가 되는 세계를 지향했으나 민중들의 저항적 투쟁운동이 실패한 이후 자기성찰 과정을 거치면서 사회적·정치적 의미로서의 '민중'이 아닌 '작은 이웃'과의 연대를 통해 사람이 사람답게 살 수 있는 세계를 구축하고자 했기 때문이다. 이 새로운 목표가 신경림 시세계의 변화를 이끈 가장 큰 동력이라고 설명할 수 있을 것이다. 이 외에도 우리나라가 독재정치에서 조금씩 벗어나고 남북 간의 대립이 점차 완화되는 등의 정치적 변화도 어느 정도 영향을 미쳤을 것으로 보인다. 신경림 시에 나타나는 시적 주체의 변화를 정리해보면, 민족문학에 대한

---

205) 신경림, 「後記」, 『길』, 창작과비평사, 1990. 116~117쪽.

206) 신경림은 '우리 사회에는 박해받고 착취당하는 천만 노동자조차 오히려 부러워하며 사는 엄청나게 많은 빈민들이 있다는 사실을 언급하면서, 이들이 비록 변혁의 주체가 되지 못하거나 변혁운동에 아무런 도움이 되지 못하더라도 문학조차 이들을 외면해서는 안 된다.'고 강조한 바 있다.(신경림, 「나의 노래, 우리들의 노래」, 『창작과 비평』 18권 4호, 창비, 1990. 268쪽)

207) 이 글에서는 자기반성을 통해 새로운 '나'로 거듭난 뒤 사회적 약자인 '작은 이웃'을 시적 주체의 친밀함의 영역 속으로 데리고 가 연대를 맺고, 이 연대를 확장시켜 또 다른 '작은 이웃'과 연대함으로써 사람답게 살 수 있는 '우리'라는 세계의 구축을 추구하는 시적 주체를 윤리적 주체로 보았다.(콜린 데이비스, 주완식 옮김, 『처음 읽는 레비나스』, 동녘, 2014. 67~68쪽 참고)

방법론과 신경림의 내적 변화에 의해, 그리고 시적 주체가 마주하는 인식 대상(타자)에 의해 시적 주체가 '민중'이라는 집단에서 '우리'를 이루는 개별적 존재인 '나'로 새롭게 구성되었다고 할 수 있다.

신경림의 내·외적 변화에 따른 시적 주체의 변모를 염두에 두고 다시 시적 주체와 현실세계의 관계로 돌아가 보면, 2장에서 파악된 바와 같이 시적 주체가 민중이라는 집단 '우리'로 나타날 경우 타자는 '우리'와 마주하고 있는 '현실세계'가 된다. 이 현실세계는 매우 폭력적인 성격을 띠고 있으며 '우리'의 주체성을 빼앗고 '우리'를 수동적인 인간으로 살게 한다. 그렇기 때문에 '우리'는 세계에 대한 울분을 가슴에 품고 살아간다. 그러다 '우리'는 빼앗긴 것과 되찾아야 할 것이 무엇인지를 스스로 깨닫게 되고, 이 깨달음은 곧 현실세계에 대한 저항으로 이어진다. 그러나 시적 주체가 집단적 주체 민중이 아닌 분열된 주체 '나'로 등장하는 경우 타자는 '인식대상으로서의 '나'이거나 '작은 이웃'으로 나타난다. 이러한 시적 주체와 타자의 변모는 시적 주체와 타자의 관계에도 새로운 변화를 가져온다. 타자가 현실세계가 아닌 가난하고 소외된 삶을 살아가는 '작은 이웃'인 경우 시적 주체 '나'는 타자에 대해 책임감을 가지고 고통 속에 있는 타자를 연민하는 윤리적 주체가 된다.[208] 윤리적 주체와 마주하는 '작은 이웃'들은 다양한 신체 이미지로 나타나는데, 이때 신체적 이미지와 인간을 상징하는 자연 이미지는 대부분 상처 입거나

---

208) 『길』 이전에 나타나는 (농민과 노동자, 도시빈민 등을 포함하는) 집단적 주체 '우리'를, 약자들을 연민의 시선으로 바라보는 윤리적 주체로 이해할 수도 있을 것이다. 그러나 『길』 이전에 나타나는 시적 주체를 살펴보면, 시적 주체가 사회적·정치적 성격을 띠고 있음을 알 수 있다. 다시 말하면 『길』 이전의 시적 주체는 약자들의 일상적 삶에 대해 연민과 사랑을 가지고 있는 것이 아니라, 가난하고 힘없고 억압 받는 사회적 약자라는 집단 혹은 계층에 대한 이해와 연민을, 그리고 약자와 대립하는 현실세계에 대해서는 울분과 분노를 가지고 있는 존재이다. 따라서 『길』 이전의 시적 주체를 (『길』에서부터 나타나는 시적 주체와 같이) 윤리적 주체로 보기는 어렵다.

병들고 훼손된 불구성을 띠고 있다.

1. 인간의 불구성과 '작은 이웃'의 역설적 의미

이 글에서는 신경림 시에 등장하는 농민, 노동자, 도시빈민 등과 같은 사회적 약자들이 집단이 아닌 개별자로 등장하는 경우 '작은 이웃'으로 명명한다. 그런데 크기나 부피가 비교 대상보다 덜하다는 의미를 지닌 관형어 '작은'을 '이웃' 앞에 붙인 것은 일견 모순된 표현으로 읽힐 우려가 있다. '이웃'은 시적 주체가 어떤 시선과 감정을 가지고 바라보느냐에 따라 연민이나 증오의 대상이 될 수는 있으나 '작다' 혹은 '크다'로 표현될 수 없는 존재이기 때문이다. 그럼에도 이 글에서 '이웃' 앞에 '작은'이라는 관형어를 붙인 것은 '크다'에 대비되는 의미로서가 아니라 사회적 약자들이 중심으로부터 소외되었으며 가진 것 없고 권력도 없는 존재라는 점을 강조하기 위해 붙인 역설적 표현이다.

신경림 시에서 '작은 이웃'은 힘없고 상처 입었으며 가진 것조차 없는 존재들로서 사회의 변두리에서 근근이 삶을 이어간다. 그러나 이들은 타인의 도움에 의지하면서 무기력하고 힘없이 살아가는 존재가 아니라 열악한 환경 속에서도 삶의 뿌리를 깊이 내리고 끈질기게 자기 삶을 이어가는 강한 존재들이다. 그리고 자신과 같은 약자들에게 사랑과 나눔을 실천하는 또 하나의 윤리적 주체로 성장함으로써 약자들 간의 연대를 통해서 하나의 세계를 이루어나갈 가능성을 지닌 존재들이기도 하다. 그렇기 때문에 표면적으로 힘없고 연약해보이지만 실제적으로는 결코 작은 존재가 아니다. 신경림 시의 시적 주체는 자기성찰 과정에서 발견한 이러한 '작은 이웃'들을 보면서, (사회적 의미의) 민중만이 사람답게 살 수 있는 세

계를 구축할 수 있는 것이 아니라, '작은 이웃'과 '작은 이웃'의 연대로
그것이 가능함을 깨닫게 된다. 이러한 깨달음은 『어머니와 할머니의 실루
엣』으로 대표되는 4기 이후에 "'작은 이웃'이 곧 '우리'"임을 다양한 이미
지를 통해 보여준다.

　이미지는 언제나 우리의 감각에 호소하고 사물에 대한 감각적 경험을
불러일으킨다.209) 시가 구체적이라고 말할 수 있는 것도 바로 이 때문이
다. 시는 구체적이며 특수한 이미지를 통하여 관념적이거나 추상적인 시
의 의미를 드러내고 주제를 추적할 수 있게 한다. 이미지는 의미와 분리
되어 기술될 수 없다. 한 편의 시에서 핵심적인 이미지는 시적 주체에게
가장 직접적으로 영향을 미치는 감각적 사실이다. 그러므로 그 이미지를
중심으로 전언이 만들어진다. 핵심 이미지의 표현이 곧 해당 시의 핵심적
전언이 되는 것이다.210) 이미지는 시의 의미를 드러내기도 하지만 또 한
편 시의 정서를 환기하기도 한다. 정서 환기는 의미를 드러내는 것 못지
않게 중요한 이미지의 기능이다.

　신경림의 시에도 다양한 이미지가 나타난다. 특수한 자연물이나 사물
이미지를 비롯하여 신체 이미지, 시·공간 이미지 등 수많은 이미지들이
시적 의미를 드러내고 시의 정서를 환기하는 역할을 수행하고 있다. 그
중 눈여겨 볼만한 것은 불구적인 자연 이미지와 훼손된 신체 이미지인데,
이때 나무나 새 같은 자연 이미지는 '작은 이웃'의 신체를 드러내는 객관
적 상관물로 활용되고 있다. 신경림은 이들 이미지를 통해서 '작은 이웃'
의 억척스러운 삶의 모습과 고통 속에서도 꿈을 꾸게 하는 약자들의 소
박한 희망을 그려낸다.

---

209) 김준오, 『詩論』, 삼지원, 2007. 157쪽.
210) 권혁웅, 『시론』, 문학동네, 2010. 541쪽.

좀체 마르지 않는
피와 눈물을 가슴속에 묻고
아물 줄 모르는 상처를
살갗 속에 감추었다

그런 다음
오랜 나날 바람을 막느라 누더기가 다 된
두껍고 낡은 깃털들을 벗어 던진다
어둡던 시절에 익힌
거친 말들을 버리고
비바람 속에서 부르던 노래들마저 잊는다
그리고 비로소 너는

잠든 대지를 흔들어 깨우는
맑고 새된 비명이 된다
텅 빈 봄하늘을 점 하나로 가득 채우는
노고지리가 된다

땅 위에 내리꽂혀
딱딱하게 굳은 씨앗을 깨는 날렵한
몸짓이 된다

―「노고지리」 전문

화자의 시선에 포착된 "노고지리"는 "좀체 마르지 않는/ 피와 눈물을 가슴속에 묻고" 살아가는 존재이다. 피와 눈물은 과거에서부터 현재에 이르기까지 노고지리가 흘린 것으로, 그치지 않는 이 눈물은 노고지리가 감당해야 할 고통의 무게를 드러낸다. 노고지리는 이 모든 것을 숙명처럼 받아들이고, 피눈물을 가슴에 묻고 상처를 살갗 속에 감추어 둔다.211) 그

---

211) 도종환은 「노고지리」에서 '화자가 피와 눈물을 묻고 상처를 감추고 낡은 깃털을 벗어 던지고 거친 말들을 버리고 노래들마저 잊으려고 말하는 것은, 좋은 세상, 사람답게

러나 노고지리에게는 하늘 높이 날고 싶은 꿈이 있다. 그래서 과거와 현재의 고통을 과감히 벗어던지려 한다. 자신을 지켜주던 것들과 자신의 신념마저도 잊기로 한다. 지나간 모든 것을 버리고 새롭게 출발하는 것은 하나의 도전이다. 과거를 버리는 것은 과거의 자신을 버리는 일이다. 자신의 모든 것을 던져버려야 새로운 '나'를 만날 수 있으며 맑고 새된 비명이 될 수 있다. 이 비명은 탄생을 알리는 소리이다. 비명과 함께 노고지리는 텅 빈 봄 하늘을 가득 채우는 점, 곧 진정한 노고지리가 된다. 이전의 피와 눈물이 마르지 않는 상처 속의 노고지리는 더 이상 존재하지 않게 되는 것이다.

새롭게 태어난 노고지리는 땅에 꽂힌 굳은 씨앗을 부리로 깨는데, 이 씨앗은 일차적으로 노고지리가 살아가기 위해 취해야 할 일용할 양식으로서의 가치를 갖는다. 그러나 씨앗은 단순히 위장을 채워주는 음식이 아니다. 앞으로 노고지리가 열어갈 새로운 세계를 드러내는 하나의 상징적 이미지로서도 기능한다. 노고지리는 자기 부리로 씨앗을 깨뜨림으로써 자신이 살아가야 할 세계를 힘차게 여는 것이다. 여기에서 우리는 희망을 볼 수 있으며, '작은 이웃' 노고지리가 자신에게 그리고 세상에 있는 또 다른 '작은 이웃'들에게 전하는 희망의 메시지를 읽을 수 있다. 이 시에서 "피와 눈물", "누더기", "낡은 깃털"은 노고지리의 현실을 보여주는 이미지로, "씨앗"은 노고지리의 희망을 드러내는 이미지로 활용되었다. 이렇게 이 시에서는 다양한 이미지들이 시적 의미를 드러내는 기능을 담당하고 있다.

살 수 있는 세상을 만들기 위해 우리가 받았던 고통의 모습이요 그 시대를 견디기 위해 지닐 수밖에 없었던 것들이며, 이것들이 있어서 불완전하나마 민주주의 시늉이라도 낼 수 있었고 그토록 혹독했던 억압의 쇠사슬 몇 개라도 끊어낼 수 있었다'고 설명했다.(도종환, 「상처와 세월」, 신경림, 『어머니와 할머니의 실루엣』, 창작과비평사, 1998. 113쪽)

「노고지리」에 등장하는 자연물은 시적 주체에게 또 하나의 '작은 이웃'으로 체험된다. 이들은 모두가 연약한 존재들이다. 그러나 연약함을 딛고 우뚝 설 줄 아는 강인함을 품은 존재이며, 과거와 현재의 역경을 물리치는 의지적 존재들이다. 신경림은 이들을 뚜렷한 이미지를 통해 제시함으로써 의미를 강화시키고 시적 정서를 환기함과 동시에 '작은 이웃'들에 대한 구체적인 희망을 보여준다.

신경림은 상처 입거나 불구적인 자연 이미지뿐 아니라 다양한 신체, 특히 훼손된 신체 이미지를 통해서 '작은 이웃'들이 처해 있는 고통스러운 현실을 드러낸다. 시적 주체의 시선으로 포착해낸 '작은 이웃'들은 척박하거나 힘겨운 현실 속에서도 자신의 삶을 성실하게 꾸려가는 태도를 보여준다. 이들은 시적 주체의 시선에 포착된 '작은 이웃'들로서 대부분 장애를 가지고 있다. 그러나 현실을 극복하고 자기 삶을 주체적으로 이끌어나가고자 하는 굳은 의지를 품고 있는 존재들이다.

우리 차를 얻어탄 몽골 옷의 악사는
묵묵부답이다.
…(중략)…
먼지가 폭삭거리는 한 소읍에 와서
그는 악기를 들고 인사도 없이
골목으로 사라진다.
섭섭할 것도 쓸쓸할 것도 없이.
오늘밤 이곳에서
외국인들을 위한 공연이 있을 거란다.

한 오십년쯤 전
안성 장터 어느 골목으로 사라지던
떠돌이 젊은 악사와 닮았다 그 어깨가.

몇봉지 약을 팔기 위해 저녁 한나절 기타를 켜고는
절뚝거리며 골목으로 들어가던 그 어깨와.

                                                —「어깨 -몽골에서」 부분

    여행 중 우연히 몽골의 악사[212]를 만난 화자는 "한 오십년쯤 전" 안성 장터에서 만났던 한 떠돌이 악사를 떠올린다. 떠돌이 악사는 다리를 절뚝거리며 약을 팔기 위해 기타를 연주하는 사람이었다. "절뚝거리며" 걸어가는 모습에서 이 악사가 다리를 다쳤거나 장애를 입은 사람이라는 것을 알 수 있는데, 이와 같은 훼손된 신체 이미지는 악사의 현실을 드러내주는 중요한 역할을 담당하고 있다. 떠돌이 악사는 불편한 신체를 가지고 있지만 하루하루를 열심히 살아간다. 장터를 돌아다니면서 기타를 연주하고 몇 봉지의 약을 팔아 번 돈을 집으로 가져가면 그의 아내는 몇 줌의 보리쌀을 사서 따뜻한 저녁상을 차릴 것이다. 가난한 생활이지만 이들이 꾸려나가는 삶은 구차할지언정 결코 부끄러운 삶은 아니다. 떠돌이 악사는 자신이 비록 훼손된 신체를 가지고 있으나 자신의 불구적인 몸을 이용하여 타인에게 동정심을 구하는 행위는 하지 않는다. 자신이 가장 잘할 수 있는 일, 즉 악기를 연주하고 약을 팔아서 돈을 벌고 그것으로 자신의 삶을 꾸려나간다. 악사는 자신이 주체가 되는 삶을 살아가기 위해 매일을 고군분투한다. 비록 어깨가 축 처지는 힘겨운 일상을 살아가고 있으나 하루하루가 부끄럽지 않은 삶이다. 그렇기 때문에 시적 주체는 악사에게 보다 나은 내일이 올 것임을 믿는다. 이 믿음은 몽골의 악사에게서 떠돌이 악사의 어깨를 떠올린 데서 그 근거를 찾을 수 있다. 즉 둘의 어

---

212) 신경림은 민요기행을 비롯하여 전국으로 여행을 다니면서 수많은 시를 써 왔는데, 그 중에는 외국 여행을 다녀와서 쓴 시도 적지 않다. 『낙타』의 경우에는 총 51편의 작품 중 22편이 외국 여행의 경험을 소재로 하고 있는데, 이러한 여행을 통해서 '작은 이웃'의 범위가 민족을 넘어서서 전 인류까지 확장될 수 있었다고 하겠다.

께, 다르게 말하면 둘의 삶이나 삶의 태도가 닮아 있다는 점에서 떠돌이 악사의 미래를 희망적으로 그려볼 수 있다는 것이다. 그렇다면 몽골 악사는 어떤 사람인가.

시적 주체가 바라보는 몽골 악사는 가난하지만 자존심을 잃지 않고 사는 인물이다. 자신이 비록 외국인들을 위해서 연주를 하고 그 돈으로 생활을 이어가기는 하지만, 자신에게 적선을 베푸는 외국인 여행객들에게 비굴한 태도를 취하거나 여행객들의 호의에도 쉽게 고개를 숙이지 않는 모습에서 꼿꼿한 자존심을 읽을 수 있다. 그동안 몽골 악사는 자신에게 몇 푼의 돈을 쥐어주면서 거들먹거리거나 자신들이 베푸는 작은 호의를 대단한 것으로 포장하는 수많은 외국인 관광객들을 보아왔을 것이다. 화자 일행이 베푸는 몇 차례의 호의에도 인사 없이 가버리는 것을 보면 그간의 사정이 유추 가능해진다. 몽골 악사는 관광객들에게 고개 숙이는 태도를 취하지 않음으로써 자신의 자존심을 지켜나간다. 현재의 삶에 최선을 다하고 가난한 현재를 개선하기 위해 열심히 돈을 벌지만, 결코 구차한 방법으로 자기 삶을 이어가서는 안 되겠다고 하는 의지의 표현이다. 몽골 악사는 가난한 현실을 극복해나가기 위해 나름으로 최선을 다하고 있기에 밝은 미래를 꿈꾸는 일이 가능해진다. 그리고 떠돌이 악사 역시 몽골 악사처럼 현재를 넘어서기 위해 최선을 다해 살고 있기에 암울한 현재의 상황에서도 희망적인 미래를 꿈꾸어 볼 수 있다. 기타를 던져버리거나 삶에의 의지를 버리지 않는다면 그의 미래는 '그럼에도 불구하고' 희망적이다. 시적 주체는 몽골 악사와 떠돌이 악사에게서 이 작은 희망을 찾아내어 독자에게 제시해준다. 희망은 가난한 현실에서 가장 필요한 삶의 이유가 되어주기 때문이다.

「산토끼 -江邑記 4」에서는 떠돌이 악사처럼 신체적 장애를 가지고 있으나 그 장애를 딛고 '작은 이웃'들에게 나눔을 실천하며 살아가는 한 인물을 등장시켜 삶에 내재된 아름다움을 보여준다.

　　새로 난 동물병원 원장은 다리를 절고 그 앞 피자집은 늘 산토끼처럼 입
을 오물거리며 피자를 먹는 아이들로 가득하다. 원장은 안개 자욱한 산책길
에서 병든 산토끼를 주워왔다. 일주일 내낸 정성을 다해 돌보니 산토끼는
아이들처럼 씩씩해졌다. 차에 태워 유원지 깊숙한 곳까지 가서 산으로 돌려
보내는 날은 내가 동행을 했다. 다음 다음날 산토끼는 되돌아왔다. 네가 살
곳은 산이라고, 그래서 차에 태워서 다시 유원지에 갖다 풀어놓았지만 또
돌아왔다. 또 차에 실으려고 찾으면 지하실로 피해 달아나고 옥상으로 도망
가 숨는다 한다. 아무래도 토끼가 도시 속에서는 불행할 것 같아 온갖 노력
을 다하다가 마침내 그는 포기했다. 토끼가 아이들 속에 들어가 숨어서 아
이들처럼 오물거리며 피자를 먹고 있어서다. 새로 난 동물병원 원장은 다리
를 절고 그 앞 피자집은 늘 제가 살던 산을 버린 산토끼들로 가득하다.
　　　　　　　　　　　　　　　　　　　　　　　　－「산토끼 -江邑記 4」 전문

　이 시에서도 훼손된 신체 이미지가 나타나는데, 여기에서 신체 이미지
는 시의 정서를 환기하면서도 시적 의미를 형성하는 데 기여한다. 화자가
들려주는 짧은 서사는 몇 가지 유사한 에피소드에 의해 전개된다. 먼저
새로 개업한 동물병원의 원장이 소개된다. 그는 다리를 저는 사람인데,
어느 날 산책길에서 병든 산토끼를 주워온다. 원장은 정성껏 산토끼를 치
료해준 뒤 돌려보낸다. 그러나 토끼가 자꾸 되돌아오자 그 뒤를 따라온
수많은 산토끼들까지 가족으로 받아들인다.
　우선 화자가 들려주는 이야기를 따라가면, 가장 먼저 원장에 대한 기본
정보를 얻게 된다. 그런데 그 정보에 "다리를 절고" 외에 다른 것은 없다.
즉, 원장에 대한 가장 핵심적인 정보가 '다리를 저는 사람'이라는 것이다.
이 발언의 의미는 무엇일까. 원장이 장애를 가지고 있다는 사실이 왜 병
든 산토끼 이야기에서 중요하게 다루어졌을까.

원장은 다리를 절고 산토끼는 병이 들었다.[213] 여기에서 우리는 이들이
일반적이고 평범하지 못한 존재, 그래서 소외된 존재들이라는 공통점을
가지고 있음을 알 수 있다. 어떻게 보면 신체적 장애를 가진 원장도 누군
가에게 연민의 대상이 될 수 있는 인물이며 병든 산토끼 역시 연민의 대
상이 될 수 있다. 즉, 화자의 눈에는 이들이 연민의 마음으로 바라볼 수밖
에 없는 연약한 존재들인 것이다. 그럼에도 불구하고 원장은 산토끼를 향
해 나눔의 손길을 베푼다. 자신이 가진 능력으로 산토끼를 치료하는데,
이 치료 과정에는 의학적 지식뿐 아니라 "정성"으로 돌보는 원장의 사랑
이 포함되어 있다. 일견 소박해 보이는 원장의 관심과 사랑은 산토끼의
병을 치료하여 새 생명을 선물한다. 그런데 여기에서 흥미로운 것은 원장
이 산토끼를 돌려보내는 것을 포기하는 시점에서부터 산토끼를 지칭하는
표현이 토끼로 바뀐다는 점이다. 처음 등장한 병든 토끼는 "산토끼"이다.
돌려보내도 계속 되돌아오는 것 역시 "산토끼"로 불린다. 그러나 원장이
돌려보내기를 포기하는 순간 "산토끼"는 "토끼"로 변한다. 원장이 토끼를
가족으로 받아들였기 때문에 더 이상 산토끼가 아닌 일반 토끼가 된 것
이다. 이렇게 산토끼를 토끼로 변모시킨 것은 토끼에 대한 원장의 연민과
사랑이다. 이 시는 원장의 내면에서 일어나는 변화를 시어의 변화를 통해
서 보여주고 있다.

「산토끼 -江邑記 4」의 시적 주체는 육체적인 장애를 가졌으나 자신의
현실적 장애를 극복하고 타인의 장애까지 돌아볼 줄 아는 원장을 통해서
실천적인 나눔의 미학을 보여준다. 나눔이란 넘쳐서 베푸는 것이 아니라
부족한 가운데서 자신의 것을 내어놓는 숭고한 행위이다. '작은 이웃'이
또 다른 '작은 이웃'을 도울 수 있음을 보여줌으로써 시적 주체가 궁극적

---

213) '병'의 의미를 확장시키면 '병'을 신체적인 장애로 해석할 수 있으므로, 산토끼도 원
장처럼 장애를 지닌 존재로 볼 수 있다.

으로 드러내고자 하는 것은, '작은 이웃'들끼리 서로 연대가 가능하다는
사실이다. 약하고 작은 것들도 뭉치면 큰 힘을 발휘할 수 있는 것처럼,
'작은 이웃'들도 서로 다독이고 힘을 모은다면 충분히 현실을 극복할 수
있음을 보여준 것이다.

　훼손된 신체를 가지고 있으나 고달프고 힘겨운 현실 속에서도 굳센 의
지로 현재를 극복하고자 노력하고 삶에의 의지를 다지는 '작은 이웃'들을
사랑과 연민의 시선으로 바라보는 시적 주체는 가난하고 부족한 것이 많
은 현실 속에서도 꿋꿋이 자기 삶을 주체적으로 살아가는 인물들을 보여
줌으로써 '작은 이웃'들이 추구해야 할 삶의 모델을 제시한다. 여기에서
시적 주체가 제시하는 삶은 타인을 따뜻하게 품어내고 타인과 더불어 사
는 삶이다.

2. 윤리적 주체의 시선과 불구성에 대한 연민

　신경림 시의 시적 주체는 집단적 주체인 '우리'에서 벗어난 이후『어머
니와 할머니의 실루엣』에 이르면 저항성이 아닌 인류애와 연민의식을 가
진 윤리적 주체 '나'가 된다. 윤리적 주체는 사람으로서 마땅히 지키거나
행해야 할 도리나 규범을 말하는 '윤리'에 앞서는 존재이다. 도리나 규범
이전에 '낯선 이'로 다가오는 타자, 특히 과부나 고아와 같은 얼굴을 한
타자가 다가올 때 주체는 자신보다 부족한 타자를 주인으로 모심으로써
그와 동등한 관계가 되며,214) 이때 비로소 윤리적 주체가 될 수 있다. 레
비나스는 윤리적 주체성이란 타자와의 윤리적 관계를 통해 얻어지는 주
체성이라고 말한다. 타인은 거주와 노동을 통해 이 세계에서 나와 내 가

---

214) 강영안,『주체는 죽었는가』, 문예출판사, 1996. 241쪽 참고.

족의 안전을 추구하는 '나'의 이기심을 꾸짖고 타인을 영접하고 환대하는 윤리적 주체로서 '나' 자신을 세우도록 요구한다.[215] 따라서 '나'에게 있어 진정한 주체성이란 타인의 존재를 내 안으로 받아들이고 타인과 윤리적 관계를 형성할 때 비로소 가능해진다.[216] 윤리적 주체는 이기심을 버리고 무엇보다 타자를 따뜻한 시선으로 받아들이고 포용해야 하며, 여기에서 더 나아가 약자인 타자의 슬픔과 고통에 동참하고 타자가 고통에서 벗어날 수 있도록 성실하게 도와야 할 책임을 느끼는 존재이다. 타인에 대해 윤리적 책임을 지는 것, 이것이야말로 윤리적 주체가 부여받은 신성한 임무일 것이다.

신경림 시에서 『어머니와 할머니의 실루엣』 이후에 나타나는 윤리적 주체는 타인의 얼굴[217]로 다가오는 '작은 이웃'을 만나서 그들의 삶과 고통을 이해하고 그들을 따뜻한 연민의 시선으로 맞아들인다. 윤리적 주체

---

215) 이와 같은 강영안(강영안, 『타인의 얼굴』, 문학과지성사, 2005. 241쪽)의 해석과는 달리 알랭 핑켈크로트는 "타인은 존재의 방해자이다. 타인의 부름에 응답하도록 강요된 나는 약해지고, 내 의도와는 달리 도덕적 의무를 부여 받는다. 내가 이웃을 당연히 사랑하는 것이 아니라, 이웃에 나에게 떠맡겨지고, 나를 방해하며, 내 머리에서 떠나지 않고 나를 짓누른다. 한 마디로 나에게 자기를 사랑할 것을 명령하면서 나의 본성에 폭력을 가해 오는 것이다./ 이웃에 다가가게 되면, 나는 단숨에 그의 종이 된다."(알랭 핑켈크로트, 권유현 옮김, 『사랑의 지혜』, 동문선, 1998. 136~137쪽)고 말한다. 주체와 타자의 관계에서 타자가 주체에게 다가갔을 때 주체는 자연스럽게 타인을 도와야 할 책임을 느끼는 것이 아니라 강제된 책임을 진 주체가 타자에게 베푸는 것은 사랑이 되지 못한다는 것인데, 그렇다면 그의 말처럼 고통 받는 인간에 대한 자연발생적 호의 즉, '이웃에 대한 사랑'은 이 세상에 존재하지 않는다고 보아야 할 것이다. 반면 콜린 데이비스는 "얼굴의 제시는 현저히 비폭력적이며, 그것은 나의 자유를 침해하는 대신 나에게 책임을 상기시키고 책임을 근거짓는다."는 레비나스의 발언을 바탕으로 타자와 나의 관계를 설명하면서 "타자에 대한 나의 의무는 타자의 상처받기 쉬움을 존중하도록 나를 굴복시키는 어떠한 합리적 논증이나 물리적 강제를 통해 강요되지 않는다." (콜린 데이비스, 『처음 읽는 레비나스』, 동녘, 2014. 78~80쪽)고 설명한다. 이는 타인에 대한 나의 책임에 어떤 폭력성이나 강제성이 포함되어 있지 않음을 드러내준다.
216) 강영안, 『타인의 얼굴』, 문학과지성사, 2005. 241쪽.
217) 레비나스에 의하면 타인은 우리에게 얼굴로써 나타난다.(강영안, 『주체는 죽었는가』, 문예출판사, 1996. 236쪽)

가 만난 '작은 이웃'은 『어머니와 할머니의 실루엣』에서부터 본격적으로 등장하기 시작한다. 이 시적 주체는 타자를 연민의 시선으로 바라보는 데서 그치는 것이 아니라, 시선을 통해 포착해낸 '작은 이웃'들의 삶의 고통과 슬픔을 사실적으로 그려낸다. 이렇게 시적 주체가 '작은 이웃'들의 삶에 지속적인 관심을 두면서 그들의 삶을 진술하게 그려내는 것은 '작은 이웃'에 대한 사랑과 책임을 실천하는 하나의 방법일 것이다.218)

　'작은 이웃'은 시세계의 변화가 일어나기 시작한 『길』에서부터 발견된다. 물론 『가난한 사랑노래』 시편들에서도 '작은 이웃'을 발견할 수 없는 것은 아니지만 극히 드물게 나타난다. 그러나 『길』에서부터는 '작은 이웃'을 좀 더 쉽게 만날 수 있는데, 화자가 '길'을 통해 만나는 '작은 이웃'은 사회적 약자들로서 그들은 인간다운 삶에서 멀어진 채 절대빈곤 속에서 고단한 삶을 이어가는 존재들이다.219) 이들은 그동안 '민중'이라는 집단 내에서 집단적 주체인 '우리'의 형태로 드러났다. 물론 그 '우리' 속에는 시적 주체도 포함된다. 그러나 이후 '작은 이웃'은 민중이라는 집단성에서 벗어나 한 개인으로서의 개별적 주체 '나'의 시선에 포착되기 때문에, '나'에게 '작은 이웃'은 새로운 존재로 다가온다. 시적 주체 '나'와 '작

218) 레비나스는 '자기 자신의 이익을 위해 사는 삶이 아니라 타인의 고통을 고려하고 이웃을 사랑하는 책임적인 삶이야말로 인간을 진정한 인간이 되게 한다'고 말했다.(강영안, 『타인의 얼굴』, 문학과지성사, 2005. 41~42쪽) 신경림의 8집 이후의 시에 나타나는 시적 주체는 누구보다 타인의 고통에 공감하고 '작은 이웃'을 사랑하며, 그들에 대해 책임감을 느끼는 존재이다.

219) "시인에게 있어서의 등장인물이란 개개의 특징을 긁어모아 구성된 전체가 아니고 시인의 의지와는 상관없이 그의 눈앞에 귀찮을 정도로 나타나는 살아 있는 인물"(F. 니체, 성동호 옮김, 『비극의 탄생』, 홍신문화사, 2009. 65쪽)이라고 한 니체의 말은 신경림의 '작은 이웃'에 대한 이해를 높여준다. 신경림에게 있어 가난하고 소외된 '작은 이웃'들은 시인의 의도에 의해 구성된 존재가 아니라 시인의 눈앞에 끊임없이 나타나 자신의 존재를 드러내는 살아있는 인물들이다. 그렇기 때문에 신경림 시에서 그들은 마치 다큐멘터리 속의 등장인물들처럼 생생하게 살아 움직이면서 자기 존재에 대한 사실성을 높여준다.

은 이웃'이 '우리'라는 집단으로 묶여있을 때는 개별자와 개별자로 만나지 못했다. 그러나 시적 주체가 집단인 '우리'에서 개인 '나'로 전환되었을 때 '나'와 '작은 이웃'은 '우리'가 아닌 개별자로서 서로 만나게 되는데, 이때 서로는 익숙한 '낯섦'으로 상대에게 인식된다. 새로운 이 만남 속에서 시적 주체가 '작은 이웃'을 발견할 수 있었던 것은 무엇보다 타자를 향하고 있는 윤리적 주체의 책임의식이 작동하고 있었기 때문이다.

> 정리하면서 새삼스럽게 깨달은 것은 내가 그동안 사랑이니 인생이니 하는 케케묵은 것 같으면서도 언제나 새로운, 그래서 독자들에게 늘 흥미있게 읽히는 문제에 대해서 인색하리만큼 외면해 왔다는 점이다. 이래서 나를 앞뒤가 꽉 막힌 벽창호라고 생각하는 사람이 있을는지도 모른다. 그러나 나라고 해서 왜 사랑이니 인생이니 하는 문제에 대해서 소홀히 생각하겠는가. 소홀히 생각하기는커녕 그것은 내게 있어서도 가장 중요하고도 영원한 문학의 주제일 터이다.
> 다만 그것들은 직접적으로 쉽게 얘기하기에는 너무도 다양하고 복잡하고 어려운 것이어서, 사랑은 이래야 하는 것이라느니 인생은 이런 것이라느니 하고 얘기할 뱃심이 내게는 없었다는 사실만을 이 자리를 빌어 고백해 두고 싶다. 나로서는 그것과 관계되는 경험을 얘기함으로써 우회적으로 접근할 수밖에 다른 길이 없었다.[220]

『다시 하나가 되라』의 서문에서 밝힌 신경림의 고백을 통해, 그에게 있어 사랑과 인생이 가장 중요하고도 영원한 문학의 주제였음을 알 수 있다. 그가 민중과 민중의 삶을 그려내고, 때로는 민중의 절망과 슬픔을 그려내는 그 바탕에는 인간의 삶에 대한 사랑과 관심이 자리하고 있었던 것이다. 3기 이후의 시를 읽어보면 그가 진심으로 사람을 사랑하고, 또 사람들과 함께 참된 세계 '우리'를 이루고자 했던 시인이었음을 알 수 있

---

220) 신경림, 「책 머리에」, 『다시 하나가 되라』, 어문각, 1986. 2쪽.

다. 여기에서 우리는 신경림 시인의 시정신을 읽을 수 있다.

> 신경림을 통해서 우리는 우리 시대 시인들의 참다운 시정신의 한 전형을
> 만날 수 있으며, 시적 진실의 올바른 좌표를 제공받을 수 있다. 사실 이것
> 이 얼마나 다행스러운 일인가. 오늘도 우리는 사람들이 살아가는 마을 한
> 모퉁이의 길 위에서 이곳 저곳을 기웃거리고 다니는 궁금증 많은 한 시인
> 을 만날 수 있다.221)

타인에게 관심을 기울이고 타인의 고통과 슬픔에 동참함으로써 '나'와
'너'가 '우리'가 되는 것, 이것은 신경림이 지향하는 삶의 목표이자 그가
사람을 사랑하는 방식이다. '사랑은 언어와 더불어서 타자와 관계할 수
있는 방식'222)이라고 한 레비나스의 견해에서 알 수 있듯이, 시적 주체가
'작은 이웃'과 관계를 맺으려면 무엇보다 '사랑'이 바탕이 되어야 한다.
신경림 시의 시적 주체는 사랑을 매개로 '작은 이웃'에게 다가가 피할 수
없는 가난 속에서 살아가는 수많은 타자 '작은 이웃'들을 만난다. 이때 시
적 주체는 '작은 이웃'에 대한 사랑과 관심을 직접 고백하듯 드러내는 것
이 아니라, 살아가면서 만나고 부딪히고 관계 맺는 모든 대상들을 통해서
드러내는 우회적 방법을 선택한다.

> 그의 가난과 추위가 어디 그만의 것이랴.
> 그는 좁은 어깨와 야윈 가슴으로 나의 고통까지 떠안고
> 역 대합실에 신문지를 덮고 누워 있다.
> 아무도 그를 눈여겨보지 않는다.
> 간혹 스치는 것은 모멸과 미혹의 눈길뿐.
> 마침내 그는 대합실에서도 쫓겨나 거리를 방황하게 된다.

---

221) 이동순, 「우리 시대의 시정신과 시적 진실 -신경림의 시세계에 대하여」, 신경림·이
    동순·이재무, 『신경림 문학 앨범』, 웅진출판, 1992. 120쪽.
222) 강영안, 『주체는 죽었는가』, 문예출판사, 1996. 245쪽.

찬 바람이 불고 눈발이 치는 날 그의 영혼은 지상에서 사라질 것이다.
십자가를 지고 골고다를 걸어올라가 못 박히는 대신
그의 육신은 멀리 내쫓겨 광야에서 눈사람이 되겠지만.

그 언 상처에 손을 넣어보지 않고도
사람들은 그가 부활하리라는 것을 의심치 않을 것이다.
다시 대합실에 신문지를 덮고 그들을 대신해서 누워 있으리라는 걸.

그들의 아픔, 그들의 슬픔을 모두 끌어안고서.

-「나의 예수」 전문

「나의 예수」223)에서 시적 주체가 우연히 만난 '작은 이웃'은 추운 겨울
날 역 대합실에서 신문지를 덮고 누워 있는 노숙자이다. 이 노숙자는 우
리 사회에서 누구의 관심도 받지 못한 가장 소외된 존재로 시적 주체의
시선에 포착된다. 행인들에게 노숙자라는 존재는 그저 하나의 사물에 불
과하다. 노숙자는 행인들에게 '그'라는 인간존재가 아닌 '그것'이라는 하
나의 사물로서만 인식되는 것이다. 그렇기 때문에 행인들은 그에게 연민
을 품거나 인간애로써 접근하려 하지 않는다. 그러나 시적 주체에게 노숙
자는 사물화된 존재가 아니라 존엄한 생명을 가진 한 인간으로 다가온다.
노숙자와 마주한 화자는 모든 것에서 소외된 채 죽어갈 노숙자의 미래
를 예견하게 된다. 그리고 노숙자에게서 십자가를 지고 골고다 언덕을 오
르던 "예수"를 발견한다. 예수가 세상 사람들의 죄를 대신하는 대속의 행
위로 십자가에 못 박혔던 것처럼 노숙자 또한 '나'와 "그들"이 지은 죄를

---

223) 김성규는 「나의 예수」를 통해서 신경림이 '약자들이 오히려 자신의 아픔까지 끌어안
아 주고 있음을 인식하게 되었다'고 설명하면서, 이를 근거로 2000년대의 신경림 시
가 '세계를 바라보는 시선과 대상을 인식하는 과정'에 있어 상당한 변모를 보여준다
고 보았다. 그 이전처럼 자신의 삶과 시에서 대상을 비판적으로 인식하거나 저항적으
로만 대응하지 않고 친화적으로 인식하고 진지하게 이해하려 하는 태도로 전환되었
다고 평가했다.(김성규, 앞의 글, 177쪽)

대신 갚기 위하여 노숙이라는 고통스러운 십자가를 진 메시아로 인식된
것이다. 화자는 노숙자를 "나의 예수"라고 부르는데, 이는 이 세상을 아
파하는 마음, 즉 우국(憂國)의 고통을 그가 대신 떠안고 있다[224]고 보았기
때문이다.

시적 주체의 이러한 인식은 노숙자가 일반사람들과 다른 존재가 아니
라 노숙자 역시 '우리'의 일부일 뿐 아니라 '나'와 '그들'을 위해 십자가
를 진 희생과 사랑의 존재라는 사실을 다시 한번 상기시킨다. 그렇기 때
문에 '나'와 '그들'은 이제 노숙자를 무관심한 태도나 모멸의 눈길로 바라
볼 것이 아니라 그의 희생에 감사하는 마음과 따뜻한 사랑으로 그를 바
라보아야 한다는 것이다. 시적 주체는 '나'의 바깥에 존재하는 타자("노숙
자")를 맞아들임으로써 타자와 자신을 '우리'로 묶어낸다. '그'의 고통 속
에 '나'의 고통이, '그'의 죄 속에 '나'의 죄가 덧씌워져 있으므로 타자의
고통을 나의 고통으로 받아들이는 것이다. 이것은 '나'와 '그'가 '우리'라
는 하나의 세계로 나아가는 과정이 된다. 시적 주체는 '나'와 '그'가 '우
리'가 되었을 때 비로소 개인이 안고 있는 삶의 고통이 '우리' 속에서 위
로받을 수 있으며, 나아가 잃어버렸던 에덴의 행복을 되찾을 수 있을 것
이라는 믿음을 보여주고 있다.

> 그에게는 따뜻한 봄날의 기억이 없다.
> 그저 늘 추웠다.
> 시집가서 아들딸 낳고 키워 시집 장가 보내고
> 서방 잃고
> 아들딸 따라서 사글셋방 전셋집 떠돌면서
> 종잇장처럼 가벼워졌다가
> 마침내 폐지로 버려졌다

---

224) 이경철, 「더불어 어우러지며, 순정으로 여는 대동세상」, 『낙타』, 창비, 2014. 116쪽.

폐지 더미를 실은 수레를
딸이 밀고 언덕을 올라가고 있다.
에미를 닮아 허리가 굽고 주름이 깊다.
그는 폐지 위에 쓰인 글귀를 입속으로 읽는다.
마음이 가난한 자는 복이 있나니……
에미가 평소에 버릇처럼 뇌던 말을 발견하고 그는 반갑다.
오늘 아침 집이 헐렸지만
중년의 아들은 직장에서 쫓겨났지만
그는 폐지로 바뀐 에미를 실은 수레를 밀면서
행복하다.

마음이 가난한 자는 복이 있나니.
　　　　　　　　　　－「마음이 가난한 자는 복이 있나니」 전문

　「나의 예수」와 마찬가지로 이 시 역시 성서의 내용을 소재로 삼고 있
다. 이 시에서 화자가 '마음이 가난한 자'라고 부르는 인물들은 폐지를 주
워서 생계를 이어가는 빈민층이다. 이들은 지독한 가난 속에서 늘 떠도는
삶을 살아야 했으며, 종내에는 그나마 마지막 의지처였던 집조차 헐리게
되는 사태에 직면한다. 그럼에도 이들은 행복해야 한다. 이는 성서의 명
령이며 욕심 없이 성실하게 살면 잘 살게 된다고 가르친 사회의 명령이
다. 에미와 딸은 그 명령에 충실했고, 그래서 행복해야만 한다. 이들은 마
음이 가난한 사람이 행복할 수 있다는 단 하나의 믿음을 버팀목 삼아 지
난한 삶을 포기하지 않고 끈기 있게 살아왔다. 그런데 이들은 마음이 가
난함에도 불구하고 여전히 불행한 삶을 살고 있다. 인간적인 삶을 누릴
수 있는 최소한의 기본 조건조차 갖추어지지 않았기 때문이다. 그럼에도
시적 주체는 "마음이 가난한 자는 복이 있나니"라는 반어적 표현을 반복
한다. 아이러니를 통해 이들이 겪고 있는 절망적인 가난을 더욱 비극적이
게 만듦으로써 마음이 가난하기에 더욱 불행해진 이들의 현재를 환기시

키기 위한 의도에서다.

이 시에서 화자가 들려주는 '그들'의 삶을 좀 더 구체적으로 들여다보자. 1연에 등장하는 그("에미")의 삶에는 따듯한 기억이라고는 조금도 없다. 그의 삶은 언제나 추운 겨울일 뿐이었으며, 늙어서는 딸이 끄는 수레에 얹힌 한낱 폐지가 되어 삶을 이어간다. 2연을 이끌고 가는 딸("그")의 삶 역시 마찬가지이다. 살던 집은 헐리고 아들마저 직장에서 쫓겨난다. 그러나 그런 상황에서도 딸은 에미처럼 마음이 가난한 자신들이 행복할 수 있을 것이라고 믿는다. 예수가 그렇게 말했고 에미가 그렇게 믿어왔기 때문이다. 절망스러운 현실 속에서도 흔들림 없이 성서의 구절에 매달렸으나 이들의 삶은 좀처럼 행복으로 나아가지 못한다. 그럼에도 화자는 마지막 연에서 "마음이 가난한 자는 복이 있"다고 다시 한번 강조한다.

이 반어적 표현에는 세상에 대한 조롱이 담겨 있다. 또한 성서와 예수의 발언에 대한 조롱이 내포되어 있다. 인간적 욕망을 비워낸 '마음이 가난한 사람'이라 하더라도 물질적인 환경이 전혀 뒷받침되지 않으면 인간은 결코 행복해질 수 없다. 그럼에도 행복해질 수 있다고 말하는 것은 결국 가난한 사람들을 기만하는 행위에 불과할 뿐이다. 그렇기 때문에 시적 주체는 성서의 말을 믿지 않는다. 대신 조롱 섞인 반어적 표현으로 성서를 간접적으로 비판하는 동시에 가난에 찌든 채 인간다운 삶, 아름답고 풍요로운 삶에서 멀어져버린 가난한 '작은 이웃'들에 대한 연민을 드러낸다. 시적 주체는 이들의 삶을 통해 인간의 행복이 희망적인 성서 구절에 의해 구해질 수 있는 것이 아님을 역설한다. 이들에게 정작 필요한 것은 실질적인 따뜻한 관심과 사랑일 것이다. 그러나 시적 주체는 소박한 관심과 사랑으로도 품어낼 수 없는 비극적인 세계와 마주치기도 한다. 이때 시적 주체는 '작은 이웃'의 비극 앞에서 폭력처럼 자신을 덮치는 무력감을 경험한다.

아낙네들이 빨래를 한다
힘겹게 팔을 놀린다
뭉그러진 시체가 떠내려온다
아이들이 물가에서 맥없이 바라보고 섰다
뿌옇게 흐린 두만강물
침침한 안개

갑자기 벼락이 치고 비가 쏟아진다
백양나무들이 쓰러진다
달맞이꽃이 뿌리째 뽑혀나간다
하늘과 땅에 가득한
굶어죽은 아이들의 흙빛 얼굴
창백한
눈

우우, 우우
강 건너에서 나는 소리를 친다
발을 동동 구른다
소리가 나오지 않는다
발이 들리지 않는다 오금이 붙어
꿈속에서처럼, 아아
꿈속에서처럼

－「두만강 -密江225)에서」 전문

　　북한과 중국 사이에 위치한 두만강226)은 북한 주민들의 생활이 이루어
지는 곳이다. 시에서 보여주듯 평소 주민들은 이곳에서 빨래를 하고 몸을

---

225) 신경림의 설명에 따르면 密江(밀강)은 두만강변의 주민 2,800명 중 90퍼센트가 조선족
　　인 향이다.(신경림, 『신경림 시전집』 2, 창비, 2004. 147쪽)
226) 두만강은 우리나라 동북부를 흐르는 강으로 백두산에서 시작하여 동해로 흘러 들어간
　　다. 이 강은 중국과 인접해 있어 겨울에 얼음이 얼면 걸어서 강을 건너 중국으로 가기
　　도 하는데, 평소 북한 주민들은 이 강에서 빨래를 하거나 몸을 씻기도 한다.

씻기도 한다. 이러한 모습은 중국 쪽에서 바라보면 평화롭기 그지없는 풍
경이 된다. 그런데 1990년대 말부터 북한의 식량 사정이 급격히 나빠지게
되자 굶주리는 북한 주민이 많아졌고 심한 경우 굶어죽는 사람들도 생겼
으며, 이때 두만강에 굶어죽은 시신들이 가끔 떠내려 오기도 하였다.227)
「두만강 -密江에서」가 실려 있는 『어머니와 할머니의 실루엣』이 1998년
에 발간된 것을 고려해보면, 이 시가 당시의 북한 현실을 직접 다루고 있
음을 알 수 있다.

　이 시의 화자는 중국에서 두만강 너머에 있는 북한을 바라보고 있다.
화자의 시선에 포착된 이들은 두만강변에서 빨래를 하는 아낙네들과 아
이들로, 이들은 굶주림에 지쳐있는 북한 인민을 대표하는 인물들이다. 화
자는 이때 빨래를 하는 강가에서 뭉그러진 시체가 떠내려 오는 것을 목
격한다. 이런 비극적인 상황 역시 화자가 바라본 북한의 현실, 즉 시적 주
체가 인식하고 있는 북한 현실의 대표적 이미지라고 할 수 있겠다. 삶과
죽음이 경계가 무너진 참혹한 광경과 그것을 맥없이 바라만 보고 있는
아이들의 모습은 큰 충격이 되어 화자의 뇌리에 각인된다. 순간 강물은
금세 "뿌옇게 흐"려지는데, 이때 두만강물이 뿌옇게 흐려진 것은 자연적
현상이 아니라 화자의 눈에 가득 고인 눈물 때문이다.228) 이 눈물은 '작
은 이웃'의 비극적 현실을 함께 아파하는 시적 주체의 연민의식을 드러내
준다.

　화자가 두만강에서 받은 충격은 곧 북한 현실에 대한 각성으로 이어지

---

227) http://www.ccdn.co.kr.(2016. 08. 15.)

228) 정지용의 시 「유리창」에서도 비슷한 표현을 볼 수 있다. 화자는 죽은 아들을 그리워
　하다 "새까만 밤이 밀려나가고 밀려와 부디"치는 모습을 바라보다가, "물먹은 별이,
　반짝 보석처럼 백"히는 것을 보게 된다. 별이 물을 먹었다는 말은 곧 별을 바라보는
　화자의 눈에 눈물이 가득 어려 있어 밤하늘의 별이 마치 물을 먹은 것처럼 보인다는
　말의 또 다른 표현이다. 신경림의 「두만강 -密江에서」에서 "뿌옇게 흐린 두만강물"이
　라고 표현한 것 역시 동일한 맥락으로 읽을 수 있다.

는데, 화자는 그것을 직접 설명하는 대신 "뭉그러진 시체", "뿌옇게 흐린 두만강물", "백양나무", "달맞이꽃", "흙빛 얼굴", "우우, 우우", "발을 동동 구른다" 등의 감각적인 이미지로써 드러내고 있다. 화자가 인지한 북한은 벼락이 치고 비가 쏟아지는 현실 속에 있다. 그런 현실 속에서 주민들("백양나무들")은 쓰러지고 아이들("달맞이 꽃")은 굶주림에 죽어가고 있다. 화자는 이와 같은 상황 내지 현실이 안타까워서 "우우, 우우" 소리친다. 이것은 절규나 비명 같은 외침이지만, 그러나 정작 '목소리'가 되지 못하는데, 이는 화자가 느끼는 아픔이나 안타까움이 실제의 현실 속에서 그 어떤 힘으로도 작용하지 못하는 한계를 청각이미지를 통해 표현한 것이라 하겠다.

화자는 발을 동동 구르는 행위를 통해서도 내면의 안타까움을 밖으로 표출한다. 그렇지만 화자가 실제로 북한 주민들을 위해서 할 수 있는 것은 아무것도 없다. 공포를 느낄 만큼 참혹한 북한의 현실 앞에서 무력하기만 한 화자는 이제 모든 것을 비현실적인 것으로 감각한다. 이런 반응은 감당할 수 없는 사태에 직면한 화자의 방어기제라고 하겠다. 화자는 자신이 목도한 비극적인 현실을 악몽으로 만들어버림으로써 자신으로서는 어쩔 도리가 없는 그 비극에서 빠져나오려는 태도를 보인다. 이는 여타 시에서 보여준 윤리적 주체로서의 모습과는 상반된 것으로, 시적 주체 자신이 가지고 있는 연민이나 사랑, 책임감 등으로도 감당할 수 없는 인간의 비극을 마주하게 되자 어쩔 수 없이 취하게 된 자기 방어적 태도라고 할 수 있다.

위에서 살펴본 바와 같이 시적 주체가 윤리적 주체로서의 한계를 드러내기도 하지만, 북한주민들이 겪는 끔찍한 현실 상황을 절박한 목소리를 통해 드러냄으로써 타자들이 겪는 절대빈곤의 고통을 사실적으로 보여준다. 이 시에서는 '작은 이웃'으로서의 타자들은 구체적인 대상으로 드러

나지 않고 다만 "아낙네"와 "아이들"로 나타나 있으나 이들이 겪는 정신
적·육체적 고통을 다양한 지각적 이미지를 통해 감각적으로 드러냄으로
써 타자가 겪는 실존적 위기를 부각시켰다.

가난하고 힘없는 타자들에 대한 시적 주체의 관심은 민족을 넘어서서
외국 여행지에서 만난 '작은 이웃'들(「누군가 보고 있었을까, 아내의 맨발을 -메
데진에서」, 「코카 비치 -트남 시편」, 「어깨- 몽골에서」, 「가라오케집 - 칭따오 기행」)
에게까지 확장되면서 인류애로 점점 성장해가는 모습을 보여주기에 이른
다.229) 민족이라는 범주를 넘어서서 외국에서 만난 가난한 이웃의 아픔까
지도 품어내는 윤리적 주체는 지속적으로 연민의 시선을 '작은 이웃'에게
보낸다. 그 시선은 폐지 줍는 노파와 노숙자와 굶어죽은 아이들의 흙빛
얼굴을 향한다. 그리고 그들의 아픔과 고통을 구체적으로 그려내는 시적
주체는 '작은 이웃'의 고통을 멈추게 하는 실제적 방법이란 다름 아닌
'나눔'이라고 말한다.

> 간디는 '가장 어려운 상태에 있는 사람과 생각을 같이할 때 비로소 그
> 생각은 가장 올바른 것이 될 수 있다'고 말했지만 나보다 더 가난한 사람,
> 더 어려운 처지에 놓여 있는 이웃, 더 불행한 동무의 형편을 생각할 줄 모
> 른다면 아무리 많은 것을 배우고 좋은 것을 공부해도 우리 사회가 더 나아
> 지고 역사가 올바르게 발전하는 데는 아무런 도움도 못 주는 잔꾀만을 주
> 어모으는 데 그치고 말 것이다. 나의 아버지가 아무리 부자요, 내가 아무리
> 돈이 많더라고 그 부와 재산이 혼자의 힘으로 모아진 것이 아니라는 사실
> 에 대한 깊은 깨달음도 있어야 할 것 같다.230)

신경림은 「가난한 이웃을 생각하며」라는 글에서 사원의 복지시설에는

---

229) 시적 주체가 여행지에서 만난 외국인들을 '작은 이웃'으로 바라보고 그들의 삶과 고
통에 공감하고 때로는 자신의 일처럼 분노하고 아파했다는 점에서, 신경림이 세계 모
든 사회적 약자들을 '우리'라는 세계에 포함시켰음을 알 수 있다.
230) 신경림, 「가난한 이웃을 생각하며」, 『다시 하나가 되라』, 어문각, 1986. 155쪽.

많은 투자를 하면서도 정작 자기 자신은 검소하고 소박하게 사는 일본의 어느 출판사 사장과 열한 평짜리 아파트에서 옹색하게 살아가는 청렴한 대학교수를 소개하면서 자신만 잘사는 것보다 주변의 가난한 이웃을 생각하면서 함께 잘사는 것이 무엇보다 중요한 일임을 강조한다. 가난 때문에 고통을 겪는 '작은 이웃'들을 돌아보면서 그들의 고통을 함께 나누고 그들을 진심으로 연민하는 것은 '사랑'이다. 신경림은 이런 사랑이야말로 "우리 사회가 더 나아지고 역사가 올바르게 발전하는 데" 필요한 것이라고 주장한다. 신경림의 이런 주장은 결국 사회적 약자인 '작은 이웃'들을 관심과 사랑으로 맞아들일 때 비로소 '나'와 '너'는 진정한 '우리'가 될 수 있다는 것을 드러내준다.

3. '작은 이웃'의 연대와 세계로서의 '우리' 구축 지향

신경림 시는 『어머니와 할머니의 실루엣』에 이르면 인간과 인간의 삶에 대한 탐구에 더욱 관심을 드러낸다. 집단이 아닌 '우리'를 이루는 한 구성원으로서의 개별적 인간을 향하고 있는 깊이 있는 시선은 개인의 내밀한 감정이나 생각들을 날카롭게 포착해내고 그것을 구체적으로 형상화한다. 이는 사람을 좋아하는 신경림의 천성에서부터 출발한다.

> 내가 사람을 좋아하는 것은 아주 어려서부터였던 것 같다. …(중략)… 어쩌면 내가 문학을 하게 된 것도 바로 사람을 좋아하는 기질로 해서인지도 모르겠다. 내 첫 문학수업일 책읽기도 따지고 보면 그 책속의 사람을 뒤쫓아다닌 것으로 이해할 수도 있기 때문이다. 뒤쫓아 다니다가 그 사람한테 취했고, 마침내 나도 그런 사람을 만들어 보고 싶었던 것은 아닐까. 그와도 별도로 내 문학수업은 두 길로 진행되었으니, 하나가 책을 읽고 글을 쓰는 연습이었다면 또 하나는 사람을 찾아다니고 만나는 공부였다. 공부라

해도 억지로 한 것이 아니라 즐거워 스스로한 일임은 말할 것도 없다. 실
제로 내게는 책을 읽고 글을 쓰는 연습을 하기보다 사람을 찾아다니고 만
나는 일이 더 큰 문학공부가 되었고, 지금도 이것이 가장 큰 문학공부가
되고 있다.231)

신경림은 어린 시절부터 사람을 좋아했다고 한다. 집에 오는 방물장수
와 광부들도 어린 신경림에게는 신기하고 새로운 세상이었다. 더구나 그
의 집에는 늘 사람이 끊이지 않았기에 오고 가는 사람들을 통해서 사람
과 사람의 삶에 대해 자연스럽게 배울 수 있었다. 이런 모든 것들은 신경
림 문학의 든든한 자산이 되어주었다. 그가 고백하듯 "문학을 하게 된 것
도 바로 사람을 좋아하는 기질" 때문이 아닌가 생각할 정도로 '사람'은
그의 문학 인생에 있어서 중요한 테마였다. 신경림이 사랑과 인생이 문학
의 중요한 주제였다고 한 고백과 같은 맥락이다. 그는 『길』에서부터 자신
의 인생과 문학에 있어서 주요 테마였던 사람과 사랑과 인생을 보여준다.

　　이 얘기는 나라에서 뻥뼹거리듯 우리 나라 사람들이 잘살고 있는 것은
　아니라는 얘기가 되겠는데, 더욱 큰 문제가 되는 것은 우리 나라의 부의 거
　의 전부가 몇 안되는 사람의 손아귀에 쥐어져 있다는 사실이며, 가진 이들
　이 가난한 이의 입장을 전혀 생각지 않는 데서 더 심각한 일이 벌어지고 있
　다는 것은 많은 사람들이 이미 지적하고 있는 터이다.232)

가진 이들이 가난한 이들의 입장을 이해하고 가진 것을 나눈다면 이
사회는 훨씬 더 나은 사회가 될 것이다. 그럼에도 불구하고 가진 이들은
자신의 소유물을 나누려하지 않는다. 그런데 가지지 못한, 혹은 아주 적
은 것을 소유한 이들이 오히려 타인에게 망설임 없이 자신의 것을 내어

---

231) 신경림, 「서문」, 『사람 사는 이야기』, 도서출판 세림, 1995. 6~7쪽.
232) 신경림, 「가난한 이웃을 생각하며」, 『다시 하나가 되라』, 어문각, 1986. 151쪽.

놓는 것을 볼 수 있다. 신경림은 '작은 이웃'에게서 이러한 모습들을 발견
하고, 자신이 경험한 '나눔'의 생생한 현장을 사실적인 언어로 충실히 증
언한다.

　신경림은 많은 시편에서 나무나 바위 같은 자연물을 인간을 대신하는
객관적 상관물로 자주 활용하는데, 자연물에 비유된 '작은 이웃'들의 나
눔을 통해서 불구적 현실 속에서도 작은 희망을 품어볼 수 있음을 보여
준다.

> 잘 잤느냐고
> 오늘따라 눈발이 차다고
> 이 겨울을 어찌 나려느냐고
> 내년에도 또
> 꽃을 피울 거냐고
>
> 늙은 나무들은 늙은 나무끼리
> 버려진 사람들은 버려진 사람들끼리
> 기침을 하면서 눈을 털면서
>
> 　　　　　　　　　　　　　　　　　　　　−「눈 온 아침」 전문

> 바람이 한곳에서만 불어온다
> 바람이 온통 한곳으로만 쏠려간다
> 사람들이 모두 한곳으로만 몰려간다
> 떼밀리고 엎어지면서 뒤질세라 달려간다
> 바위만이 어깨 내밀어 길을 내주고 있다
> 밝히고 차이면서 말없이 엎드려 있다
> 그 얼굴에 웃음이 서글프다 그
> 얼굴에 웃음이 아름답다
>
> 　　　　　　　　　　　　　　　　　　　　−「바위」 전문

신경림 시에서 약자들의 삶에 내재된 아픔을 아는 것은 약자들이다. 약자들의 괴로움과 슬픔을 아는 것도 역시 약자들(「겨울밤」)이다. '작은 이웃'들에게 안부를 묻고 불확실한 미래를 함께 걱정하며, 당장의 고통을 어떻게 견디어나갈지 고민해주는 이들은 지배계층이나 자본가들이 아니다. 그들은 '작은 이웃'들과 함께 늙어가는 힘없는 "늙은 나무"요, "버려진 사람들", 다시 말하면 오히려 타인이나 사회의 도움이 절실히 필요한 사회적 약자들이다. 이들은 타인을 배려해줄 만큼의 여력이 없는 최악의 빈곤 상태에 처해 있는데, 그럼에도 불구하고 자신이 가진 것을 나눌 줄 안다. 물론 이것은 '작은 이웃'들의 현실적 삶에서 절실히 요구되는 물질적인 것은 아니다. 이들이 나누어주는 것은 소박한 관심과 사랑이 전부이다. "기침을 하"면서도 서로의 몸에 묻은 "눈을 털"어 주며 안부를 묻고 미래를 걱정해주는 이런 관심은 겨울로 표상되는 현실 속에서 따뜻한 위로가 된다. 이런 위로가 있어 늙은 나무도 버려진 사람들도 겨울을 버틸 수가 있다. 이것이 나눔의 힘이요 이유일 것이다.

「바위」에는 자연물인 바람과 바위, 그리고 인간이 등장한다.[233] 이들은 이 세상에서 서로 조화를 이루며 살아가는 듯이 보이지만 실상은 그렇지 못하다. 자연과 인간은 공동영역 내에 함께 존재하기 때문에 정복과 훼손, 혹은 치열한 대립과정을 겪기 마련이다. 이들은 때로 서로를 향해 날카로운 날을 세우기도 하고 때로는 친화적이고 우호적인 관계를 유지하면서 다양한 삶의 형태를 만들어간다. 이 시 역시 삶 속에서 겪을 수 있

---

[233] '언어는 열림과 닫힘의 변증법을 자체 내부에 지니고 있다. 뜻으로써 그것을 가두고, 시적 표현으로써 열린다.'(가스통 바슐라르, 곽광수 옮김, 『공간의 시학』, 동문선, 2003. 369쪽) 「바위」에는 바람과 바위 같은 자연물과 인간이 함께 등장하는데, 자연물은 시적으로 표현될 때 이미 가지고 있던 자연으로서의 의미를 벗어버리고 새로운 의미를 획득하게 된다. 따라서 자연물과 인간은 서로 다른 형태와 의미를 갖는, 즉 층위가 다른 존재로 읽히는 것이 아니라 시적 영역 안에서 보다 다양한 의미를 가진 존재로서 독자에게 다가간다.

는 여러 유형의 상황을 제시하고 있다.

「바위」는 "바람"이 유독 한곳에서만 불어오고 한곳으로만 쏠려 가는 상황을 설명하는 데서 시작된다. 그런데 "유독"이라는 표현을 보면, 바람이 어떤 의도나 목적 아래 한곳으로 불고 있음을 알 수 있다. 사람들은 모두 바람의 방향에 따라 몰려가고 바람에 떠밀려서 몰려가면서도 다른 사람에게 뒤지지 않기 위해 애를 쓰는 모습이다. 이런 상황을 보면 "바람"은 자신이 가진 힘으로써 사람들을 자신의 의도나 목적대로 이리저리 휘두르는 존재이며, 그것에 대해 어떤 죄의식이나 부끄러움을 가지지 않는 폭력적 존재라는 것을 알 수 있다.

그러나 "바위"는 같은 자연물의 하나이기는 하지만 "바람"과는 전혀 다른 태도를 취한다. 그는 휩쓸리듯 달려가는 사람들에게 자신의 어깨를 내밀어서 길을 내어준다. 사람들의 길을 막거나 발을 걸어 넘어뜨릴 수 있는 힘을 가지고 있으나 바위는 자신의 힘을 그릇되게 사용하지 않는다. 오히려 달려가던 사람들이 의도치 않게 자신에게 상처를 줄 때조차 그것을 이해하고 받아들인다. 이는 폭력적인 바람과는 대조적인 태도라고 하겠다. 바위가 사람들에게 베푸는 것은 연민과 사랑이다. 바람의 폭력에 휘둘리며 바람이 부는 대로 계속 달릴 수밖에 없는 힘없는 사람들에게 자신의 어깨를 내어주고 길을 만들어 주는 바위의 내면에는 사람을 향한 따뜻한 연민과 사랑이 자리하고 있다. 나눔이 무엇인지를 잘 보여주는 이 시는 약자인 '작은 이웃'을 위해 묵묵히 자신이 할 수 있는 배려와 나눔을 실천하는 "바위"를 통해서 나눔의 의미를 다시 한번 되새겨 보게 한다. 이렇게 「눈 온 아침」과 「바위」는 나무와 바위라는 객관적 상관물을 통해 '작은 이웃'들이 타자를 어떻게 받아들이고, 또 어떤 형태로 약자인 '작은 이웃'들에게 나눔을 실천하는지를 보여준다. 자연물을 통해서 '나눔'의 현장을 보여준 신경림은 외국 여행지에서 만난 노파를 통해서 '나눔'의 영역을 보다 더 확장시킨다.

하싼 산에서 불어오는 바람이 자못 차다
바람에 못 견디듯 차는 한 마을 앞에 와 서서는 더는 움직이지 않는다
우리는 차에서 내리고 마을사람들 두엇이 문간에서 이방인들의 고장난
차를 구경하고 섰다
마을 뒤로는 바위 언덕이고 그 뒤로는 기괴한 형상의 바위 무리들이다
차를 고치자면 시간이 걸린다 한다 우리 중 몇이 행선지 방향으로 걷기
시작한다
풀 한 포기 없는 황지가 끝없이 뻗어 있고 그 뒤로 마을이 드문드문하다
뒤로는 붉은 바위 무리들이고 또 뒤로는 설산이다
아주 멀리 높다란 첨탑의 모스크를 둘러싼 큰 마을이 보이기도 한다
고속으로 지나가는 차들이 설산에서 불어오는 모진 바람에 연방 모래를
맞는다
1킬로…3킬로…6킬로…한 시간…한 시간 반… 차는 따라올 생각이 없다
춥고 지쳤는데 바람을 피할 가게 하나가 없다
문득 길가에 작은 주유소가 보인다 편의시설이 없는 간이주유소다
늙은이가 혼자서 오토바이에 손작업으로 기름을 넣고 있다
주유소에 딸린 살림방에서 할머니가 나왔다
주전자를 들고 통하지 않는 말 대신 손짓으로 우리를 부른다
잔에 가득 찬물을 따라 권한다
가구 하나 없는 썰렁한 방이 찬물만큼이나 차다
의자를 덮은 양탄자들은 찬물보다 더 차다
할머니의 손만이 따뜻하다

—「따듯한 손, 할머니의」 전문

이 시는 여행지에서 만난 할머니의 '손'을 이야기의 중심에 두고 인간
이라는 존재 안에 깃든 보편적인 사랑에 대한 이야기를 풀어놓는다. 화자
일행은 터키에 있는 하싼 산[234]을 여행하던 중 차가 고장나는 바람에 걷

---

234) 신경림의 설명에 의하면 하싼 산(Hassan Mr.)은 터키의 중앙지대에 있는 해발 3,263미

기로 한다. 이때 도로("길")는 초개인적이고 중립적인 공간으로, 도로에 있
는 인간은 익명의 통행인일 뿐이다. 경관도 도로 구조 안에서는 별다른
의미를 갖지 못한다. 인간은 '집'이라는 구체적인 장소에 들어섰을 때 특
정한 개인이 될 수 있는 것이다.[235] 길 위에서 어떤 의미도 되지 못했던
일행은 문득 길가에서 작은 주유소("집")를 발견하게 되고, 거기에서 한 할
머니를 만난다. 할머니는 여행자인 일행에게 물을 한 잔씩 건넨다. 그 물
은 따뜻하게 몸을 녹일 뜨거운 물이 아니라 뜻밖에도 차가운 물이었다.
그러나 할머니가 잔을 건네주는 순간, 그 찰나적인 순간에 화자는 할머니
의 손에서 따듯한 온기를 느낀다.

할머니가 낯선 이방인에게 찬물을 건네는 소박한 인정은 사랑을 바탕
으로 한 인간에 대한 책임감에서 나온 것이다.[236] 경계해야 할 낯선 이방
인이 아니라 같은 인간이자 '작은 이웃'으로서 만났기 때문에 할머니는
말도 통하지 않는 화자 일행에게 찬물을 정성껏 대접한 것이다. 열악한
환경에서도 타인에 대한 따듯한 사랑과 연민을 품고 사는 할머니로 인해
화자 일행은 여행의 힘듦을 견뎌내고 다시 앞으로 나아갈 수 있게 된다.
나눔에서 파생된 사랑의 힘은 나눔이 갖는 소박한 의미를 뛰어넘는다. 나
눔은 나눔 이상의 사랑과 위로를 빚어내고, 그 사랑과 위로는 타인이 가
지고 있는 고통과 슬픔을 품어낸다. 시적 주체는 '작은 이웃'의 나눔을 직

터의 설산이다.(신경림, 『낙타』, 창비, 2008. 79쪽)

235) 송지선, 「신경림 시의 로컬리티 연구」, 전북대 박사학위논문, 2013. 126쪽.

236) 시적 주체 '나'에게 할머니는 타자인 '작은 이웃'으로 다가온다. 그러나 물을 건네는
할머니가 나그네들을 발견한 순간 자기의식을 가진 주체가 되고, 타자인 '작은 이웃'
으로 다가오는 '나'와 일행에게 나눔을 실천하는 윤리적 주체가 된다. 두 대상이 만났
을 때 서로 타자에 대해 자기의식을 가지게 될 때 두 사람은 각각 주체이면서 동시에
서로에게는 타자가 된다.(이정우, 『주체란 무엇인가』, 그린비, 2009. 17~18쪽 참고)
신경림 시에서 시적 주체가 포착해내는 나눔을 실천하는 '작은 이웃'들은 「따뜻한 손,
할머니의」에서처럼 도움을 받는 타자('작은 이웃')에 의해 모두 윤리적 주체가 되며,
그들을 연민과 사랑의 시선으로 그려내는 시적 주체 역시 윤리적 주체가 된다.

접 경험함으로써 나눔의 힘이 타인과 타인을 하나로 이어줄 수 있다는 사실과 나눔이라는 연결고리를 통해서 모든 '작은 이웃'을 아우르는 세계의 구축이 가능할 수 있음을 깨닫게 된다.

'나'와 '너'를 이어주는 나눔, 그 중에서 순수한 마음을 나누는 것 또한 물질적 나눔 못지않게 숭고한 의미를 갖는다. 고통스러워하는 타인을 위해 손을 잡아주고 함께 아파하는 행위는 그 자체로 고귀한 나눔이 된다. 신경림은 물질을 나누는 행위를 통해 타인에 대한 관심과 사랑의 가치를 드러내면서도 물질에 앞서는 마음의 베풂을 통해 참 나눔의 의미를 되새기게 한다.

> 하나는 십수년 징역을 살고
> 하나는 그가 세상에 두고 간 아내와 딸을 거두고 먹이고 가르치고
> 오랜 세월
>
> 하나가 창살 안에서 달을 보며 주먹을 쥔 그 숱한 세월
> 하나는 거리에서 비와 바람에 맞서 땅도 넓히고 집도 올리고
> 그가 두고 간 아내와 딸과 더불어
>
> 이제 세상에 나와 하나는
> 더 좋은 세상을 만들겠다며 목이 쉬어 거리를 누비고
> 뜻없이 산 세월이 원통해 하나는 한숨으로 세월을 보내다가도
>
> 눈발이 날리는 세모에 마침내 마주앉아 그들 술잔을 부딪친다
> 자네 있어 나 든든하다면서
> 자네 있어 나 자랑스럽다며
> 이 땅에 그들 친구로 태어나서
> 바람과 눈비 속에 형제로 태어나서
>
> 눈발이 날리는 세모에
>
> ─「눈발이 날리는 세모에」 전문

214 신경림 시의 주체와 현실

화자의 시선에 포착된 '작은 이웃'은 두 남자이다. 이들은 친구 사이로
한 인물은 십수년 동안 감옥에서 징역살이를 하고, 다른 인물은 감옥 간
친구를 대신하여 오랜 세월 그 친구가 남기고 간 아내와 딸을 거둔다. 편
의상 감옥에 간 인물을 A로, A의 친구를 B로 구분해 보자. A가 징역을
살게 된 이유는 3연에 잘 나타나 있다. A는 더 좋은 세상을 만들기 위해
투쟁하다 투옥되었고, 이후에도 자신의 안위나 남은 가족의 생계를 걱정
하는 것이 아니라 불의한 세상에 대해 "주먹"을 쥔다. 주먹을 쥐는 행위
는 감옥살이에 대한 단순한 분노나 울분을 뛰어넘는다. 그것은 3연의 '세
상에 다시 나왔을 때 뜻 없이 산 세월이 원통해서 한숨으로 보냈'는 발
언을 보면, A가 큰 뜻을 품고 살았으나 그것이 좌절되자 억울하고 분한
마음에 주먹을 쥐게 되었음을 알 수 있다.237) A와 B는 서로에 대한 믿음
과 사랑으로 단단히 연결되어 있으며, 힘을 모아 더 나은 세상을 만들고
자 하는 뜻을 품고 이 '세상'에 자신과 자신의 삶을 고스란히 내어놓고
나눔을 실천해온 것이다.

B가 A를 위해 A의 아내와 딸을 정성껏 돌보는 행위는 자신의 시간과
노동력과 정성을 '작은 이웃'에게 나누어주는 고귀한 희생이며 순수한 사
랑의 나눔이다. 물론 한 사람은 투쟁에 나서고 다른 한 사람은 옥바라지
를 하는 이런 관계는 하나의 공동 목표가 있었기에 더욱 단단한 연결고
리를 가질 수 있었고, 덕분에 긴 세월 동안 꾸준히 나눔을 실천할 수 있
었을 것이다. 이 둘의 목표는 오직 모두가 잘 살 수 있는 "더 좋은 세상"
을 만드는 것이다. 현재 이들이 자신의 삶을 희생해가며 세상을 변화시키
고자 하는 것은 이 땅이 "바람과 눈비"로 차 있다는 인식 때문이다. 이들

---

237) 이때의 "주먹"은 신경림의 『길』 이전의 시에서 보여주었던 저항적 의미로서의 '주먹'
의 성격을 띠고 있다. 따라서 이 시에 등장하는 두 남자는 각각 개별자인 '작은 이웃'
으로 존재하면서도 한편으로는 '우리'의 의미를 가진 존재들이라 하겠다.

은 이런 현실이 '작은 이웃'들의 삶을 더욱 피폐하게 만든다고 판단하고 오직 현실을 바꾸려는 하나의 목표를 위해 자기 삶을 희생했던 것이다. 세상을 위해, 그리고 서로를 위해 물질과 온 마음을 내어놓는 아름다운 나눔238)을 실천하고 있는 이들은 시적 주체가 사랑의 시선으로 바라보는 '작은 이웃'들이다.

앞에서 살펴본 바와 같이 이웃을 향해 베푸는 소박한 관심과 사랑의 나눔은 그 가치가 결코 가볍다고 할 수 없다. 시적 주체는 이웃에게 베푸는 작은 친절과 따뜻한 미소가 작은 세상 하나를 변화시킬 만한 힘을 품고 있음을 믿고 있다. 이 힘으로 생명을 살릴 수도 있고, 이 힘으로 새로운 세계를 구축할 수도 있다. 가진 것을 나누는 행위는 자기 자신을 내어놓는 행위와 결코 다르지 않다. 타인에게 자신을 내어주는 것은 숭고한 희생이며 고귀한 사랑이다. 이러한 희생과 사랑은 작게는 '작은 이웃'을 변화시키고, 크게는 세상을 변화시킬 수 있는 동력이 된다. 시적 주체는 이 힘이야말로 새로운 세계를 구축할 수 있는 원동력이 될 수 있음을 많은 이들의 실천적 '나눔'을 통해서 보여주고 있는 것이다.

지금까지 윤리적 주체가 사회적 약자인 '작은 이웃'을 따뜻한 시선으로 바라보면서 그들과 새롭게 관계를 맺어가는 모습들을 살펴보았다. 민중으로서의 변혁주체가 아닌 윤리적 주체인 '나'는 힘없고 연약하며 소외된 '작은 이웃'들을 재발견하고 그들을 사랑과 연민으로 맞아들였다. 그런데 시적 주체가 바라본 '작은 이웃'들은 오히려 가진 것이 없는 가운데서도 항상 또 다른 '작은 이웃'을 향해 나눔을 실천하는 모습을 보여주었다. 시적 주체는 그와 같은 '작은 이웃'들의 모습을 사실적으로 그려냈는데, 그

---

238) A가 세상을 위해 투쟁하는 것은 세상뿐 아니라 B를 위하는 나눔의 행위일 수 있다. A가 세상과 투쟁하여 더 좋은 세상을 만들게 된다면, 결국 B도 그 곳에서 원하는 삶을 누릴 수 있기 때문이다.

것이 가능했던 것은 『길』에서부터 시적 주체가 끊임없이 자신의 삶에 대해 진지하게 성찰하고 반성하는 과정을 충실히 밟아왔기 때문이다. 시적 주체 자신이 자기갱신을 위한 노력의 일환으로 치열한 자기탐색 과정을 거치지 않았다면 '민중'이라는 집단적 이념이나 민중투쟁을 힘 있는 필치로 그려낼 수 있었을지는 모르겠으나, '우리'를 구성하는 한 개인으로서의 '작은 이웃'을 재발견하여 그들이 꾸려가는 삶의 세목들을 그려내기 어려웠을 것이다.

제6장 결론

한국현대문학사에서 신경림의 시는 1970~1980년대를 대표하는 민중시로 평가 받고 있다. 그것은 신경림의 시에 등장하는 대부분의 인물들이 농민과 노동자와 도시빈민 같은 사회적 약자들이며, 이들이 집단적 목소리와 어깨를 겯는 집단행위를 통해서 자신들을 억압하는 현실세계에 저항하는 민중적 성격을 드러냈기 때문이다. 그러나 1990년대에 이르면 집단적 목소리를 내는 민중으로서의 '우리'는 점점 뒤로 물러나고 대신 한 개인으로서의 개별적 주체 '나'가 전면에 등장하여 사회적 약자들의 삶의 세목들을 보여준다. 이처럼 창작 시기에 따라 시적 주체의 성격이 변모를 드러낼 뿐 아니라 시적 주체가 현실에 대응해나가는 방식에서도 변화를 보여준다는 점에서 신경림 시를 민중시라는 단일한 키워드로 설명하는 일은 불가능해 보인다. 이러한 문제의식을 바탕으로 이 연구는 신경림 시에 나타나는 시적 주체의 변화에 주목하여 시적 주체의 변모 양상을 설명하고, 이와 함께 주체의 현실 대응 양상을 밝히는 데 목적을 두었다.

이 글에서는 논의의 전개를 위해 시적 주체의 성격이 크게 변화를 드러내는 지점에 따라 신경림의 시세계를 네 단계로 구분하여 살펴보았다. 먼저 『農舞』와 『새재』를 포함하는 1기를 살펴보면, 시적 주체는 현실세계의 중심으로부터 소외된 채 주변적 공간에서 가난한 삶을 이어가는 소외된 주체로 등장한다. 이들은 삶의 터전을 잃고 게토와도 같은 공간에서 힘겹게 삶을 이어가는데, 여기에서 공간의 소외가 곧 인간 소외로 이어진다는 것을 확인할 수 있다. 소외된 주체들은 폭압적 현실세계에 의해 소외를 겪을 수밖에 없는 상황에 울분을 느끼지만, 저항하기보다 현실세계에 '체념'으로써 맞서는 대응방식을 선택한다. 그러나 이런 대응방식은 게토와 같은 파편화된 주변공간에서 살아가는 존재들이 어쩔 수 없이 선택하게 된 방법으로, 집합적 주체 '우리'를 수동적인 인간으로 살 수밖에 없도록 만드는 원인이 된다.

1기에 나타나는 수동적 주체는 『南漢江』으로 대표되는 2기에 이르면 변혁주체로 성장하게 되는데, 변혁주체는 이전의 수동성을 과감하게 탈피하고 현실세계의 변혁을 이끌어낼 적극적이고 실천적인 저항을 감행한다. 그동안 가슴 속에 품고 있던 울분과 분노는 아우성과 물리적 저항행위로 발전되고, 점차 이데올로기적 성격을 띠게 되는 '민중'은 자신들을 억압하는 세계와 물리적 충돌을 벌인다. 이 시기에 신경림은 민족문학론을 수용함으로써 민족문학에서 중요한 가치로 삼는 남북분단 문제에 천착한다. 2기의 시적 주체는 분단 상황이 '우리'와는 전혀 상관없이 권력자들의 거짓말과 속임수에 의해 발생된 것임을 인지하게 되고, 총칼을 휘둘러 '우리'를 다치게 했던 원수들이 사실은 전쟁의 피해자이며 부정할 수 없는 동족이었음을 깨닫게 된다. 이 깨달음으로 남북이 화해하고 통일을 이뤄야 한다는 남북통일의 당위성을 확보하게 되고. 이로써 시적 주체는 통일에 대한 의지를 다지게 된다. 그러나 권력자들의 기만적 행위에 의해 통일은 요원하기만 하고, 『南漢江』에서 목숨을 걸고 벌였던 농민들의 현실변혁운동은 실패를 겪고 만다. 이러한 과정은 서술시라는 형식에 의해 사실적으로 그려지는데, '이야기하기'라는 방식으로 농민운동의 과정과 민중의 구체적인 삶을 들려줌으로써 서사에 대한 사실성을 높였을 뿐 아니라 농민운동이라는 역사적 사건을 후대의 독자들이 추체험할 수 있도록 하는 계기가 되어 주었다.

　그러나 3기에 해당하는 『길』(1990) 이후의 시적 주체는 대부분 민중이라는 집단적 주체의 모습이 아니라 분열된 주체 '나'로 등장한다. 이때의 시적 주체 '나'는 '우리'에 속해 있는 인식대상으로서의 '나'의 잘못과 오류를 폭로함으로써 스스로를 비판하는 성찰적 모습을 보여주었다. 분열된 주체 '나'는 '민중'을 구성하는 한 구성원으로서 자기 탐색과정을 통해서 자신의 욕망과 이기심을 발견해내고, 자기고백과 자기폭로라는 방법을 동원하여 스스로를 날카롭게 비판했다. 이러한 과정은 시적 주체가 자신을 정화하여 새로운 주체로 거듭나기 위해 치러낸 하나의 통과의례라고 볼 수 있을 것이다. 3기에서 보여준 시적 주체의 자기반성은 자기와의 비판적 거리를 확보함으로써 가능했다. 분열된 주체는 '나'와의 객관적인 '거리 두기'로 자신을 대상화했으며, 나아가 '나'의 잘못과 오류들을 객관적 시각으로 그려냈다. 만약 시적 주체가 분열된 자신과의 관계에서 적절한 비판적 거리를 확보하지 못했다면 자신을 객관적으로 성찰할 수 없었을 것이다.

　시적 주체의 진지한 자기성찰은 '나'를 돌아보는 가운데 '작은 이웃'을 발견하는 계기를 마련해주었다. 이전의 집단적 주체 '우리'는 사회적이고 정치적인 시각을 통해 '민중'이라는 큰 숲을 볼 수 있었으나 그 숲을 이루는 나무 한 그루 한 그루는 보지 못했던 것이 사실이다. 그러다 자기반성 과정을 거치면서 그동안 눈여겨보지 못했던 사회적 약자 개개인의 삶의 세목을 발견하게 되고, 이 과정에서 연민과 책임의식을 가진 윤리적 주체로 성장하게 된 것이다. 『어머니와 할머니의 실루엣』으로 대표되는 4기의 윤리적 주체는 인간답게 사는 삶을 지향하는 한편, 소외된 '작은 이웃'들이 꿋꿋하게 살아가는 삶의 모습을 연민의 시선으로 그려냈다. 이때 시적 주체가 포착해낸 '작은 이웃'들은 힘없고 나약하고 누군가의 도움이 절실한 존재들이지만, 이들은 자신들의 불구적 현실을 극복하고자 노력하는 존재들이며, 한편으로는 소유한 것이 없음에도 불구하고 또 다른 '작은 이웃'들을 위해 기꺼이 나눔을 실천하며 살아가는 결코 '작지 않은 이웃'임을 확인할 수 있었다.

초기시에서 집단으로서의 '민중'의 힘으로 공동체세계를 구축하고자 했으나 농민운동에서 실패를 경험했던 시적 주체는 '작은 이웃'들의 삶에서 사회적 약자들 간의 연대가 가능하며, 이 연대를 바탕으로 사람답게 살 수 있는 세계 '우리'를 구축할 수 있음을 확신하게 된다. 그동안 신경림은 민족문학론의 지향과 같이 민족 구성원들이 대립과 갈등을 극복하고 통일을 이루어 창조적이고 보람차게 살아가는 이상적 세계를 구축하고자 노력해왔는데, '작은 이웃'들의 실천적 나눔을 통해서 그에 대한 가능성을 확인하게 된 것이다.

모든 사람들이 평등한 삶, 인간다운 삶을 영위할 수 있는 세계의 건설을 목표로 하는 신경림 시의 시적 주체는 현실세계나 권력자 등과 대립하거나 타자를 강압적 힘으로 굴복시키는 것이 아니라 연대를 통해 대립과 갈등을 극복하고자 지속적으로 노력한다. 『南漢江』에서 '새부자'나 '새양반'이 지속적으로 농민들을 괴롭히고 억압하는 존재임에도 불구하고 그들이 용서를 구하고 잘못을 뉘우치는 태도를 보일 때 '우리' 안으로 받아들이는 태도를 취했으며, 시 「하나가 되라, 다시 하나가 되라」(『달 넘새』, 1985)에서도 '우리'에게 총을 겨누었던 사람들과도 화해하여 다시 화합하고자 하는 바람을 드러냈다. 그리고 산문집 『다시 하나가 되라』(1986)에서도 신경림 자신이 지향하는 것이 결국 '우리'라는 세계임을 보여주었다. 이 산문집에서 신경림은 '우리의 주체성', '우리의 말', '우리 것', '우리의 참 노래', '농촌', '고향' 등에 주목하는데, 이러한 주제들은 결국 '우리'라는 이름으로 묶일 수 있는 성질의 것이라고 할 수 있다. 이런 점을 고려해볼 때 신경림의 시에 나타나는 시적 주체는 현실세계와 대립적 관

계에 있기는 하나 대립하는 과정에서 현실세계에 대한 지배욕을 드러내
거나 현실과의 관계를 전도시켜 승자가 되고자 했던 것이 아니라고 판단
된다. 오히려 현실세계와 화해하고 그것을 바탕으로 사회적 약자들이 지
향하는 세계, '우리'를 구축해 나가고자 했던 것으로 보인다.

앞에서 언급한 바와 같이 신경림이 지향하는 세계는 '나'와 '너', 주체
와 타자의 연대를 통해 세워진 '우리'이다. 이때의 연대란 자본가와 권력
자 등을 배제한 사회적 약자들만의 연대가 아니라, '나'와 '너' 모두가
'우리'의 구성원이 되어 새로이 맺게 되는 상생적 관계를 말한다. 신경림
시의 시적 주체가 구축하고자 하는 '우리'라는 세계는 '권정생'처럼 배고
픈 아이들과 밥을 같이 나누고(「종소리」), 여행길에서 만난 할머니가 그러
했듯이 나그네에게 물 한 잔을 건네주는(「따듯한 손, 할머니의」) 사랑과 연민
이 넘치는 세계이다. 그러한 세계를 위해 신경림 시의 시적 주체 '나'는
'작은 이웃'과 연대하고 '작은 이웃'은 또 다른 '작은 이웃'들과 연대하기
를 희망했던 것이다. 신경림은 이렇게 연대함으로써 충분히 '우리'라는
세계의 건설이 가능함을, 그리고 '나'와 '너'가 다르지 않고 '나'와 '작은
이웃'이 다르지 않으며, '나', '너', '작은 이웃'이 결국에는 '우리'를 이루
는 하나의 구성원이라는 사실을 보여주었다. 이를 통해 시적 주체와 현실
세계가 화해하여 '우리'를 이루고 또한 남과 북이 통일을 이룩하는 것, 이
것이야말로 신경림 문학의 궁극적 지향점이자 신경림 문학이 내장하고
있는 핵심임을 드러내준다.

여기에서 신경림 시에 내재되어 있는 특징적 면모를 발견할 수 있는데,
그것은 1~2기 시에서 '우리'를 구성하는 구성원들은 우리 '민족'의 구성
원과 동일한 존재들로만 한정되었으나, 3기에 이르면 여행지에서 만난 외
국인들까지 '우리'에 포함시킴으로써 '우리'가 갖는 의미의 지평을 확장
시켰다는 점이다. 다시 말하면 1~2기에서 신경림은 우리 민족의 구성원

들만을 '우리'로 인식해왔다. 그러나 외국여행지에서 만난 사회적 약자들이 현실세계로부터 소외된 채 주변부에서 인간답지 못한 삶을 이어가고 있음을 목도하면서 그들 역시 '우리'와 동일한 존재임을 인식하게 되고 그들을 자신의 '작은 이웃'으로 받아들이게 되는데, 이로써 '우리'의 의미가 '민족'이라는 범주를 넘어서서 '인류'로 확장된 것이다. 물론 표면적으로 볼 때는 민중의 삶을 다루던 1~2기에 비해 개인의 구체적인 삶에 시선을 두는 3~4기의 시세계 폭이 상대적으로 협소해 보일 수 있다. 그러나 시적 주체가 여행을 통해서 세계 어디서나 억압받고 소외된 '작은 이웃'이 존재함을 목도하고 그들의 고통과 슬픔에 공감하는 가운데 그들도 결국에는 '우리'와 다름없는 존재임을 깨닫게 되고, 이 깨달음은 '작은 이웃'의 의미를 '민족'을 넘어 '인류'에로 확장시켜서 세상의 모든 사회적 약자들, 심지어 작은 벌레와 풀(「종소리」)까지도 '우리'로 인식하는 단계에까지 나아가게 한다. 이는 사랑과 연민의 시학을 바탕으로 한 신경림의 시세계가 단순히 사회적 의미로서의 '민중'만을 담아낸 것이 아니라 세상의 모든 '작은 이웃'들과 이들을 억압하는 현실세계까지 모두 포용해온 세계임을 보여준다.

이런 맥락에서 볼 때 한국현대시사에서 신경림 문학을 단순히 1970~1980년대를 대표하는 민중시로만 분류해서는 안 될 것이다. 신경림의 시는 사회적·정치적 의미에서의 '민중'뿐 아니라 사회적 약자이며 개별자로서의 '작은 이웃'을 따뜻한 관심과 연민으로 품어왔으며, 사회의 중심부에서 쫓겨나 주변부에서 소외된 채 살아가는 약자들의 삶을 지속적으로 형상화해왔다는 점에서 민중적 성격을 띤 서정시로 새롭게 자리매김되어야 할 것이다.

| 참고문헌 |

1. 기본자료

가. 시집

신경림, 『農舞』, 초판, 월간문학사, 1973.
_____, 『農舞』, 증보판, 창작과비평사, 1975.
_____, 『새재』, 창작과비평사, 1979.
_____, 『달 넘새』, 창작과비평사, 1985.
_____, 『南漢江』, 창작사, 1987.
_____, 『가난한 사랑노래』, 실천문학사, 1988.
_____, 『길』, 창작과비평사, 1990.
_____, 『쓰러진 자의 꿈』, 창작과비평사, 1993.
_____, 『어머니와 할머니의 실루엣』, 창작과비평사, 1998.
_____, 『뿔』, 창작과비평사, 2002.
_____, 『신경림 시전집』 1·2, 창비, 2004.
_____, 『낙타』, 창비, 2008.
_____, 『사진관집 이층』, 창비, 2014.

나. 시선집

신경림, 『씻김굿』, 나남, 1987.
_____, 『우리들의 북』, 문학세계사, 1988.
_____, 『여름날』, 미래사, 1991.
_____, 『신경림 문학앨범』, 웅진출판, 1992.
_____, 『목계장터』, 찾을모, 1999.
_____, 『갈대』, 시인생각, 2013.

다. 평론 및 산문

신경림, 『文學과 民衆』, 민음사, 1977.

신경림·정희성, 『한국현대시의 이해』, 진문출판사, 1981.

_____, 『우리의 노래여 우리들의 넋이여』, 지인사, 1982.

_____, 『삶의 眞實과 詩的 眞實』, 전예원, 1983.

_____, 『우리 시의 공감대를 위하여』, 연려실, 1985.

_____, 『한밤중에 눈을 뜨면』, 나남, 1985.

_____, 『다시 하나가 되라』, 어문각, 1986.

_____, 『우리 시의 이해』, 한길사, 1986.

_____, 『한국현대시의 이해』, 한길사, 1986.

_____, 『진실의 말 자유의 말』, 문학세계사, 1988.

_____, 『새벽을 기다리며』, 신명출판사, 1990.

_____, 『민요 기행』 1·2, 한길사, 1991.

_____, 『강 따라 아리랑 찾아』, 문이당, 1992.

_____, 『사람 사는 이야기』, 세림, 1995.

_____, 『바람의 풍경』, 문이당, 2000.

_____, 『신경림』, 돌베개, 2004.

_____, 『못난 놈들은 서로 얼굴만 봐도 흥겹다』, 문학의문학, 2009.

_____, 『신경림의 시인을 찾아서』 1·2, 우리교육, 2010.

2. 논문

강성희, 「『莊子』에서 개별적 주체의 절대 자유와 그 의미」, 서강대 철학과 석사학
　　　위논문, 2009.

강정구, 「진보적 민족문학론의 민중시관(民衆詩觀) 재고 -신경림의 시를 중심으로」,
　　　『국제어문』 40, 국제어문학회, 2007.

_____, 「신경림 시의 서사성 연구」, 경희대 박사학위논문, 2003.

_____, 「신경림 시의 서사성 재고(再考)」, 『한국시학회 학술대회 논문집』, 한국시
　　　학회, 2008.

_____, 「신경림의 서술시와 화법」, 『민족문화연구』 50, 고려대학교 민족문화연구
　　　원, 2009.

_____, 「신경림의 서술시와 초점화」, 『어문연구』 37권 3호, 한국어문교육연구회,

2009.

_____, 「저항의 서사, 탈식민주의적인 문화 읽기 -신경림의 『남한강』론」, 『한국의 민속과 문화』 11, 경희대학교 민속학연구소, 2006.

강정구·김종회, 「문학지리학으로 읽어본 신경림 문학 속의 농촌 -1950~70년대 작품을 중심으로」, 『한국문학이론과 비평』 제56집(16권 3호), 한국문학이론과 비평학회, 2012.

_____, 「민중 개념의 다양성과 그 변천 과정 -신경림의 민족문학론을 대상으로」, 『현대문학의 연구』 43, 한국문학연구학회, 2011.

고군일, 「신경림 시의 민요적 구성 연구」, 명지대 석사학위논문, 2000.

고현철, 「신경림 시의 장르 패러디 연구」, 『한국문학논총』 44, 한국문학회, 2006.

공광규, 「신경림 시의 창작방법 연구」, 단국대 문예창작과, 박사학위논문, 2004.

_____, 「신경림 시에서 '울음'의 이동 연구」, 『한국문예창작』 2권 1호, 한국문예창작학회, 2003.

곽명숙, 「1970년대 이야기 시와 역사의 재형상화 -신경림과 서정주를 중심으로」, 『한국현대문학회 학술발표회자료집』, 한국현대문학회, 2006.

권보드래, 「민족문학과 한국문학」, 『민족문학사연구』 44, 민족문학사학회, 2010.

김란희, 「한국 민중시의 언어적 실천 연구」, 서강대 박사학위논문, 2010.

김문정, 「신경림 시에 나타나는 알레고리 연구」, 숭실대 석사학위논문, 2010.

김성규, 「신경림 시 연구」, 충남대 박사학위논문, 2015.

김영대, 「우리가락의 정서와 신경림 시의 상관성 연구」, 『어문논총』 14, 청주대학교, 1999.

김윤정, 「신경림 시에 나타난 '울음'의 의미 연구」, 『한국문학이론과 비평』 29(9권 4호), 한국문학이론과 비평학회, 2005.

김윤태, 「우리 시의 한 계보에 관한 단상 -신경림 「목계장터」를 중심으로」, 『민족문학사연구』 11권 1호, 민족문학사학회, 1997.

김지녀, 「김춘수 시에 나타난 주체와 세계의 관계 양상 연구」, 고려대 박사학위논문, 2012.

김지연, 「신경림의 시론과 시에 관한 연구」, 『성심어문논집』 22, 성심어문학회, 2000.

김지윤, 「1970년대 서사시의 전통 양식 수용과 변용 -김지하, 서정주, 신경림의 시를 중심으로」, 『한국어와 문화』 16, 숙명여자대학교 한국어문화연구소, 2014.

김홍진, 「신경림 시의 장르 패러디적 특성」, 『한남어문학』 23, 한남대학교 한남어문학회, 1998.

노창선, 「신경림 문학공간 연구 -초기 작품을 중심으로」, 『한국문예창작』 6권 2호, 한국문예창작학회, 2007.

류순태, 「신경림 시의 공동체적 삶 추구에서 드러난 도시적 삶의 역할」, 『우리말 글』 51, 우리말글학회, 2011.

박명자, 「신경림 시 연구 -서정의 확산과 심화」, 수원대 석사학위논문, 1995.

박몽구, 「신경림 시의 서사성과 대화주의」, 『어문연구』 47, 어문연구학회. 2005.

_____, 「신경림 시와 민중제의의 공간」, 『한중인문학연구』 14, 한중인문학회, 2005.

박순희·민병욱, 「신경림 시의 장소 연구 -시집 『農舞』를 중심으로-」, 『배달말』 54, 배달말학회, 2014.

박연희, 「1970년대 『창작과비평』의 민중시 담론」, 『상허학보』 41, 상허학회, 2014.

박영우, 「농촌 서정의 시적 수용 양상 -박용래·신경림 시를 중심으로」, 『한국문예 창작』 3권 2호, 한국문예창작학회, 2004.

박혜숙, 「신경림 시의 구조와 담론 연구」, 『문학한글』 13, 한글학회, 1999.

백은주, 「현대 서사시에 나타난 서사적 주인공의 변모 양상 연구 -'영웅 형상'의 변모를 중심으로」, 고려대 박사학위논문, 2009.

서범석, 「신경림의 『農舞』 연구 -농민시적 성격을 중심으로」, 『국제어문』 37, 국제 어문학회, 2006.

손택수, 「신경림 시의 구술성 연구」, 부산대 박사학위논문, 2005.

송지선, 「신경림 시의 로컬리티 연구」, 전북대 박사학위논문, 2013.

_____, 「신경림 시에 나타난 장소 재현의 로컬리티 연구」, 『한국문학이론과 비평』 제64집(18권 3호), 한국문학이론과 비평학회, 2014.

_____, 「신경림의 「쇠무지벌」에 나타난 로컬리티 연구」, 『한국문학이론과 비평』 제57집(16권 4호), 한국문학이론과 비평학회, 2012.

송희복, 「현실주의 시인들의 참여시와 각양(各樣)의 언어관」, 『국제언어문학』 31, 국제언어문학회, 2015.

신현미, 「김종삼 시의 현실인식에 대한 인지시학적 연구」, 『국어문학』 56, 국어문 학회, 2014.

양문규, 「신경림 시에 나타난 공동체의식 연구」, 『어문연구』 50, 어문연구학회, 2006.

엄성원, 「신경림 시의 시적 공간 연구」, 『문학과 언어』 32, 문학과언어학회, 2010.

연은순, 「신경림 시 연구」, 『한국문예비평연구』 4, 한국현대문예비평학회, 1999.

오수연, 「1970년대 민중시의 구술성에 대한 소론 -신경림의 『새재』와 김지하의 『오적』을 중심으로」, 『문예시학』 19, 문예시학회, 2008.

유병관, 「신경림 시집 『農舞(농무)』의 공간 연구- 장터를 중심으로」, 『반교어문연구』 31, 반교어문학회, 2011.

유재천, 「김수영의 시 연구」, 연세대 박사학위논문, 1986.

윤대선, 「레비나스의 타자철학과 예술적 상상력 -시간, 공간, 타자의 이미지를 중심으로」, 『대동철학』 57, 대동철학회, 2011.

오창은, 「'민족문학' 개념의 역사적 이해」, 『미학예술학연구』 34, 한국미학예술학회, 2011.

윤석진, 「1980년대 한국 민중시 연구 -민중시의 형성과 현실 대응 양상을 중심으로」, 전남대 박사학위논문, 2009.

이강하, 「신경림 『農舞』에 나타난 '우리'의 의미와 효과」, 『동남어문논집』 39, 동남어문학회, 2015.

이경아, 「경계와 초월의 시정신 -신경림의 후기시를 중심으로」 『한국문화기술』 16, 단국대학교 한국문화기술연구소, 2013.

이동희, 「우리의 슬픔, 개인의 비애 -신경림의 『農舞』(1973)와 『새재』(1979)」, 『현대문학의 연구』 15, 한국문학연구학회, 2000.

이명희, 「고전과 현대 悼亡詩에 나타난 슬픔의 치유방식」, 『東方學』 24, 한서대학교 동양고전연구소, 2012.

이병훈, 「슬픈 내면의 탐구 -절제와 질박함의 미학」, 신경림, 『쓰러진 자의 꿈』, 창비, 1993.

_____, 「민중성의 진화 -장시 『남한강』을 중심으로」, 『현대문학연구』 44, 현대문학연구학회, 2014.

이상희, 「신경림 시에 나타난 민중의식의 형상화 양상 연구」, 순천대 석사학위논문, 2002.

이성환, 「내 안의 타자, 그는 누구인가」, 『철학논총』 42, 새한철학회, 2005.

이영섭, 「쓰러진 자의 꿈과 길」, 『한국문예비평연구』 3, 한국현대문예비평학회, 1998.

이혜원, 「1970년대 서술시의 양식적 특성 -김지하, 신경림, 서정주의 시를 중심으로」, 『상허학보』 10, 상허학회, 2003.

임승빈, 「시와 현실 -신경림, 김지하 시를 중심으로」, 『語文論叢』 5, 청주대학교, 1986.

임은경, 「신경림 시 연구」, 충남대 석사학위논문, 2016.

전도현, 「신경림 시 연구」, 고려대 석사학위논문, 1993.

정금철, 「시적 주체의 소외와 불안의 증상」, 『인문과학연구』 31, 강원대학교 인문
　　과학연구소, 2011.

정　민, 「신경림 시론의 변화 양상과 그 의미」, 『한국현대문학연구』 25, 한국현대문
　　학회, 2008.

정순진, 「리얼리즘 시의 흐름과 양상」, 『어문연구』 25, 어문연구학회, 1994.

조찬호, 「신경림 시 연구」, 우석대 박사학위논문, 2008.

조효주, 「집단적 주체로서의 '우리'와 폭력적 세계 -신경림 시에 나타나는 주체와
　　타자의 관계를 중심으로」, 『한민족어문학』 72, 한민족어문학회, 2016.

＿＿＿, 「신경림의 후기시에 나타난 윤리적 주체와 타자로서의 '작은 이웃'의 관계
　　연구」, 『우리문학연구』 54, 우리문학회, 2017.

최갑진, 「민족문학론의 사적 전개에 대한 고찰」, 『국어국문학』 20, 동아대 국어국
　　문학과, 2001.

최갑진, 「민중성의 진화 -신경림의 장시 「남한강」과 80년대 시집을 중심으로」, 『한
　　국현대문학연구』 44, 한국현대문학회, 2014.

최용석, 「민족문학론의 시기 구분에 따른 전개 양상 고찰 -해방 전후부터 80년대까
　　지의 민족문학론을 중심으로」, 『국학연구론총』 12, 택민국학연구원, 2013.

한강희, 「신경림 시의 궤적과 내면의식 탐구 -시의 '등가성 원리'와 결부하여」, 『현
　　대문학이론연구』 24, 현대문학이론학회, 2005.

한만수, 「신경림, 왜 널리 오래 읽히나 -『남한강』에서 『길』까지」, 『창작과 비평』 18
　　권 3호, 창비, 1990.

홍순창, 「1980년대 민중시의 서정성 연구」, 단국대 문예창작과 문예이론전공 박사
　　학위논문, 2012.

3. 평론 및 단행본

가스통 바슐라르, 곽광수 옮김, 『공간의 시학』, 동문선, 2003.

강　정, 「작가조명 -막힌 혈을 뚫는 신명의 촉」, 『창작과 비평』 42권 1호, 창작과
　　비평사, 2014.

강정구, 『신경림과 민족문학 다시 읽기』, 국학자료원, 2014.

강영안, 『타인의 얼굴』, 문학과지성사, 2005.

＿＿＿, 『주체는 죽었는가』, 문예출판사, 1996.

고　은, 『만인보』, 1·2·3, 창비, 2010.

_____, 『만인보』, 7·8·9, 창비, 2010.

공광규, 『신경림 시의 창작방법 연구』, 푸른사상, 2005.

구중서·백낙청·염무웅 엮음, 『신경림의 문학세계』, 창작과비평사, 1995.

권영민, 『한국현대문학비평사』, 민음사, 2001.

권혁웅, 『시론』, 문학동네, 2010.

김경수 엮음, 『이한직 선집』, 현대문학, 2012.

김광섭, 「시집 『農舞』에 대하여 -제1회 만해문학상 심사를 마치고」, 신경림, 『農舞』,
　　　창작과비평사, 1975.

김동리, 「민중문학과 한국인상」, 『월간문학』, 월간문학사, 1974. 5.

김병택 편저, 『현대 시론의 새로운 이해』, 새미, 2004.

김영민, 『한국 현대문학비평사』, 소명출판, 2000.

김주연 편, 『대중문학과 민중문학』, 민음사, 1980.

김준오, 『詩論』, 삼지원, 2007.

김지하, 『타는 목마름으로』, 창작과비평사, 1993.

_____, 『검은산 하얀방』, 솔, 1994.

김태곤, 『한국의 무속』, 대원사, 1991.

김영민, 『한국 현대문학비평사』, 소명출판, 2000.

문덕수 외, 『현대의 문학이론과 비평』, 시문학사, 1991.

김　현, 「울음과 통곡」, 신경림, 『씻김굿』, 도서출판 나남, 1987.

마르틴 부버, 표재명 옮김, 『나와 너』, 문예출판사, 1995.

마르쿠스 슈뢰르, 정인모·배정희 옮김, 『공간, 장소, 경계』, 에코리브르, 2010.

박노해, 『노동의 새벽』, 풀빛, 1984.

_____, 『참된 시작』, 창작과비평사, 1993.

박종성, 『탈식민주의에 대한 성찰』, 살림, 2011.

박현채, 『민중과 경제』, 정우사, 1979.

_____, 「민중과 문학」, 『박현채 전집』 3, 해밀, 2006.

백낙청, 「발문」, 신경림, 『農舞』, 창작과비평사, 1975.

_____, 「第三世界와 民衆文學」, 『창작과 비평』 14권 3호, 창작과비평사, 1979.

서동욱, 『차이와 타자』, 문학과지성사, 2000.

서정주 외 21명 지음, 『누구에게나 고향은 그리움이다』, 월간조선사, 2004.

成百曉 譯註, 『孟子集註』, 傳統文化硏究會, 2007.

송건호, 「신경림을 말하는 기쁨」, 『삶의 眞實과 詩的 眞實』, 전예원, 1983.

신경림, 「민중의 발견과 문학에 있어서의 참여 -몇 가지 최근의 관심사를 중심으로」,
　　　『숙대학보』 22, 숙명여자대학교 학생위원회, 1982.

＿＿＿, 「버려진 것, 비천한 것들의 시」, 『창작과 비평』, 18권, 2호, 창비, 1990.

＿＿＿, 「나의 노래, 우리들의 노래」, 『창작과 비평』 18권 4호, 창비, 1990.

＿＿＿, 「자기탐구의 시, 노래가 있는 시」, 『창작과 비평』 19권 1호, 창비, 1991.

신경림 편, 『農民 文學論』, 온누리, 1983.

＿＿＿, 『4월 혁명 기념 시 전집』, 학민사, 1983.

신경림・이동순・이재무, 『신경림 문학앨범』, 웅진출판, 1992.

신경림 외, 『우리 문학이 가지 않은 길』, 자우출판사, 2001.

＿＿＿, 『우리 시대의 시인 신경림을 찾아서』, 웅진닷컴, 2002.

신경림・이상문 엮음, 『최후로 생각할 것을 생각하는 문학』, 책만드는집, 2012.

신경림・다니카와 슌타로, 요시카와 나기 옮김, 『모두 별이 되어 내 몸에 들어왔다
　　　-다니카와 슌타로 대시집(對詩集)』, 예담, 2015.

신승엽, 『민족문학을 넘어서』, 소명출판, 2000.

알랭 핑켈크로트, 권유현 옮김, 『사랑의 지혜』, 동문선, 1998.

알프레드 아들러, 라영균 옮김, 『인간이해』, 일빛, 2009.

양민정・채호석・신주철 편, 『1960년대 시문학의 지형』, 한국외국어대학교출판부, 2006.

염무웅, 「농촌현실과 오늘의 문학 -박경수 작 「凍土」에 관련하여」, 신경림 편, 『農
　　　民文學論』, 온누리, 1983.

오토 프리드리히 볼노, 이기숙 옮김, 『인간과 공간』, 에코리브르, 2011.

유리 로트만, 유재천 옮김, 『시 텍스트의 분석; 시의 구조』, 가나, 1987.

유종호, 『동시대의 시와 진실』, 민음사, 1982.

윤대선, 「레비나스의 세계철학」, 문예출판사, 2009.

윤영천, 「농민공동체 실현의 꿈과 좌절 -『남한강』론」, 구중서・백낙청・염무웅 엮
　　　음, 『신경림 문학의 세계』, 창작과비평사, 1995.

이경철, 「더불어 어우러지며, 순정으로 여는 대동세상」, 『낙타』, 창비, 2014.

이동순, 「우리 시대의 시정신과 시적 진실 -신경림의 시세계에 대하여」, 신경림・
　　　이동순 ・이재무, 『신경림 문학앨범』, 웅진출판, 1992.

이승훈, 『한국현대시론사』, 고려원, 1993.

이시영, 「문학계 동향 -고은과 신경림」, 『창작과 비평』 16권 3호, 창작과비평사, 1988.

이영섭, 「쓰러진 자의 꿈과 길」, 『한국문예비평연구』 3, 한국현대문예비평학회, 1998.

이정우, 『주체란 무엇인가』, 그린비, 2009.

이한직, 「시천기」, ≪文學藝術≫, 1955년 12월호, 1956년 2월호, 1956년 4월호.

임헌영, 「신경림의 시세계 -『南漢江』을 중심으로」, 신경림, 『南漢江』, 창작사, 1987.

장만호, 『한국시와 시인의 선택』, 서정시학, 2015.

전규태 책임편집, 『민족문학론』, 백문사, 1988.

정희성, 『저문 강에 삽을 씻고』, 창작과비평사, 1978.

＿＿＿, 『한 그리움이 다른 그리움에게』, 창작과비평사, 1991.

조셉 칠더즈・게리 헨치 엮음, 황종연 옮김, 『현대 문학・문화 비평 용어사전』, 문
　　　학동네, 2003.

조재룡, 『앙리 메쇼닉과 현대비평』, 길, 2007.

조태일, 「열린 공간, 움직이는 서정, 친화력」, 구중서・백낙청・염무웅 엮음, 『신경
　　　림 문학의 세계』, 창작과비평사, 1995.

＿＿＿, 「민중언어의 발견 -다섯 분의 시를 중심으로」, 『창작과 비평』 7권 1호, 창
　　　작과비평사, 1972.

지그문트 바우만, 권태우・조형준 옮김, 『리퀴드 러브』, 새물결, 2013.

지그문트 프로이트, 김인순 옮김, 『꿈의 해석』, 열린책들, 2003.

최두석, 『리얼리즘의 시정신』, 실천문학사, 1992.

최원식, 「우리 비평의 현단계」, 『창작과 비평』 14권 1호, 창작과비평사, 1979.

＿＿＿, 「70년대 비평의 향방」, 『창작과 비평』, 14권 4호, 창작과비평사, 1979.

콜린 데이비스, 주완식 옮김, 『처음 읽는 레비나스』, 동녘, 2014.

프리드리히 니체, 성동호 옮김, 『비극의 탄생』, 홍신문화사, 2009.

한국문학평론가협회 편, 『문학비평용어사전』 상・하, 국학자료원, 2006.

한만수, 「신경림, 왜 널리 오래 읽히나」, 『창작과 비평』 18권 3호, 1990.

한영우, 『미래를 여는 우리 근현대사』, 경세원, 2016.

4. 기타

http://www.ccdn.co.kr.(2016. 08. 15.)

https://encykorea.aks.ac.kr/Contents/Index(2017. 04. 01.)

조효주

창원대학교 국어국문학과 졸업
경상대학교 대학원 국어국문학과 석·박사 졸업
현재 경상대학교 강사
주요 논문: 「김종삼 시 연구」, 「신경림 시 연구 —시적 주체의 변모와 현실 대응 양
　　　　　상을 중심으로」 등

신경림 시의 주체와 현실

초판 1쇄 인쇄 2018년 2월 12일
초판 1쇄 발행 2018년 2월 20일
저　　자 조효주
펴낸이 이대현
편　　집 홍혜정
표지디자인 홍성권

펴낸곳 도서출판 역락
주　　소 서울시 서초구 동광로 46길 6-6 문창빌딩 2층
전　　화 02-3409-2058, 2060
팩　　스 02-3409-2059
등　　록 1999년 4월 19일 제303-2002-000014호
이메일 youkrack@hanmail.net
역락블로그 http://blog.naver.com/youkrack3888

ISBN 979-11-6244-138-1 93810